PALISADES

1.YELLOW FLAG

PARK

Image de couverture : Shutterstock ©Astro Black & ©Vladitto
Couverture : Marion Rosière

Collection créée par Hugues de Saint Vincent
et dirigée par Arthur de Saint Vincent
Ouvrage dirigé par Marine Flour

Pour la présente édition :

Collection dirigée par Arthur de Saint Vincent
Ouvrage dirigé par Marine Flour

34-36, rue La Pérouse
75116 Paris
www.hugopublishing.fr

ISBN : 9782755670905
Dépôt légal : janvier 2024
Imprimé en Espagne en décembre 2023 par Liberdúplex

MALORIA CASSIS

PALISADES PARK

1. YELLOW FLAG

Hugo Poche

NEW ROMANCE®

McQueen
Grant
Astaire

BÂTIMENT GRANT

TRAVIS MILLER

FAMILLE REYES

LI FALL

FAMILLE GARCIA

COUPLE ROBERTS

HARPER JOHNSON

BÂTIMENT McQUEEN

FAMILLE STEPHEN

COUPLE BAKER-CLARK

JUNE CAMPBELL

APPARTEMENT DISPONIBLE

DEREK HARMON

BÂTIMENT ASTAIRE

COUPLE DAVIS

MATTHEW TROXLER

FAMILLE GREEN

FAMILLE CROSS

AARON MITCHELL

AVA WALLER

CHAPITRE 1

LI FALL

Les paupières fermées, j'offre mon visage au soleil. Des feuilles de palmier me font de l'ombre à un intervalle plus ou moins régulier alors que le taxi avance à vitesse modérée dans les rues de Los Angeles. La cité des anges. Le symbole ultime du rêve américain. Qui verra, je l'espère, *mes* rêves s'accomplir.

Je suis soulagée d'être enfin sortie de l'avion. Quatre heures et demie de sueurs froides, ça éreinte, mais il n'était pas envisageable de parcourir les plus de trois mille kilomètres en voiture depuis la ville qui m'a vue grandir ! Encore moins avec mes parents venus pour m'aider à m'installer. Parce que j'ai beau les aimer plus que tout, un trajet aussi long avec eux, enfermée dans la voiture à écouter leur musique ringarde, si je peux éviter, ça m'arrange.

J'essaie d'écouter l'agitation de l'océan au loin, mais c'est peine perdue avec cette quatre-voies qui sépare le centre-ville de la plage la plus proche.

Mes cheveux s'envolent au gré du vent à cause de la vitre ouverte. J'oriente mon regard sur ma gauche pour découvrir que ma mère m'observe avec un léger sourire aux lèvres. Ça lui coûte d'accepter mon départ, pourtant elle le fait pour mon bien. J'attrape sa main et la presse fort entre mes doigts. Je ne veux pas qu'elle s'inquiète.

– On s'appellera tous les jours et on fera des visios. Ça sera comme si j'étais là, tenté-je de la réconforter.

– Ça ne sera pas pareil si je ne peux pas te serrer dans mes bras.

– N'oublie pas que je reviens dans deux mois.

– On n'aura jamais été séparés si longtemps.

– Tu verras, ça passera vite. Et puis tu auras vachement moins de linge à laver, la salle de bain ne sera plus envahie par mes produits de beauté et, surtout, je ne serai plus là pour vous rebattre les oreilles avec le manque d'équilibre énergétique de la maison !

Elle rit un peu de ma boutade, mais son peu d'enthousiasme me fait culpabiliser.

– Même ça, ça nous manquera, m'assure mon père depuis le siège passager.

Ma mère m'a dévoué son existence depuis que je suis entrée dans leur vie. Elle n'a pas travaillé durant mes douze premières années. Même après, elle n'a pris qu'un emploi à mi-temps pour rester le plus disponible possible pour moi. Si je suis aussi épanouie, capable de m'affranchir aujourd'hui de la protection de mes parents et de partir loin de Chicago, c'est grâce à eux et à l'éducation qu'ils m'ont donnée. Ils m'ont toujours poussée à faire tout ce que j'avais envie d'entreprendre, et ce malgré mes craintes de ne pas y parvenir. « Les échecs font partie de la réussite » est le mantra familial.

– Nous sommes arrivés, déclare notre chauffeur en stationnant devant un grand portail vert flambant neuf.

Mon père se charge d'attraper mes deux valises dans le coffre, ainsi que le bagage cabine qu'il partage avec ma mère, et de payer notre transport.

Un homme en costard, la petite quarantaine, patiente devant la résidence. Il doit s'agir de l'agent immobilier avec lequel j'ai fait affaire pour l'achat de l'appartement. Il savait à quelle heure mon avion atterrissait et nous sommes convenus de nous retrouver sur place afin qu'il me remette les clefs et d'effectuer la visite de réception de chantier.

– Li Fall ? m'interroge-t-il alors que nous nous approchons.

– Vous devez être Roy Bennett.

– C'est ça. Enchanté ! Bienvenue à Palisades Park. Vous verrez, c'est un peu la cohue aujourd'hui, car vous êtes plusieurs à emménager.

– J'imagine que tout le monde était pressé de poser ses valises, lui lance mon père tout en lui serrant la main après s'être présenté.

– Il est vrai que les acquéreurs avaient hâte de s’installer, maintenant que la construction est terminée.

Il salue ma mère d’une dernière poignée de main, puis nous le suivons à l’intérieur de ce qui va être mon chez-moi.

Je suis aussi surexcitée que pendant la nuit de Noël quand j’étais gamine. Je reviens dans la ville où tout a commencé pour moi, en espérant pouvoir oublier cette enflure de Sam. En mettant plus de trois mille kilomètres entre lui et moi, je compte bien y parvenir.

Nous pénétrons dans la résidence après avoir refermé l’accès derrière nous. Quelques pas plus tard, nous arrivons au beau milieu d’un jardin arboré de palmiers et d’un parterre de pelouse impeccable. C’est simple, j’ai envie d’ôter mes baskets pour sentir la douceur des brins d’herbe sous mes pieds. Une piscine plutôt vaste se trouve en son centre, entourée de nombreux transats. J’ai hâte de mettre en pratique mes cours de natation, pris tout récemment dans l’unique objectif de ne pas avoir l’air d’une illuminée qui vient vivre au bord de l’océan alors qu’elle ne sait pas nager. Quelques mètres derrière le bassin, une cuisine d’extérieur avec un barbecue ainsi que trois tables de six personnes et des chaises sont installées. Je pressens que je vais passer un bon nombre de mes soirées ici. Sur le mur qui s’élève pour délimiter le terrain de la résidence, le nom de celle-ci est peint dans une police fine et stylée : « Palisades Park ». Sur la droite se trouve un petit immeuble de trois étages, tandis que sur ma gauche s'en dressent deux autres, construits à l'identique, avec une façade de la même couleur blanche. De larges fenêtres offrent une vue sur l'océan, comme prévu dans le dépliant publicitaire.

Des enfants jouent dans la cour bordant la piscine, tandis que ceux que je présume être leurs parents s'occupent de monter et descendre des cartons. Les lieux sont animés d'un joyeux brouhaha, j'espère qu'il y aura une bonne ambiance entre tous les habitants. Je viens d'investir toutes mes économies, ainsi que celles faites pour moi par mes parents, pour m'installer dans cette ville qui m'a vue naître, alors je prie pour ne pas avoir de problèmes de voisinage.

– Ce n'est pas que je veuille te presser, ma chérie, mais tes valises pèsent le poids d'un âne mort, donc tu prendras le temps d'admirer l'extérieur une fois que j'en serai délesté, si tu veux bien, me taquine mon père.

Mon appartement se situe dans le bâtiment sur notre gauche, le plus au fond du jardin. Nous nous en approchons et découvrons la même écriture fine que celle indiquant le nom de la résidence. Elle précise ici « Grant ».

– Les immeubles ont été nommés d'après des acteurs mythiques, nous explique M. Bennett. Cary

Grant, Fred Astaire et Steeve McQueen. De quoi faire rêver les résidents !

Nous pénétrons dans un hall qui sent le neuf. Deux adolescentes sont assises sur les marches de l'escalier, le nez scotché à leur téléphone. L'une d'elles a la gentillesse de se pousser pour nous laisser passer.

– Gloria ! Carmen ! Vos affaires ne vont pas se ranger toutes seules dans vos chambres, s'écrie une femme à l'accent chantant depuis le palier du premier étage.

Elle sort de son appartement à l'instant où nous arrivons devant la porte du mien, juste en face. Je sais exactement où il se trouve grâce au plan que M. Bennett m'avait transmis.

– Oh ! Excusez-moi, s'exclame-t-elle en nous remarquant. Les filles, on se bouge !

Les deux jeunes soupirent puis se lèvent pour obéir à leur mère.

– Ce n'est rien, je vous en prie. Je suis Li, votre voisine.

– Je suis ravie de vous rencontrer. Moi, c'est Luisa Garcia. Mon mari est en train de se battre avec un meuble, je ne vais pas le déranger sinon on ne s'en sortira jamais, mais je vous le présenterai une prochaine fois.

– Avec plaisir, affirmé-je en lui rendant son sourire.

Mes parents la saluent d'un signe de tête. Nous ne pouvons retenir un petit rire lorsque nous entendons une voix d'homme s'énerver à l'intérieur. Luisa lève les yeux au plafond et file le retrouver.

– Prête ? me presse l'agent immobilier.

J'insère la clef qu'il me tend dans la porte devant moi et ouvre en grand. J'esquisse quelques pas pour vérifier que tout est conforme à mes attentes et que les déménageurs ont respecté mes directives. J'ai engagé une entreprise pour récupérer les quelques meubles que j'ai achetés dans un magasin de Santa Monica via son site Internet. Ils étaient chargés de les monter et de les disposer dans les pièces tel que je l'avais indiqué. La chambre est équipée du lit king size et de l'armoire que j'avais repérés. Le salon est ouvert sur une kitchenette aménagée, il accueille un canapé, une table basse, un meuble télé et un vaisselier. Toute ma décoration intérieure est dans une des lourdes valises que mon père est soulagé de pouvoir enfin poser.

– Je vous laisse vous installer calmement et vérifier que tout est OK côté travaux, reprend M. Bennett à notre intention. D'autres clients m'attendent, mais je reste sur place. N'hésitez pas à m'appeler sur mon portable s'il y a quoi que ce soit de non conforme.

– Bien sûr, aucun problème. Merci beaucoup.

Il nous salue tous les trois une dernière fois avant de s'éclipser.

– Tu as déjà acheté de la vaisselle ? m'interpelle ma mère en ouvrant les placards.

– Oui, juste le strict nécessaire, un service six personnes, un wok et une grande casserole. Il va bien falloir que je m'habitue à cuisiner puisque tu ne seras plus là et que mes finances en berne ne me permettront clairement pas de commander à manger à chaque repas, plaisanté-je, même si la perspective de ne plus avoir d'économies en cas de coup dur me fout les jetons.

– Ton salon de massage va ouvrir, tu vas vite te renflouer, j'en suis certain, m'affirme mon père, qui croit toujours en moi et en mes capacités à me sortir de n'importe quelle situation.

– Prions pour ça, sinon vous me reverrez plus vite que prévu à Chicago.

Cette idée ne m'enchante pas, car même si mes parents vont me manquer terriblement, j'ai besoin de quitter le cocon douillet qu'ils ont bâti pour moi depuis qu'ils m'ont adoptée. Je dois prendre mon envol. Et pour rien au monde je ne voudrais revenir dans le giron de Sam. Le fait qu'il ait anéanti deux ans de relation a joué dans mon départ précipité. Enfin, pour être tout à fait précise, le fait qu'il m'ait trompée avec cette saleté de Tracy dès le début de notre relation et que toute notre bande d'amis ait été au courant sans m'avoir jamais rien dit a ravagé mon cœur. Vu qu'ils couchaient déjà ensemble occasionnellement avant que Sam ne se mette avec moi, ça ne leur a pas semblé pertinent de m'en informer.

Il me fallait de l'espace, un nouveau départ, du changement et un projet. Santa Monica s'est imposée à moi d'emblée. Parce que c'est de l'autre côté du pays, mais surtout parce que c'est ici que ma mère biologique a choisi de m'abandonner alors que je n'avais que quelques heures. C'est l'unique ville avec laquelle j'étais déjà liée. Non pas que je compte chercher mes géniteurs, je n'en ressens pas le besoin grâce à tout l'amour dont me couvrent mes parents adoptifs, mais puisque cette ville m'a offert la chance de les rencontrer et de bénéficier ainsi du foyer dont rêve la majorité des orphelins, peut-être aura-t-elle encore quelque chose de positif en réserve pour moi. *Santa Monica, me revoilà ! Je ne suis plus le petit bébé fragile abandonné sur le parvis de l'hôpital, mais une jeune femme de 21 ans, au cœur brisé, qui espère que ton soleil saura le réchauffer.*

Un coup frappé à la porte me sort de mes pensées. Je m'empresse d'aller ouvrir en me demandant si ma voisine à l'accent chantant a déjà besoin de quelque chose, mais c'est une dame d'un certain âge qui m'offre un large sourire. Ses lèvres sont maquillées dans un rouge vif et le long trait de kohl débordant de chacune de ses paupières est sûrement censé mettre ses yeux en valeur. Ses cheveux blonds peroxydés sont retenus dans une queue-de-cheval haut perchée sur sa tête. Sa tenue est à l'image du reste : un top léopard rentré dans une jupe en cuir un peu trop courte.

– Je vous ai vue arriver et je tenais à me présenter tout de suite. Je m'appelle Sue Roberts. Avec mon mari, William, nous habitons dans l'appartement juste en dessous du vôtre, au rez-de-chaussée.

– Enchantée, la salué-je en lui rendant son sourire. Li Fall.

Ses yeux inquisiteurs se promènent à l'intérieur de chez moi. Elle repère mes parents et attarde son regard sur mon père qui observe l'horizon par la fenêtre. *Elle n'est pas gênée, celle-là !*

– Ce sont mes parents. Ils sont venus m'aider pour emménager, lui expliqué-je en me décalant afin de lui cacher un peu la vue.

– Vos parents ? répète-t-elle en fronçant les sourcils et en jetant un nouveau coup d'œil curieux dans mon appartement.

J'ai l'habitude de faire face à l'étonnement des gens lorsque je fais les présentations. Mes origines asiatiques démontrent tout de suite que je ne suis pas leur fille au sens littéral du terme. Parfois, j'aimerais que cela ne puisse pas se voir de façon si claire. L'amour qui nous unit n'est pas moins fort parce que je n'ai pas grandi pendant neuf mois dans le ventre de ma mère. J'ai été dans son cœur bien avant qu'elle ne me rencontre, tellement elle souhaitait pouvoir adopter.

– Oh ! Je comprends, excusez-moi, se reprend-elle en riant un peu. Je ne vais pas vous embêter plus longtemps. Si vous avez besoin de quoi que ce soit, nous sommes juste en bas.

– Merci, c'est très gentil à vous.

Je referme la porte alors qu'elle redescend chez elle. Cette femme est un sacré personnage.

– Tu aurais pu lui répondre qu'elle pouvait aussi compter sur toi, me réprimande ma mère. Je t'ai élevée mieux que ça, tout de même.

– Je pense que je vais attendre de connaître mes voisins avant de leur offrir mes services. Ça évitera que je rase les murs d'ici quelques semaines si je souhaite en esquiver certains.

– Sage décision, ma fille, me félicite mon père. Il n'y a pas pire que les commérages du voisinage pour créer des histoires.

– Tu n'es pas sociable, Barry, ton avis ne compte pas.

Ma mère adore taquiner mon père sur son cruel manque d'effort pour se lier d'amitié avec les autres. Quand il ne travaille pas, il aime passer du temps avec ses deux femmes, ou bricoler. Il n'a besoin de rien de plus dans la vie, selon ses propres mots.

CHAPITRE 2

MATTHEW TROXLER

– Tu as les bières ?

– Ouaip !

Derek me lance une canette avant d'ouvrir une bouteille d'eau.

– Je bosse juste après, m'explique-t-il.

Nous trinquons au milieu d'un sacré bordel de cartons, dans ce qui me servira de salon.

– Tu as une superbe vue sur l'océan, petit veinard, s'exclame mon pote en allant sur la terrasse.

– Je t'avais dit de prendre un appartement au dernier étage.

– C'était trop cher pour le pauvre pompier que je suis. Mais en étant au rez-de-chaussée, je serai plus vite à la piscine.

– Je ne comprendrai jamais qu'on puisse préférer les bassins remplis d'eau alors qu'on a l'océan à quelques pas. Ça me dépasse !

– Le sable, c'est chiant ! argumente-t-il. N'oublie pas que demain c'est à toi de m'aider à emménager.

– T'inquiète, je serai là. Tu mérites bien un coup de main pour m'avoir parlé de ce projet de construction. Encore que tu aurais pu te battre pour qu'on ait un appart dans le même immeuble !

– L'agent immobilier avait déjà des options sur quasi tous les apparts. Si j'avais insisté, j'aurais pu ne rien avoir du tout.

– T'inquiète. Et puis ça reste classe d'avoir ses meilleurs potes dans la même résidence. On ne tardera pas à rencontrer nos voisins respectifs. J'ai déjà croisé ceux d'en face et ils sont un peu effrayants.

– C'est-à-dire ?

– Un couple, dans la trentaine, style gothique. Le mec avait les yeux maquillés en noir, c'était déroutant.

– J'espère pour toi qu'ils ne vont pas te foutre du Metallica à fond à longueur de journée.

– Je vais vite les calmer, si c'est le cas.

– Je préférerais qu'il y ait plus de mecs, en tout cas, dans la résidence.

– Pourquoi ? m'étonné-je, vu que Derek est un dragueur invétéré.

– Je ne pense pas qu'il soit bon de se taper une voisine, ça pue les emmerdes à plein nez, après.

– Genre elle t'attend tous les soirs devant ta porte ou t'épie à travers les rideaux de sa fenêtre pour te choper dès que tu sors ?

– Elle pique ton courrier ou fait tes poubelles. Les femmes sont capables d'aller loin quand elles se sentent bafouées.

– Tu en connais un rayon, apparemment.

– Certaines m'ont déjà un peu fait flipper, avoue-t-il en se marrant.

– Ou alors, tu peux aussi apprendre à garder ton engin dans ton froc si l'une des résidentes est canon.

– Je ne sais pas résister à la beauté féminine, se lamente-t-il d'un air théâtral. Et ne me fais pas croire que tu ne vas pas calculer les nanas qui habitent peut-être ici sous prétexte qu'elles sont nos voisines.

– Je n'ai pas dit ça, m'exclamé-je en riant. J'analysais simplement ce que nous encourons s'il nous venait à l'idée de pousser un peu les présentations.

– Une chance que nous adorions vivre dangereusement !

Je me marre en avalant une gorgée de bière. Nous sommes aussi irrattrapables l'un que l'autre.

– Nous savons déjà que dans chacun des bâtiments un appartement est occupé par un homme. Le tien, le mien et celui de Travis. Il emménage quand, d'ailleurs, lui ?

– Aucune idée, il ne m'a rien dit de précis. Tu le connais… Il n'est pas du genre à s'étaler sur sa vie.

– Ouais, si ça se trouve, il a installé toutes ses affaires sans nous prévenir.

Derek jette un coup d'œil à sa montre pour veiller à ne pas se mettre en retard.

– Tu vas voir ta grand-mère, aujourd'hui ? me demande-t-il.

– Dès que j'aurai fini de tout déballer. Je vais passer la soirée avec elle.

– J'ai conscience que c'est difficile pour toi de l'avoir placée, mais tu ne pouvais plus la laisser seule.

– Ouais, soufflé-je, pas encore convaincu à cent pour cent.

– Allez, il est l'heure pour moi de rejoindre la caserne !

– On se voit demain, le salué-je alors qu'il referme déjà la porte derrière lui.

Après la mort soudaine de mes parents, c'est Granny qui m'a élevé. J'avais à peine trois ans, ça a donc dû être une sacrée épreuve. D'autant que je n'ai pas toujours été obéissant et facile. Elle ne m'a pourtant jamais laissé tomber. Et j'ai un peu l'impression que c'est ce que je fais avec elle maintenant qu'elle est dans cet établissement spécialisé. Même si sa maison était vieillissante, elle aimait y vivre. Et moi aussi. Mais la maladie qui la ronge petit à petit l'empêche aujourd'hui de rester sans surveillance constante. Et je refuse de l'enfermer à double tour à l'intérieur afin qu'elle ne puisse pas sortir lorsque je travaille. Cet institut spécialisé pour les patients souffrant de la maladie d'Alzheimer m'a semblé être un bon compromis. Elle y a une chambre rien qu'à elle, et une équipe de soins est présente tous les jours, vingt-quatre heures sur vingt-quatre. Ça coûte un bras, mais la vente de sa maison me permet d'y subvenir.

Il m'a donc fallu chercher un logement à mon tour. Lorsque Derek m'a parlé de ce nouveau projet immobilier près de la jetée de Santa Monica, j'ai tout de suite été convaincu que c'était l'endroit idéal pour moi. Enfant de la Californie, j'ai su surfer avant de marcher. Je ne pouvais rêver mieux pour vivre. L'océan, c'est mon terrain de jeu. Et de travail, aussi.

Je surveille la plage depuis que je suis adolescent. Chaque jour, je grimpe dans ma tour de contrôle, le sourire aux lèvres, plus que jamais épanoui d'être sauveteur. Le soleil, la plage, les jolies filles, que demander de plus ? Je ne changerais d'emploi pour rien au monde.

Je pose ma canette de bière et ouvre un premier carton. Il s'agit de quelques cadres photo qui décoraient auparavant les meubles de Granny. La plupart sont désormais dans sa chambre à l'institut, mais j'ai décidé d'en garder quelques-uns pour mon appartement. Une photo de mes parents, tout sourire, sur laquelle mon père entoure les épaules de ma mère tandis qu'elle porte un bébé minuscule dans les bras. Moi, en l'occurrence. J'ai également deux clichés avec Granny. L'un pris quand j'étais gamin, devant sa maison, sous l'arbre qui nous faisait de l'ombre sur le porche. Un autre capturé sur la plage le jour où elle est venue vérifier si je ne passais pas mes journées à draguer les filles en maillot de bain au lieu de surveiller l'océan, comme je le prétendais. J'ai vu à travers son regard à quel point elle était fière de me découvrir assis en haut de la tour de contrôle, ma bouée à portée de main, prêt à m'élancer dans l'eau au moindre signe de danger. Sans elle, je ne sais pas ce que je serais devenu. Elle a tant fait pour moi, même si elle m'oublie un peu plus chaque jour.

Un coup frappé à la porte interrompt mes pensées. J'ouvre en imaginant que Derek a dû oublier quelque chose. Un silence de quelques secondes s'étire lorsque je fais face à celle qui vient de toquer. J'ai du mal à en croire mes yeux.

– Oh ! susurre-t-elle d'un ton mielleux, en me détaillant de la tête aux pieds. Je suis Sue Roberts, une de vos voisines. Je vous ai vu monter vos cartons avec votre ami et je tenais à me présenter. J'habite dans le bâtiment en face du vôtre.

Elle me semble tout droit sortie d'un film interdit aux moins de 18 ans, qui aurait pour titre un truc avec le mot MILF dedans. Son visage est maquillé à outrance et sa tenue me brûle les rétines.

– Matthew Troxler, finis-je tout de même par lui répondre en souriant. Enchanté de vous rencontrer, Sue.

– Tout le plaisir est pour moi, rétorque-t-elle en papillonnant des paupières.

Dire qu'on imaginait avec Derek que Palisades Park pourrait être peuplé de déesses de la beauté auxquelles on aurait bien du mal à résister… Quelque chose me dit que cette Sue va faire le tour de chaque appartement pour faire connaissance avec ses voisins. Je crois que je vais laisser Derek et Travis découvrir la petite dame par eux-mêmes. Qui suis-je pour les priver de cette surprise, après tout ?

CHAPITRE 3

LI FALL

Assise dans mon canapé, je sirote un thé vert tandis que la lumière du jour inonde mon petit salon. Le soleil en plein visage, je peine à garder les yeux ouverts, mais il n'en reste pas moins salvateur.

J'inspire un grand coup et souffle lentement. Je me sens bien. Aucune raison de paniquer parce que je me retrouve seule à des milliers de kilomètres de mes repères. Des amies, je peux m'en faire en un clin d'œil. Je suis plutôt sociable, comme fille. Y'a qu'à voir Sue, ma voisine du dessous, qui n'arrête pas de me faire des signes dès qu'elle me croise. Elle m'adore déjà. Youpi ! Et puis, la résidence venant d'être livrée, j'imagine que tous les habitants feront vite connaissance et que je parviendrai à me lier d'amitié avec certains.

Avant de me mettre en route pour le local où je vais ouvrir mon salon de massage, ma curiosité malsaine me pousse à déverrouiller l'écran de mon téléphone portable et à lancer les réseaux sociaux. Je ne peux m'empêcher de regarder si Sam a publié quelque chose. Rien de nouveau. Qu'est-ce que je m'imaginais ? Que, maintenant que je suis partie loin, il allait se rendre compte qu'il a merdé dans les grandes largeurs et me faire une déclaration virtuelle ?

Lorsque j'ai pété un plomb en le surprenant avec Tracy, il a semblé désemparé, mais pas pour les bonnes raisons. Il n'a pas compris ma réaction. C'est comme s'il avait découvert à cet instant que je souhaitais qu'il soit fidèle. Quelle conne j'ai pu être ! Rien que pour ne plus avoir à le croiser, comme c'était le cas depuis notre rupture il y a six mois, je suis plus qu'heureuse d'avoir déménagé. *Alors pourquoi tu scrolles son compte Instagram ?* me murmure une petite voix dans ma tête.

Prendre conscience de cette contradiction me décide à aller de l'avant. Exit Sam, il est temps de mettre fin à mon célibat. J'installe l'application de rencontre dont tout le monde parle en ce moment : Match&More. Je crée mon profil en ne mentant sur aucune donnée. Je tiens à trouver des mecs qui me correspondent, avec lesquels j'aurais des atomes crochus. Je précise à toutes fins utiles dans ma description que la qualité première que j'attends d'un homme, c'est la fidélité. On ne pourra ainsi plus me reprocher mon manque de transparence quant à mes attentes. *Merde !*

Je ferme la porte de mon appartement à double tour et dévale l'escalier. Arrivée dans le jardin, je croise un groupe d'enfants. Certains sont des adolescents, d'autres plus jeunes. Ils me sourient et me disent bonjour poliment. Ils sont tous habillés de façon chic. Chemises et shorts, avec des baskets propres, ce qui est assez rare pour m'étonner.

– Bonjour, me salue gaiement une femme au chignon impeccable, vêtue d'une robe stricte. Vous venez d'emménager dans la résidence ?

– Euh… oui, confirmé-je en lui tendant la main. Dans le bâtiment Grant.

– Nous habitons au dernier étage du McQueen. Nous sommes là depuis une petite semaine. Mais je manque à tous mes devoirs : je m'appelle Sharon Stephen. Et voici mes enfants : Sean, Scott, Spencer, Savannah, Stanley et Sally.

Elle tapote à tour de rôle la tête de celui qu'elle nomme. Ils sont bien trop nombreux pour que je retienne leurs prénoms. Je note juste qu'ils commencent tous par la même lettre. *Original…*

– Je m'appelle Li Fall. Je suis enchantée de tous vous rencontrer.

Je me sens obligée de sourire poliment alors que j'espère que ces six enfants ne vont pas être source de trop de bruit.

Je chasse ces éventuels soucis à venir de mon esprit pour me concentrer sur le positif : mon salon de massage. J'ai hâte de pouvoir enfin visiter le local, je ne l'ai vu qu'en vidéo pour l'instant.

M. Bennett m'a donné les clefs hier, en repassant par mon appartement avant de quitter la résidence. Il m'a assuré une nouvelle fois que tout avait été repeint et que je n'avais aucune raison de m'inquiéter. Ce n'est pas comme s'il y avait plein de boutiques à louer dans les alentours. Je n'ai pas eu le luxe de jouer les difficiles. J'espère que cela ne va pas se retourner contre moi et que je ne vais pas me retrouver avec des murs délabrés et des travaux pharaoniques pour refaire une beauté à l'endroit. Je dois me mettre au travail au plus vite, sans quoi je vivrai dans une ville merveilleuse au bord de l'océan, mais en crevant de faim.

Je quitte la résidence en croisant quelques personnes chargées de cartons. Je les salue d'un simple sourire chaleureux, je ne veux pas les retarder alors qu'elles doivent avoir envie d'en finir. Je marche d'un pas tranquille en suivant les indications de mon GPS sur mon téléphone.

Je profite du paysage offert par la ville. Une grande roue ainsi que plusieurs attractions semblent être ancrées à même l'océan. Je longe un immense parking sur le front de mer. Je m'arrête quelques instants pour admirer la statue de Santa Monica. Elle est dos à la mer dans un cœur de verdure. Je me prends en photo devant et l'envoie à mes parents. Ils sont déjà repartis à Chicago et doivent à peine atterrir. Maman a versé une petite larme lorsqu'elle m'a dit au revoir, je souhaite ainsi les rassurer.

Je reprends ma route et, avec mon sens de l'orientation précaire, je ne saisis pas dans quelle direction je dois me rendre. J'ai l'impression de tourner en rond, le petit bonhomme sur mon écran me file le tournis. Pour ne rien arranger, la chaleur est étouffante. Le froid de Chicago ne me manque pas, mais il va me falloir tout de même un peu de temps pour m'habituer.

Je remarque deux pompiers en train de ranger quelques affaires dans leur camion. Ils échangent en riant, j'imagine donc que leur intervention est terminée. Ils doivent connaître cette ville mieux que personne. Du moins, je l'espère pour ma sécurité dans les rues de Santa Monica.

– Bonjour, les alpagué-je en souriant pour attirer leur attention. Je suis un petit peu perdue et je me demandais si vous pourriez me guider.

– Bien entendu, me répond l'un des deux en sortant de son véhicule. Où est-ce que vous souhaitez vous rendre ?

– Je cherche le 1451 Lincoln Boulevard.

– Il faut que vous avanciez encore jusqu'à l'hôtel Shangri-La, m'indique-t-il en pointant l'endroit du doigt. Vous prenez ensuite la première rue sur votre gauche et, après la 7e rue, vous arriverez sur Lincoln Boulevard.

– Merci beaucoup pour votre aide.

– Derek Harmon, me précise-t-il avec un sourire enjôleur. À votre service.

Je dois être rouillée en matière de drague, car je me sens un peu gênée. Je mettrais ma main à couper que mes joues rougissent. Il faut avouer qu'il est plutôt charmant dans son uniforme.

Après un dernier sourire crispé, je m'éloigne dans la direction indiquée en espérant ne pas marcher encore trop longtemps.

Une fois devant l'hôtel, je suis ravie de constater qu'il s'agit d'un quatre étoiles. Peut-être pourrai-je leur proposer de m'envoyer leurs clients contre une ristourne. Quelques minutes supplémentaires me sont nécessaires pour atteindre Lincoln Boulevard. Dès lors, j'éteins mon GPS, qui ne me sert plus à rien.

Je repère assez vite mon local. À sa droite, un hôtel s'étend sur un long périmètre du trottoir, et à gauche des restaurants se succèdent. J'observe les alentours et suis ravie de voir qu'il y a beaucoup de monde dans la rue. Le coin semble fréquenté, j'imagine qu'aux heures des repas ça doit grouiller. Je me note déjà qu'il me faut impérativement soigner ma visibilité pour attirer l'œil des passants dès que j'aurai ouvert.

J'insère ma clef dans la serrure de la porte d'entrée que je laisse entrebâillée, car ça sent le renfermé.

À première vue, le local est conforme aux photos que j'en ai reçues. Le parquet au sol est en bon état et les murs ont été repeints dans un rose pâle, comme je l'avais demandé. Une grande console en bois est reculée dans un coin de la pièce et pourra servir de bureau pour mon ordinateur portable et de point d'accueil lorsque les clients arriveront.

La sonnerie de mon téléphone attire mon attention. Il s'agit d'un appel en visio de mes parents. J'appuie sur l'icône de la caméra et les vois apparaître à l'écran, collés serrés. J'aperçois en arrière-plan un panneau d'affichage d'aéroport et j'entends le brouhaha de voyageurs derrière eux.

– Vous êtes encore à O'Hare[1], pourquoi vous m'appelez ?

– On savait que tu allais visiter ton local alors on voulait avoir tes impressions, m'explique mon père.

Ses mots me donnent envie de fondre en larmes tellement je suis touchée. Je me retiens parce qu'ils seraient capables de rembarquer dans le premier avion pour Los Angeles.

– L'emplacement me semble pas mal, expliqué-je, la gorge nouée. Le plus compliqué va être d'agencer un espace cosy et privé pour les massages.

Je lève mon portable au-dessus de ma tête et tourne sur moi-même pour leur offrir une vue à 360 degrés.

– Tu peux investir dans de beaux paravents qui cacheront tes clients lorsque tu seras en séance, sans t'enfermer dans une pièce sans lumière du jour, me conseille ma mère.

– Oui, c'est une bonne idée ! Je fermerai la porte d'entrée à clef pendant le massage en laissant un

1. Aéroport de Chicago.

petit écriteau sur la vitre pour prévenir de patienter. Tu es la meilleure, maman.

– Appelle-moi quand tu as des questions, fanfaronne-t-elle.

– Je vous laisse rentrer à la maison, vous devez être crevés. On s'appelle demain.

– On t'aime, s'exclament-ils en même temps.

– Moi plus que vous.

Je leur envoie un bisou du bout des doigts avant de raccrocher. Le fait de retourner les voir dans un petit peu plus de deux mois me rassure. Nous sommes si proches qu'il va nous falloir du temps pour nous adapter à la distance.

Je pose mon sac et m'affaire à prendre les mesures du local, puis à déplacer l'unique meuble présent pour le disposer à un endroit stratégique.

Avec la chaleur environnante, je ne tarde pas à transpirer comme un bœuf. Je photographie les murs en réfléchissant déjà à ce que je vais y accrocher. Je veux garder l'esprit feng shui que j'affectionne pour permettre à mes futurs clients de se sentir à l'aise.

Après avoir dressé une *to-do list* longue comme un bras, je quitte les lieux pour rentrer à la résidence. Je n'ai aucune envie de me balader dans un magasin de décoration grouillant de monde par cette chaleur. Je vais aller dénicher les bonnes affaires sur le Net, rafraîchie par la climatisation de Palisades Park, tout en sirotant une limonade.

Je choisis de passer par la plage pour profiter de l'océan sans plus attendre. Un panneau souhaite la bienvenue à la Santa Monica State Beach. Je retire mes sandales pour marcher dans le sable. Qu'est-ce que ça fait du bien ! *Et dire que je vais pouvoir profiter de cette sensation tous les jours.* Je contourne les nombreux filets de volley où des équipes s'affrontent avec ferveur.

Je ne me sens pas encore d'humeur à m'approcher de l'eau de trop près. Une chose à la fois. Ma mère a failli se noyer alors qu'elle avait quatre ans et en garde un profond traumatisme. Naturellement, elle m'a tenue éloignée des piscines, craignant qu'il ne m'arrive quelque chose. Mes parents m'ont seriné durant toute mon enfance que l'eau c'était dangereux, qu'il fallait être prudent, même adulte. Ils m'ont transmis leur peur sans s'en rendre compte.

Je continue à avancer et remarque une sorte de tour en bois peinte dans les couleurs de l'arc-en-ciel. Elle est accessible par une rampe et offre une vue en hauteur sur l'océan. Deux bouées typiques d'une ancienne série à succès sont accrochées à des chaînes. Un jeune homme torse nu en short rouge observe l'horizon avec des jumelles. J'ai bien fait de passer par la plage, il n'y a pas que l'océan à admirer dans le coin. Par la même occasion, je suis rassurée de savoir qu'il y a des sauveteurs ici. Ils risquent d'avoir du boulot le jour où j'oserai tremper un bout d'orteil.

CHAPITRE 4

MATTHEW TROXLER

L'après-midi touche bientôt à sa fin, et il a été plutôt calme. Pas d'intervention urgente, juste des petites blessures à panser. J'ai commencé mon job de sauveteur durant mes études, pour gagner un peu d'argent. Comme beaucoup de jeunes, j'avais envie de pouvoir m'acheter plein de trucs futiles, mais ma grand-mère ne roulait pas sur l'or. Elle m'a appris la valeur du travail. Si tu veux quelque chose, tu te donnes les moyens de l'obtenir. Bosser à la plage, c'était plus qu'un idéal. C'est mon endroit préféré au monde. Je pourrais passer mes journées entières dans l'eau ou sur une planche de surf. Depuis, je n'ai pas raccroché la bouée. Non seulement je suis au plus près de l'océan, mais en plus, c'est un terrain de chasse rêvé. Encore plus lorsqu'on porte ce short rouge emblématique. Les femmes nous imaginent subitement comme un héros prêt à les sauver.

Je lève mes jumelles à mes yeux pour surveiller les nageurs une dernière fois. La relève devrait arriver d'un moment à l'autre. Rien à signaler. Je balaie la plage du regard, les bords de l'eau. Les enfants ont tendance à s'éloigner sans s'en rendre compte tandis que les parents se détendent et perdent un peu de leur vigilance. Je salue d'un signe de tête certains habitués qui ne viennent qu'en fin de journée pour éviter les heures d'affluence. Avec le temps, j'ai appris à repérer les habitants de ce petit coin de Santa Monica, même s'ils restent minoritaires au milieu des touristes.

– Oh ! Matthew ! s'écrie une voix que je ne connais que trop bien. Je suis soulagée que tu sois encore là.

– Que puis-je faire pour toi, Lindsay ?

Elle grimpe déjà sur la rampe d'accès pour me rejoindre sur la tour de contrôle. Son bikini jaune met en valeur le bronzage qu'elle travaille tous les jours sous les lampes UV de l'institut de beauté qu'elle tient à quelques pas de la plage. Je n'ai toujours pas compris pourquoi elle ne profite pas tout simplement des bienfaits du soleil pour dorer sa peau. Sa longue chevelure blonde est retenue dans une queue-de-cheval impeccable. Je ne peux pas nier que Lindsay a un corps parfait, mais elle a ce genre de beauté froide qui ne m'attire pas plus que ça.

Elle ne doit être arrivée que depuis quelques secondes, car je ne l'ai pas repérée pendant ma garde.

– J'ai déposé ma serviette sur le sable et il y avait un tesson de bouteille par terre. Je l'ai ramassé pour le jeter à la poubelle, mais je me suis malencontreusement ouvert un peu la main avec, se lamente-t-elle en se mordillant les lèvres.

Quelle horreur ! *Appelez au plus vite le 911,* me moqué-je intérieurement.

– Fais-moi voir ça.

Professionnel, j'examine la coupure qui n'est en réalité qu'une simple égratignure, comme je le soupçonnais. Je devrais lui dire que ses excuses pour m'approcher deviennent de plus en plus pathétiques. C'est désolant. En même temps, c'est ma faute, je n'aurais jamais dû succomber à ses charmes. Depuis que j'ai commis cette erreur le mois dernier, Lindsay ne me lâche plus. Elle est finalement parvenue à me mettre dans son lit et pense pouvoir réitérer l'exploit. Quel abruti j'ai pu être, ce soir-là ! Derek et Travis m'avaient pourtant averti, mais je ne les ai pas écoutés. Je n'avais envic de fournir aucun effort lors de cette soirée. Lindsay, c'était du tout cuit. Emballé, c'est pesé.

– Je vais chercher du désinfectant, j'arrive.

Je m'éloigne pour entrer dans la tour et récupérer la trousse de premiers secours.

– Je te suis, on sera plus tranquilles à l'intérieur, dit-elle en joignant le geste à la parole.

– Non, ce n'est pas nécessaire.

Ma voix est un peu plus sèche que je ne l'aurais voulu, mais je commence à en avoir ma claque qu'elle débarque à chacun de mes services. Je reviens avec une compresse imbibée d'alcool et tamponne sa légère entaille.

– Tu fais quelque chose, ce soir ? m'interroge-t-elle, pas démotivée le moins du monde par mon comportement.

– Oui, lâché-je, sans plus entrer dans les détails.

C'est faux, mais je n'ai aucune envie de discuter plus longtemps avec elle. J'aperçois Derek qui débarque, un sourire moqueur étire ses lèvres alors qu'il me voit aux prises avec Lindsay.

– Salut mec, une urgence par ici ? demande-t-il en nous rejoignant.

– C'est déjà oublié, réponds-je en regardant l'esthéticienne dans les yeux afin de lui faire comprendre le message sous-jacent.

Mon pote et elle échangent un sourire. Derek va jusqu'à lui faire son regard de séducteur. Toujours prêt à consoler les filles, celui-là !

– Dommage pour ce soir, mais peut-être une prochaine fois, minaude-t-elle en repartant vers sa serviette.

– Admire-moi ça ! chantonne mon pote une fois que notre blessée ne peut plus nous entendre. Elle roule du cul juste pour toi ! Cette fille a faim et veut faire de ton corps son dîner. Ne la laisse pas jeûner, ça serait du gâchis.

– Hélas pour elle, elle m'a déjà eu au menu et je ne sers pas de plat deux fois.

– Je vais peut-être lui proposer une dégustation de mon cru.

– Fais-toi plaisir, mais attention, elle est du genre sangsue, ensuite. Et pendant que tu feras réchauffer mes restes, vérifie dans le sable qu'il n'y a plus de morceaux de verre. Tu es pompier, après tout !

Il me lève son majeur pour toute réponse. Je me marre tout en attrapant mon sac à dos lorsque je vois arriver mon collègue au pas de course. La surveillance prend fin pour aujourd'hui.

À peine ai-je rallumé mon téléphone que l'écran indique un appel en absence de la clinique où réside ma grand-mère. Je recompose le numéro immédiatement.

– Serenity's Pacific Center, bonjour.

– Bonjour, c'est Matthew Troxler, vous avez essayé de me joindre ?

– Bien sûr, Matthew, me répond l'infirmière qui me connaît bien, comme la plupart de celles qui travaillent là-bas, puisque je passe presque tous les jours depuis l'admission de Granny. Votre grand-mère est un peu agitée aujourd'hui. J'ai pensé que vous aimeriez le savoir.

– Il y a eu un problème ? m'inquiété-je aussitôt.

– Non, c'est juste qu'elle est un peu plus lucide et qu'elle souhaite rentrer chez elle. Elle s'est même mise en colère contre une de mes collègues.

– Je vois, soufflé-je, triste de savoir Granny contrariée et de ne pas pouvoir lui accorder ce qu'elle demande. Je serai là dans une heure.

– Merci, Matthew.

Je raccroche, le moral en berne. Derek pose une main sur mon épaule en guise de soutien. Lui et moi nous connaissons depuis cinq ans, lorsque nous avons commencé chacun des petits boulots dans les secours. Derek avait vocation à devenir un soldat du feu, là où j'ai préféré être sauveteur. Il est aussi attaché à ma grand-mère et il n'aime pas plus que moi la savoir malheureuse.

– Passe à l'appartement après, me propose-t-il.

– Seulement si tu as de la bière !

– J'en ai toujours dans mon frigo.

– Je serai là vers 21 heures, dans ce cas.

– Ça marche. Il faudra qu'on reparle de notre histoire de voisinage. Comme par hasard, le destin a fait emménager une rousse splendide au-dessus de chez moi. Si c'est pas de la provocation, putain !

– Et attends, tu n'as encore rien vu. Dans l'autre immeuble, il y a une blonde plantureuse. Elle est passée se présenter y'a deux jours, juste après que tu es parti.

– Ne me dis pas que…

– Non ! Pas si vite. Je sais me faire désirer. Et puis, honnêtement, je pense qu'elle est plutôt ton style. Je te donne la primeur.

– Ouais, ben toi, en revanche, tu touches pas à ma voisine rousse.

– Où est passé le mec qui prétendait qu'on ne devait pas flirter avec nos voisines ?

– J’ai peut-être dit ça pour avoir une longueur d’avance sur toi.

– Je comprends mieux. Tu as enfin accepté que les filles soient plus sensibles à mon charme qu’au tien. Si ça peut t’aider, tente ta chance en premier, je ne suis pas du genre à casser les coups.

– T’es vraiment un pote, se moque-t-il en posant une main sur son cœur. Je dirais plutôt que tu fais un joli lot de compensation pour les demoiselles auxquelles je n’accorde pas mon attention.

– Quoi qu’il arrive, elles sont gagnantes, analysé-je en rigolant. Allez, je te laisse, on se retrouve plus tard.

– Embrasse ta grand-mère pour moi.

J’avance sur la plage en direction de Palisades Park, espérant qu’une autre grand-mère vienne rendre une petite visite à Derek pendant que j’irai voir la mienne.

CHAPITRE 5

LI FALL

La sonnerie de mon réveil me tape sur le système et me donne envie de l'éteindre à coups de marteau. Je me retiens *in extremis* de ne pas le jeter au sol une fois que j'ai produit l'effort d'appuyer sur son fichu bouton off.

Les cheveux en pétard, je me dirige vers la cuisine et me prépare un café serré. J'ai passé une bonne partie de la nuit à concevoir un flyer pour vanter mon salon de massage. Je suis plutôt satisfaite du résultat. Bien entendu, il aurait été préférable d'engager un graphiste ou une boîte de communication, mais c'est bien au-dessus de mes moyens pour l'instant. L'impression est la seule dépense que je peux me permettre à ce stade.

Ma boisson chaude en main, je file vers la fenêtre qui donne sur le jardin de la résidence et l'ouvre. La chaleur commence tout doucement à monter. Pour une fois, tout est calme. Mes voisins doivent encore être au fond de leur lit. Ce serait le moment idéal pour aller piquer une tête dans la piscine. Les quelques cours de natation pris à Chicago avant mon départ vont être vite oubliés si je ne pratique plus. *Allez !*

J'avale d'une traite le reste de ma tasse et file dans la salle de bain. Un coup de brosse à dents, un chignon bien haut et un maillot de bain enfilé plus tard, me voilà fin prête pour affronter mes lacunes. Je passe mes tongs aux pieds et emporte un paréo avec moi.

Une fois au bord du bassin, je fais moins la maligne. À Chicago, le maître-nageur qui me suivait avait quelque chose de rassurant. Je savais qu'il était prêt à me secourir au premier signe de détresse. C'est la première fois que je vais me baigner seule. Je me concentre et garde mon calme. Je dois en finir avec cette peur irrationnelle. J'avance à petits pas en veillant à rester au bord en cas de problème. La température de l'eau est agréable, je m'immerge jusqu'à la taille sans frissonner. Je me baisse pour mettre mes épaules sous l'eau et tourne sur moi-même. Je vérifie que personne n'est en train de se moquer de moi à travers le rideau de sa fenêtre, mais la résidence semble endormie. Je prends alors mon courage à deux mains pour répéter les gestes appris il y a quelques semaines et traverse la largeur du bassin en quelques brasses. Je préfère rester là où j'ai pied, sait-on jamais.

Finalement, c'est comme le vélo, ça ne s'oublie pas. J'enchaîne quelques allers-retours pour mon plus grand plaisir. Si j'y arrive ici, pas de raison que je panique dans l'océan.

– Bonjour, Li ! m'effraie ma voisine du dessous en apparaissant au bord du bassin.

– Oh ! Madame Roberts, vous m'avez fait peur.

– Fais-moi plaisir et garde tes « madame » pour les petites vieilles qui ont du mal à se déplacer, tu veux. Appelle-moi Sue, tout simplement.

Elle s'allonge sur un transat pour bronzer. Je lui demanderais bien si elle a pensé à mettre de la crème solaire, mais je me retiens. Elle protège au moins ses yeux avec des lunettes de soleil qui cachent la moitié de son visage fripé. C'est déjà ça, et je ne voudrais pas la contrarier deux fois de suite.

– J'ai l'impression que ma petite-fille de six ans est plus à l'aise que toi dans l'eau. Pourtant, elle n'est pas douée.

Au temps pour moi, ma gentillesse me perdra...

Derrière moi, j'entends des ricanements. D'un mouvement vif, je me retourne et reconnais une des filles de ma voisine de palier et le plus âgé de la fratrie qui ne porte que des prénoms en S. Ils se foutent clairement de moi. Tellement concentrée sur ma nage, je n'ai vu personne arriver. C'est bien ma veine, je vais passer pour la nana aussi à l'aise dans l'eau qu'un chat.

Je me dirige vers les marches du bassin pour sortir de la piscine. Je n'ai aucune envie de rester auprès de cette vieille bique ni de m'afficher davantage auprès des jeunes.

– Si j'avais été mal élevée, je vous aurais dit que vous me donnez l'impression d'être encore plus vieille que vous ne l'êtes à vouloir encore avoir mon âge, mais comme j'ai eu une bonne éducation, je vais me taire et rentrer chez moi, assené-je à madame Roberts en attrapant mon paréo. Bonne journée, Sue.

Les deux adolescents ne peuvent retenir un éclat de rire. Un point partout.

Alors que je regrette déjà mes paroles en imaginant le regard scandalisé de ma mère si elle m'avait entendue, ma voisine se met à rire. *C'est officiel, elle est timbrée.* Avant qu'elle ait pu reprendre la parole, deux jeunes femmes sortent du bâtiment à la droite du nôtre d'un pas pressé. Je suis soulagée de remarquer qu'elles doivent avoir mon âge. Je m'imaginais déjà condamnée à passer mes soirées en compagnie de la petite vieille du rez-de-chaussée.

– Bonjour ! nous salue l'une d'entre elles. Nous ne nous sommes pas encore croisées, il me semble ?

– Salut, je suis Li. J'ai emménagé il y a deux jours à peine.

– Moi, c'est Ava, et voici mon amie, June.

Cette Ava a un visage candide et son sourire sincère est communicatif. Une couronne de fleurs dans les cheveux, elle semble ravie de croiser du monde. Son amie rousse paraît, elle, plutôt agacée par cette halte auprès de nous. Sa robe stricte et ses escarpins à talons nous indiquent clairement qu'elle est une *working girl*. Débordée, si j'en crois son air pressé.

– J'habite au premier étage du bâtiment Grant et Sue est au rez-de-chaussée.

Je ne me préoccupe pas de présenter les deux jeunes. Il est clair que ce ne sont pas mes enfants.

– June et moi sommes amies, mais nous n'habitons pas ensemble. Je suis installée au Astaire et June au McQueen.

– Je suis vraiment désolée de paraître impolie, nous interrompt son amie, mais je suis hyper à la bourre, on va devoir vous abandonner et vous faire une très mauvaise impression, mais, promis, je me rattraperai une prochaine fois avec une bouteille de vin. On se racontera nos vies et tout ce que vous voudrez, mais là, Ava, il faut qu'on parte, sinon je vais perdre mon job !

– Vous ne préférez pas des margaritas ? Le vin, c'est pour les débutantes, lance Sue en abaissant ses lunettes de soleil sur le bout de son nez pour observer nos deux voisines.

– On pourra en avoir aussi ? intervient Sean, ou Scott, je ne me rappelle plus très bien.

– Ce que vous voudrez ! leur accorde June en tirant son amie par la main pour quitter Palisades Park.

Ava agite sa main libre en courant derrière elle. J'ai un bon feeling, je sens qu'on va bien s'entendre elles et moi. J'accorde un signe de tête à Sue avant de remonter chez moi, mais cette dernière m'interpelle.

– Et si on organisait une fête ? lâche-t-elle en se relevant du transat. Ça serait l'occasion de rencontrer tout le monde et de faire connaissance. Qu'est-ce que vous en pensez, les jeunes ?

– Ouais, répondent-ils en haussant les épaules.

Je me rappelle très bien qu'à leur âge, il n'y a donc pas si longtemps que ça, je n'étais intéressée par rien de ce que pouvaient proposer les gens plus âgés que moi. L'air nonchalant des deux ados ne m'impressionne donc pas. Je dois même avouer que l'idée de Sue est intéressante. J'ignore si tous les appartements sont occupés et ce serait bien de pouvoir mettre un visage sur chacun de mes voisins.

– Pourquoi pas ? Ça pourrait être sympa.

– C'est décidé, alors ! On fait ça samedi soir.

– Mais c'est dans deux jours ! m'exclamé-je en repensant à ma *to-do list* et à tout le boulot qui m'attend au salon. J'ai beaucoup de travail, je n'aurai pas le temps de préparer quoi que ce soit.

– Ne te mets pas la rate au court-bouillon, je vais toquer aux portes pour prévenir que chacun apporte un truc à manger et à boire. On ne va pas faire de chichis entre nous.

Bon, je vais peut-être lui pardonner sa pique de tout à l'heure, tout compte fait.

– Et crois-moi, tu me remercieras de t'avoir permis de rencontrer le reste du voisinage, ajoute-t-elle sur le ton de la confidence en s'approchant de moi.

CHAPITRE 6

MATTHEW TROXLER

J'ai à peine le temps d'allumer le moteur après m'être installé derrière le volant de ma voiture qu'un appel retentit dans l'habitacle. Je décroche grâce à la commande sur le tableau de bord et la voix de Derek remplace la musique d'Imagine Dragons qui s'échappait des haut-parleurs.

– Tu viens de couper la parole à Dan Reynolds, mec. J'espère pour toi que tu as un truc important à me dire, chambré-je mon pote.

– Si ça avait été Matthew Bellamy[2], j'aurais raccroché, me lance-t-il en se marrant. On t'a attendu avec Travis, hier soir, à l'appart.

– Ouais, désolé, je suis resté avec ma grand-mère jusqu'à ce qu'elle s'endorme.

– Elle était si mal que ça ?

– Elle voulait à tout prix rentrer chez elle, soufflé-je en contrôlant mes rétroviseurs afin de

2. Chanteur du groupe Muse.

m'insérer dans la circulation. Elle a lutté contre le sommeil jusqu'à 3 heures du matin.

– Aïe ! C'est la merde, ça…

– Je ne sais plus si je préfère quand elle n'a aucun souvenir ou quand elle se rappelle tout. Je me demande si j'ai bien fait de la mettre dans cet institut spécialisé. Peut-être que j'aurais encore pu continuer à la surveiller du mieux que je pouvais.

– Mec, tu n'avais pas le choix ! La dernière fois qu'elle est sortie quand tu bossais, on a mis plus de deux heures à la retrouver. Et elle était en chemise de nuit et pantoufles. Tu as eu raison de la placer, c'est ce qu'il fallait faire, me rassure mon pote d'une voix ferme.

– Je sais… Je suis juste fatigué. J'ai bossé au centre de loisirs aujourd'hui et les gamins m'ont épuisé. Ils sont tellement contents d'apprendre à surfer qu'ils débordent d'énergie. Je rentre à Palisades Park, là, douche, pizza et bière. Je ne compte pas bouger de chez moi. Passe, si tu veux.

– Je suis en service, cette nuit, m'apprend-il. Je t'appelais aussi pour te dire que tu es un bel enfoiré ! Ta blonde plantureuse est venue sonner à ma porte ce midi.

Je commence à rire en imaginant sa tête quand il a dû voir Sue et percuter que c'est d'elle dont je lui avais parlé.

– Je te laisse le champ libre, mec ! Fais-toi plaisir, poursuit-il.

– Et ta charmante voisine rousse ? Tu l'as revue ?

– Revue, non. Mais entendue, oui ! Elle a fait un boucan pas possible toute la journée à déplacer ses putains de meubles alors que j'essayais de dormir pour ne pas ressembler à un zombie pendant ma garde.

– L'avantage de vivre au dernier étage, le nargué-je.

– Même la famille qui a procréé une équipe de base-ball et qui crèche tout en haut ne fait pas autant de bruit qu'elle. Si elle remet ça demain, je vais tellement la pourrir qu'il n'y aura aucun risque qu'on finisse par flirter ensemble.

– Je la consolerai si besoin.

– Ça ne m'étonne pas de toi, tiens ! Ah ! J'ai un double appel, c'est ma mère, je te laisse.

– Ne rate pas son coup de fil, sinon elle serait capable de lancer un avis de recherche dans la seconde.

– Ne parle pas mal de ma mère, espèce de petit enfoiré.

– Passe-lui le bonjour si t'arrives à en placer une entre deux mots tendres à son fils chéri !

– Va te faire mettre !

Il raccroche tandis que j'explose de rire. Derek et sa mère, c'est toute une histoire. Je le taquine souvent avec ça, mais je l'envie aussi beaucoup. J'aime penser que la mienne aurait été comme la sienne : collante, sans aucune notion du respect de la vie privée, mais avec un amour débordant pour excuser son comportement.

Je longe la plage de State Beach qui grouille de monde et arrive à hauteur du portail de Palisades Park, lequel s'ouvre grâce au boîtier automatique collé sur mon pare-brise. Je me gare sur une des places privées. De nombreux véhicules sont stationnés, signe que le voisinage commence à investir les lieux. J'attrape mon sac de sport dans le coffre et le balance sur mon épaule.

J'avance en direction de la piscine pour rejoindre mon immeuble tout en scrollant sur Match&More, une application de rencontre sur laquelle je suis inscrit depuis plusieurs semaines. J'hésite à voir quelqu'un ce soir. D'un côté, j'ai envie de rester seul, car je ne suis pas particulièrement de bonne humeur après ma courte nuit. Et en même temps, j'oublierai plus facilement mes soucis en passant un moment torride en charmante compagnie.

En arrivant au cœur de la résidence, je redresse la tête en remarquant un couple au bord de la piscine. En reconnaissant Sue, je souris. Elle et un homme de son âge sont assis les pieds dans l'eau. *Moi qui pensais qu'elle les préférait jeunes.*

– Oh ! Bonjour Matthew, me salue-t-elle avec un signe de la main. Je vous présente mon mari, William.

Ce dernier se met debout et me serre la main. Il porte un bermuda noir et un tee-shirt des Rolling Stones un peu délavé dont les manches courtes laissent apparaître des tatouages sur ses avant-bras. Miss Cougar et Papi Rockeur, je les adore déjà.

Dans un geste dramatique, je pose une main sur mon cœur en reportant mon regard sur son épouse.

– Moi qui étais heureux d'avoir une voisine si charmante… Voilà que j'apprends que vous appartenez déjà à un autre homme.

– Je n'appartiens à personne, mon petit. Il n'est pas né celui qui fera de moi sa propriété.

– Fais gaffe à ce que tu dis avec elle, me murmure sa moitié en levant les yeux au ciel.

– Je te vois et je t'entends. Je ne suis pas sourde, le réprimande-t-elle en lui lançant un regard lourd.

– Pas encore, la taquine-t-il en attrapant sa main dans la sienne dans un geste tendre.

Il dépose un baiser sur ses doigts tout en la rapprochant de lui. Je grimace quand ils s'embrassent sous mes yeux. Sans un mot, je pivote pour continuer mon chemin.

– Matthew ! s'écrie Sue pour m'arrêter. Avec les autres voisins, nous avons décidé d'organiser une soirée, samedi. Nous pourrons ainsi tous faire connaissance. Je compte sur toi, bien entendu.

– Vous avez rencontré tout le monde ? lui demandé-je en pensant à Travis et à la façon dont il a dû la recevoir.

– Non, m'avoue-t-elle. Mon voisin du deuxième étage, un certain monsieur Miller, est rarement chez lui. Je ne parviens pas à l'intercepter. Idem, au rez-de-chaussée du McQueen. Impossible de savoir si l'appartement est occupé ou non. Personne ne m'a jamais ouvert la porte et les voisins n'ont vu personne.

Concernant l'habitant du deuxième, je connais la raison pour laquelle elle a fait chou blanc. Et quand bien même elle aurait réussi à coincer Travis, j'aurais été surpris qu'il accepte de participer à cette petite fête, en bon asocial qu'il est.

– Travis Miller est un ami à moi, lui expliqué-je. Je me charge de le faire venir.

– Oh ! Et sa compagnie est-elle aussi plaisante que la vôtre et celle du pompier qui loge au McQueen ?

– Personne ne rivalise avec mon charme, madame Roberts, déclaré-je en lui souriant.

– Quel coquin vous faites !

Son mari doit être habitué à son badinage, car il ne semble pas s'en offusquer.

– Vous verrez, les jeunes femmes qui vivent ici n'ont rien à vous envier, me lance justement ledit mari. Si j'avais votre âge, je prétexterais qu'il me manque du sel à la première occasion pour rendre une petite visite à notre jolie voisine du dessus.

OK. Ils sont tous les deux un peu perchés. Néanmoins, à les regarder main dans la main au bord de cette piscine, se délectant des potins du voisinage comme deux ados, ils ont un petit quelque chose d'attachant. Ils possèdent ce type de complicité que seul le temps vous permet de tisser.

– J'espère que ce n'est pas avec ce genre d'approche qu'il est parvenu à vous passer la bague au doigt, glissé-je à Sue.

– Qu'est-ce que tu crois, mon petit, il en a bavé pour me séduire !

Je me marre en secouant la tête. Décidément, cette Sue n'a pas fini de me surprendre.

– On se voit samedi, alors, lui confirmé-je avant de mettre les voiles.

En me dirigeant vers l'escalier qui mène à mon appartement, je repère un petit carton qui traîne près d'un palmier. Quelqu'un a dû l'oublier pendant son emménagement. Je le ramasse, mais rien n'est indiqué dessus. Pas de nom, ni de prénom. Je le secoue et quelques objets s'entrechoquent à l'intérieur. J'espère qu'il ne contient rien de fragile. Le colis est bien scotché, pour éviter tout dommage pendant le transport. Je m'apprête à demander à Sue s'il lui appartient, mais mes deux petits vieux préférés ne sont plus là. Je décide de garder la boîte avec moi. Je profiterai de la fameuse fête des voisins pour retrouver son propriétaire.

CHAPITRE 7

LI FALL

Armée de chips au vinaigre et de deux bouteilles de vin blanc, je file rejoindre Sue et son mari, qui viennent de lancer les festivités de cette première soirée entre voisins à Palisades Park. J'espère que tout se déroulera pour le mieux et qu'il y en aura plein d'autres.

Lorsque je m'approche de la cuisine extérieure aménagée dans le jardin de la résidence, je remarque qu'il y a déjà du monde, dont les deux jeunes femmes croisées l'autre jour.

– Li, c'est bien ça ? se rappelle celle qui arbore à nouveau des fleurs dans les cheveux.

– Oui, et toi, c'est Ava ou June. Je ne sais plus qui est qui, avoué-je avec une moue embarrassée.

– Je suis Ava. Et elle, la nana pressée, c'est June.

Son amie porte une tenue plus décontractée, ce soir. Une robe d'été dans les tons turquoise avec des sandales à plateforme. Je suis soulagée de constater qu'Ava n'a pas fourni d'effort vestimentaire particulier, comme moi. J'ai opté pour un short et un tee-shirt classiques, sans chichis. Après tout, mes voisins risquent de me croiser plus d'une fois sans maquillage et les cheveux décoiffés lorsque j'irai chercher mon courrier. Et puis Sue a parlé d'une rencontre tout ce qu'il y a de plus simple. Pas de quoi sortir une robe de cocktail.

– Li, ma chérie, m'interpelle justement ma voisine du dessous, viens te débarrasser de ce que tu as apporté. Tu seras plus tranquille les mains vides.

Je dépose les deux bouteilles et le grand paquet de chips sur la table déjà bien fournie en apéritifs et bouteilles de bière.

– Je suis encore désolée pour l'autre jour, s'excuse June à mon côté. Promis, je ne suis pas mal élevée.

– Aucun souci. Ça m'arrivera sûrement aussi d'être à la bourre et d'avoir à peine le temps de vous saluer.

– En même temps, si Ava ne m'avait pas mise en retard, nous aurions pu nous attarder un peu, reproche-t-elle à sa copine sur le ton de la plaisanterie.

– Ce n'est pas ma faute ! s'offusque cette dernière.

– Ah non ? s'étonne June.

– C'est typique des Gémeaux, je n'y peux rien.

– Et la voilà qui remet ça avec ses signes du zodiaque…

Je souris en les écoutant se chamailler.

– Quel est ton signe astrologique ? me questionne Ava.

– Pourquoi j'ai tout à coup l'impression que notre entente pourrait dépendre de cette réponse ?

June s'esclaffe en buvant une gorgée de sa boisson alcoolisée directement au goulot.

– Mais non, pas du tout, me rassure Ava. Je sais avoir l'esprit ouvert, mais je pourrai ainsi mieux te cerner.

– Je suis Cancer.

Un petit cri de joie lui échappe et elle se met à tapoter ses paumes l'une contre l'autre avec un grand sourire.

– Alors, verdict ? Gémeaux et Cancer sont-ils faits pour s'entendre ?

– Parfaitement ! On va passer des soirées à avoir des fous rires, c'est certain ! Et nos signes sont aussi connus pour se soutenir dans les moments difficiles.

– Espérons que vous n'aurez pas à découvrir si c'est vrai.

Ava tire la langue à June, avant de reprendre à mon intention :

– C'est bientôt ton anniversaire, alors !

Je me contente de hocher la tête et garde pour moi le fait que cette date marque plutôt un triste événement dans ma vie.

– Une passionnée d'astrologie, s'exclame Sue, tout à coup intéressée. Est-ce que tu tires les cartes, aussi, ou quelque chose comme ça ?

– Je peux calculer votre chemin de vie, si vous le souhaitez. Ou alors votre compatibilité amoureuse en fonction de vos dates de naissance.

– C'est adorable de ta part, lui lance William, que j'ai croisé hier pour la première fois. Mais elle et moi savons parfaitement que nous n'étions pas du tout faits pour être ensemble. Sur le papier, du moins !

– C'est vrai. Pourtant ça va faire cinquante ans que nous fricotons, confirme Sue.

June et moi pouffons en entendant le choix de mot de Mme Roberts. À l'entendre, elle n'est avec son mari que pour passer du bon temps.

Je les surprends alors qu'ils échangent un regard plein de sous-entendus. Si j'en crois l'électricité qui crépite entre eux, ils doivent avoir une vie sexuelle plus épanouie que la mienne actuellement.

Je ne suis pas la seule à les observer en pensant qu'ils sont uniques en leur genre. Un jeune couple avec une poussette où gazouille une petite fille sourit de leur complicité. Ils discutent avec mes voisins de palier. J'entends Luisa leur prodiguer un tas de conseils pour parvenir à faire dormir leur enfant. Ils l'écoutent attentivement, sûrement en plein désarroi dû au manque de sommeil. Un peu plus loin, deux hommes se tiennent par la main et discutent avec un troisième de jeux vidéo.

Des bruits de pas se font entendre derrière nous. Je me tourne en même temps qu'Ava et June pour rencontrer les nouveaux venus. Deux mecs approchent d'un pas lent avec des packs de bière et des amuse-gueule. Je reconnais l'un d'eux. C'est le pompier à qui j'ai demandé mon chemin il y a quelques jours. Il est toujours aussi mignon sans son uniforme, mais je dois bien avouer que ça lui ôte un petit charme croustillant. Son pote affiche un sourire digne d'une pub pour n'importe quel produit. Il a d'ailleurs peut-être bel et bien quelque chose à nous vendre puisqu'il tient également une boîte en carton dans l'une de ses mains. Il arbore une légère barbe de quelques jours et a négligemment entortillé ses cheveux blonds dans un bun. Je déglutis et inspire à fond pour rester de marbre face à sa musculature qui se dessine sous son tee-shirt. Il me procure une sensation étrange de déjà-vu, pourtant je suis sûre de ne pas l'avoir croisé dans la résidence. Je me serais souvenue d'un voisin du genre.

– Deux mecs aussi canons ne devraient pas avoir le droit de traîner ensemble, marmonne June.

– C'est limite un attentat à la pudeur, ajoute Ava avant de s'élancer à leur rencontre.

– Au cas où vous vous poseriez la question, oui, ils vivent tous les deux à Palisades Park, nous susurre Sue en toute discrétion. Chacun possède son propre appartement. Et je n'ai vu aucune fille avec eux ces derniers jours, mais ils sont hétéros à cent pour cent.

– Ils sont surtout jeunes et vous êtes mariée, rétorque June, pince-sans-rire.

– Et vous avez leur âge. Alors si vous êtes célibataires, faites donc comme votre amie, allez vous présenter. Ils sont deux, vous êtes trois. Mieux vaut marquer son territoire très vite. Comment croyez-vous que j'aie mis le grappin sur mon William ?

– Heureusement que vous êtes là pour nous donner des conseils, la taquine June, amusée. Grâce à vous, notre vie amoureuse va radicalement changer.

– Moque-toi tant que tu veux, rétorque Sue en haussant les épaules. Mais le pompier te dévore déjà du regard.

Elle n'a pas tort. Il n'écoute pas un mot de ce que leur raconte Ava. Toute son attention est focalisée sur June.

– Un pompier ? Il va me falloir une nouvelle bière pour affronter cette soirée ! se plaint-elle en m'abandonnant pour aller chercher de quoi boire.

– Sue ! s'exclame tout à coup celui qui accompagne le soldat du feu. Vous êtes tout en beauté, ce soir.

– Matthew, garde tes flatteries pour ces demoiselles, lui répond-elle en souriant. Avec moi, l'affaire est déjà dans le sac, si jamais…

Le fameux Matthew éclate de rire avant de reporter son attention sur l'assemblée.

– Mesdames et messieurs, s'exclame-t-il pour attirer l'attention de tous. J'ai trouvé ce carton abandonné près d'un palmier vers la piscine. Il doit sûrement appartenir à l'un de vous.

Il secoue le colis en le tenant en l'air afin que tout le monde puisse l'apercevoir. Même les jeunes qui se sont posés un peu plus loin pour discuter entre eux.

– On a toutes nos affaires, informe la maman du jeune bébé. Avec Isabella qui me tient éveillée toutes les nuits, j'ai déjà eu le loisir de tout déballer.

Plusieurs autres habitants secouent la tête, signalant que ça ne leur appartient pas.

– Ouvre-le donc, propose une des filles de Luisa en haussant une épaule. Il y a peut-être une indication sur son propriétaire à l'intérieur.

– Ce n'est pas très respectueux d'ouvrir ce qui ne nous appartient pas, fait remarquer l'un des deux hommes qui se tiennent par la main.

– Fais pas ton rabat-joie, le réprimande faussement sa moitié en le bousculant un peu pour la forme.

– Dernière chance avant que je dévoile ce qu'il contient ! lance Matthew en jetant un coup d'œil à nos voisins.

Aucune manifestation de quiconque. Matthew n'attend pas plus longtemps et déchire le ruban adhésif. Alors qu'il ouvre et affiche un sourire franchement amusé, je me dis qu'il a fait une sacrée découverte.

– Tout s'explique, se marre-t-il.

Il en sort un Womanizer et un tube de lubrifiant. Effectivement, je comprends mieux que le propriétaire du colis ne se soit pas désigné. Quoique, nous ne lui aurions pas demandé de l'ouvrir devant nous. J'imagine qu'il ne souhaitait pas s'expliquer sur son contenu auprès de sa famille.

– Je le garde chez moi, si jamais quelqu'un souhaite le récupérer… J'habite au dernier étage du bâtiment Astaire, et je sais très bien garder les secrets.

Nous rions tous de sa dernière réplique tandis qu'il range le sex-toy dans sa boîte. J'ai comme la sensation que tout le monde se dévisage, maintenant, pour tenter de voir qui semble embarrassé. J'entends la mère des six enfants essayer de s'en sortir avec les questions de ses plus jeunes, qui n'ont pas compris à quoi sert cet objet. *La pauvre !*

– Matthew, continue Sue l'air de rien, comme si elle ne lui avait pas sous-entendu que la porte de sa chambre à coucher lui était grande ouverte. Je te présente ma voisine dont nous t'avons parlé.

– Li, enchantée, balbutié-je en lui tendant une main maladroite, ce qui semble exaspérer celle qui essaie de jouer les entremetteuses. On ne s'est pas déjà croisés quelque part ?

Maintenant qu'il est plus près, ma sensation de déjà-vu s'accentue.

– Normalement, c'est ma tactique d'approche, plaisante-t-il en gardant ma main dans la sienne.

– Je suis sérieuse, affirmé-je en fouillant dans ma mémoire.

– Dans ce cas, imagine-moi torse nu avec un bermuda rouge, ça te reviendra peut-être avec plus de facilité.

– Mais oui, ça me revient ! Je t'ai vu à State Beach. Tu es sauveteur, c'est ça ?

– Eh oui !

– Matthew, tu m'avais promis de faire venir mon voisin du troisième étage et je ne le vois nulle part, se lamente Sue.

Il est vrai que je n'ai encore jamais eu l'occasion de croiser celui qui vit juste au-dessus de chez moi. C'est Sue qui m'a appris qu'il s'agit d'un homme, d'ailleurs.

– J'ai essayé de le convaincre, mais il n'est pas très fan des fêtes, tente-t-il de s'excuser.

– Il est chez lui, annoncé-je à Sue. J'ai entendu du bruit dans son appartement tout à l'heure.

– Je vais le chercher, s'exclame Ava qui n'a rien loupé de nos échanges, en se dirigeant déjà vers le bâtiment.

– Je ne pense pas que ce soit une bonne idée, l'avertit Matthew.

– Pourquoi ? le questionné-je en haussant un sourcil. Il n'est pas obligé de devenir notre meilleur ami, l'objectif est de faire connaissance pour favoriser de bonnes relations de voisinage.

– Raison de plus pour éviter d'aller sonner à sa porte. Il n'aime pas être dérangé.

– Je vais y aller avec elle.

Matthew grimace alors que je me dirige vers mon immeuble. Il semble plus sûr qu'Ava n'affronte pas seule l'éventuel ours mal léché qui vit au-dessus de mon appartement.

Je grimpe les marches deux par deux pour ne pas la laisser me distancer. Lorsque j'atteins le palier, son plus beau sourire plaqué sur le visage, elle toque à la porte. Aucune réponse. Elle insiste et frappe une nouvelle fois, un peu plus fort, afin qu'il comprenne qu'elle ne compte pas lâcher l'affaire. Il finit par ouvrir brusquement, nous effrayant un peu au passage.

– Quoi ? aboie-t-il.

Des cheveux aussi noirs que la colère qui luit dans ses prunelles, il nous jauge d'un œil mauvais.

– Salut ! s'exclame Ava d'une voix enjouée. Nous sommes tes voisines, Ava et Li.

Nous attendons qu'il se présente en retour, mais il n'en fait rien.

– On organise une petite rencontre en bas, au bord de la piscine, avec tous les voisins et…

– Matthew m'en a parlé et ça ne m'intéresse pas.

– On a de la bière, insiste-t-elle en agitant sa bouteille sous son nez. Beaucoup de bière.

Elle tente de l'appâter comme elle peut. Ce n'est pas gagné vu qu'il ne se déride pas d'un poil. De mon côté, je ne suis finalement pas d'une grande aide, je ne trouve rien à répliquer.

– J’en ai dans mon frigo, ça ira. Et il me semble bon de rappeler que, d’après le règlement de la copropriété, il est interdit de faire du bruit après 23 heures.

– Je ne savais pas qu’on avait déjà élaboré un règlement, marmonne-t-elle en me regardant, étonnée.

– C’est bien ce qui me semblait, se sent-il obligé d’ajouter. À 23 heures, je ne veux plus rien entendre, sinon j’appelle la police pour tapage nocturne, c’est compris ?

– Vous ne pensez pas que la police a mieux à faire ?

– Si, donc ne soyez pas stupides et mettez fin à cette fête à l’heure.

Sur ces mots, il nous claque la porte au nez. Ava et moi restons interdites le temps de quelques secondes. Comme dit toujours mon père, il y a des cons partout. Il fallait qu’à Palisades Park, ça soit mon voisin du dessus.

– Mais quel connard, ce type ! m’écrié-je en espérant qu’il m’entende. Viens, redescendons à la fête nous amuser.

Ava ne semble pas trop perturbée de s’être fait envoyer chier de la sorte. Son sourire s’agrandit même à mesure que nous descendons les marches pour retourner au bord de la piscine.

– Ce type est malpoli, et toi, ça te fait marrer ?

– Il doit être Bélier, se contente-t-elle de me répondre.

– Donc, selon toi, nos signes astrologiques excusent tout ?

– Je n'ai pas dit ça, mais ils expliquent bien des choses.

Absolument pas d'accord, je n'ajoute rien.

Nous rejoignons le groupe à l'extérieur. Sue m'observe arriver et je secoue la tête pour lui indiquer que notre charmant voisin ne nous honorera pas de sa présence.

– Alors, comment ça s'est passé ? m'interroge Matthew qui est assis au bord d'un transat, une bière à la main.

– Ton pote a été odieux.

– Je t'avais prévenue.

– Il a menacé d'appeler les flics si on faisait du bruit après 23 heures ! m'écrié-je.

Matthew se marre, comme si la mise en garde de son pote cachait quelque chose qui m'échappe.

– Tu habitais où, avant ? me demande-t-il en changeant de sujet.

– Chicago.

– J'ai froid rien qu'en t'entendant prononcer le nom de cette ville.

– N'importe quoi ! On a aussi de beaux étés, là-bas. La Californie n'a pas le monopole du soleil.

– Te voilà pourtant ici.

– Tu as toujours vécu dans cet État ?

– Oui, je suis un enfant de Los Angeles. Et même plus particulièrement de Santa Monica. J'aime trop ma ville, ses plages et son climat pour la quitter. C'est le meilleur endroit au monde pour vivre, selon moi. Tu verras, tu ne voudras plus jamais repartir !

Quelque chose se noue dans mon estomac lorsque nos regards se croisent et que nous échangeons un sourire. Je ne sais pas si ça m'enchante ou pas. Si je me suis inscrite sur Match&More, c'est bien parce que je me sens prête à me lancer à nouveau dans une relation. Et ce Matthew est plutôt séduisant. D'accord, il est carrément à tomber. Et il semble le savoir. Il est clair que c'est un tombeur. C'est dommage parce qu'il m'a paru bienveillant dans ses échanges avec Sue. Mais depuis ma déconvenue avec Sam, je fuis ce genre de mecs. Un écriteau fictif clignote sur son front, avec *warning* écrit dessus en rouge flashy. Pour mon propre bien, pas touche au sauveteur au charme ensorcelant.

CHAPITRE 8

MATTHEW TROXLER

J'essuie la buée sur le miroir de ma salle de bain, et constate à ma barbe fournie que je me suis négligé cette semaine. Il faut dire qu'entre mon boulot à la plage, les cours de surf et de natation que je donne et les allers-retours à *Serenity's Pacific Center* pour passer du temps avec Granny, je n'ai pas été très présent chez moi. Le peu de temps que j'y ai passé, c'était pour m'étaler sur mon lit et pioncer.

Mes préjugés sur mes voisins gothiques se sont révélés faux. Ils sont calmes et ont même installé des plantes à notre étage. Je trouve ça plutôt cool. Je leur ai proposé de les arroser par roulement s'ils le souhaitaient. J'ai entendu les pleurs de la petite Isabella quelques fois, en rentrant le soir. Sa maman nous a expliqué lors de la fête des voisins que la petite les tient éveillés toute la nuit. À ce rythme, je me demande comment ils tiennent le choc.

Ayant enfin un peu de temps à moi, je suis bien décidé à sortir et à me vider la tête de tous mes soucis. Je file dans ma chambre pour passer un boxer. J'attrape mon téléphone pour appeler Derek et voir quels sont ses plans.

– Tu t'es rappelé que t'avais un pote ? me lance-t-il en guise de salutation.

– Oh ! Je t'ai manqué cette semaine ? Comme c'est adorable !

– Mec, on se voit moins qu'avant alors qu'on crèche au même endroit, maintenant.

– Je suis rentré tard tous les soirs.

– Ta grand-mère, ça va ? me demande-t-il en comprenant tout de suite la cause de mon absence.

– Ça dépend des jours, l'informé-je en prenant le premier tee-shirt dans mon armoire. On sort, ce soir ?

– Je suis en route pour la caserne. Je remplace un collègue toute la nuit.

– Génial, j'irai faire la tournée des bars tout seul, comme un con, maugréé-je, amer.

– Appelle Travis.

– Il va faire fuir toutes les nanas avec son air colérique et je vais rentrer bredouille.

– Propose à ton voisin du rez-de-chaussée. J'ai discuté avec lui l'autre jour, il est plutôt sympa. Il s'appelle Aaron et il aurait bien besoin de sortir le nez de son écran, si tu veux mon avis.

– Je ne vais pas prendre le risque de me coltiner un mec qui va me parler code toute la soirée. L'informatique, c'est carrément pas mon truc.

– J’hallucine ou tu avoues que tu as besoin de mon charme légendaire pour attirer les filles ?

– Dans tes rêves ! rétorqué-je en riant. Allez, va sauver des vies pendant que je passerai du bon temps en charmante compagnie.

– Ouais, c’est ça ! Fais gaffe que je ne sois pas appelé pour récupérer un pauvre type en coma éthylique, après avoir bu seul comme un trou. J’aurais honte d’être ton pote.

– Aucun risque, je n’aurai pas besoin de plus de deux verres avant d’être approché par une jolie créature.

Je l’entends rire au bout du fil avant que nous raccrochions.

N’étant pas emballé par l’idée de sortir seul, je tente tout de même un appel à Travis pour lui proposer de se joindre à moi. Mais je tombe sur son répondeur après quelques sonneries. Je décide de lui envoyer un message, même si je sais pertinemment qu’il ne répondra pas. Ce mec a un sérieux problème avec les textos. Enfin, de communication en général, en fait.

Un peu refroidi par ma solitude, je m’échoue dans mon canapé et j’allume la télé. Sortir pour boire en solitaire ne me branche pas des masses.

L’icône de Match&More me fait de l’œil depuis l’écran de mon téléphone. Peut-être que je peux trouver de la compagnie sans sortir de chez moi. J’ai déjà amorcé quelques approches avec certaines filles auxquelles je pourrais proposer de passer. J’appuie dessus et suis assailli par plusieurs notifications. Je passe outre pour ne pas perdre de temps. Je relis les derniers messages échangés, mais aucune nana ne me donne vraiment envie de la relancer. Je finis par faire défiler les profils proches de chez moi. Peut-être en ai-je loupé certains intéressants ou que de nouveaux sont apparus.

Alors que je scrolle, je reconnais un visage parmi toutes les photos qui passent sous mes yeux. Je clique pour m'assurer qu'il s'agit bien de Li, ma voisine du bâtiment en face. Comme Derek, je ne l'ai pas croisée depuis la fête de la semaine dernière. Elle m'a semblé avoir de l'humour et elle est d'une beauté saisissante. Sans réfléchir, je décide de la contacter.

Matthew : Coucou voisine !
Merci de ne pas laisser entrer
des mecs chelous dans la résidence.
Il y a des hommes dangereux
sur le Net.

Je clique sur envoyer et je reprends mon inspection des éventuelles candidates pour me tenir compagnie, mais je suis interrompu immédiatement par une réponse de Li.

Li : Je sais bien que ce genre
d'application regorge d'un tas de mecs
bizarres. Hélas, pour Palisades Park,
c'est trop tard. Figure-toi
qu'il y en a déjà un qui y vit.

Son message me fait exploser de rire. Je m'empresse de lui répondre.

Matthew : Il n'y a pas plus inoffensif
que moi !

Li : J'ai du mal à y croire vu ce
que je lis dans ta description !
« Jeune surfeur recherche l'amour sans
vouloir se retrouver avec un *leash*.[3] »

Comme elle, je pars à la découverte de son profil plus en détail. Si sa photo attire, le reste est à chier.

Matthew : C'est sûr que
« aime les balades dans la nature »
ne risque pas d'effrayer qui
que ce soit. Mais je n'imagine pas
les mecs que ça doit attirer !

Li : Je n'ai pas à me plaindre
des hommes qui me contactent.
Enfin jusqu'ici…

Sa remarque me tire un sourire.

Matthew : Tu m'as pourtant répondu
tout de suite, tu ne dois pas être
si occupée que ça avec d'autres
prétendants…

Li : Je souhaite simplement entretenir
de bonnes relations de voisinage.

---

3. Cordon qui se fixe à la cheville afin d'attacher la planche au surfeur.

Et je soulignerais que si tu m'as
envoyé un message,
c'est que tu ne dois pas crouler
sous les opportunités non plus...

Elle vient de se trahir avec ces derniers mots.

Matthew : Non plus ?
Donc tu avoues ne pas avoir de prises.

Li : Je préfère de loin la qualité
à la quantité.

Pauvre brebis égarée au milieu d'une horde de loups affamés. J'imagine déjà le défi que certains mecs vont vouloir relever avec elle. Mettre dans son lit les filles qui prétendent chercher une relation sérieuse, c'est presque une compétition. Mais elles sont aussi nombreuses à prétendre vouloir trouver le grand amour alors que la réalité est tout autre. Je ne comprends pas qu'elles n'assument pas d'avoir juste envie de passer un bon moment.

Je me demande si Li est sincère dans sa recherche.

Matthew : OK, je vois. Pour la qualité,
je ne sais pas. Mais pour la quantité,
je suis depuis assez longtemps
sur ces applications de rencontre
pour savoir que ton profil ne doit pas
attirer des masses. La première chose
que les mecs voient après ta photo
de profil, c'est « fan de feng shui »,
ça doit les faire fuir.

Li : Tant mieux puisque le but
est d'éloigner tous les types
qui ne sont pas sérieux !

Il semblerait qu'elle ne soit pas refroidie par l'idée de ne pas avoir beaucoup de matchs. Ma voisine est donc une vraie romantique.

Matthew : S'il te plaît, Li, je t'ai trouvée
plutôt sympa et tu as l'air d'avoir
la tête sur les épaules, ne me dis pas
que tu fais partie des femmes
qui pensent pouvoir trouver le grand
amour grâce à une application
de rencontre.

Li : S'il te plaît, Matthew, je t'ai trouvé
plutôt sympa samedi dernier,
ne me dis pas que tu fais partie
de ces mecs qui sont inscrits
sur cette appli uniquement pour fournir
leur tableau de chasse…

Je me marre alors qu'elle reprend mes mots à sa façon. Je continue mon inspection de son profil et lève les yeux en lisant la fin.

Matthew : Je viens de voir que
ta description se termine par le fait
que tu ne tolères pas l'infidélité !
En fait, tu recherches une demande
en mariage ?

Li : Je recherche simplement un mec
avec un minimum de conversation,
de respect envers les femmes

et qui ne pense pas qu'à coucher
avec moi dès le premier rencard.
Ça ne me semble pas être trop
demander.

On dirait que j'ai touché une corde sensible. Sur le fond, elle a raison. Évidemment que lorsqu'on est en couple et qu'on veut être exclusif, la fidélité est primordiale. Mais elle ne semble pas prendre en compte qu'ici les gens cherchent d'abord un premier contact pour vérifier s'ils partagent des points communs. Elle donne l'impression d'attendre une déclaration amoureuse dès le premier message.

Matthew : Je ne suis pas certain
que tu puisses trouver ça ici.

Li : Tu estimes donc ne pas
correspondre à ces critères ?

Je ne sais pas trop quoi lui répondre. Il est certain que je ne souhaite pas me mettre en couple, et j'admets que je ne cherche que du sexe, donc j'estime être respectueux envers les femmes que je rencontre. Les choses sont claires dès le départ, je ne promets rien que je ne suis pas en mesure de donner. Je suis disponible pour quelques heures de corps à corps torrides pendant lesquels je suis entièrement dévoué, et aucune ne s'en est plainte jusqu'ici.

Pour ne pas trop me dévoiler, je décide de la taquiner.

Matthew : C'est une proposition ?

Li : ABSOLUMENT PAS !
C'est juste pour savoir si mon voisin
est un queutard de première.

Je déteste ce terme. Pourquoi toujours faire passer ceux qui ont envie de légèreté pour des enfoirés ? Je ne vois pas où est le mal si les deux parties sont d'accord sur les termes de l'engagement. Une nuit endiablée et on se quitte le sourire aux lèvres dès l'aube.

Matthew : Le fait de passer la nuit
avec une nana lors du premier rencard
ne signifie pas que je ne la respecte
pas. De mon point de vue,
être honnête dès le départ sur le fait
que la relation se limitera à du sexe
démontre que je suis transparent.
Je ne suis pas du genre à promettre
quoi que ce soit alors que je ne
recherche rien d'autre que de passer
un agréable moment en charmante
compagnie. Si selon tes critères
ça fait de moi un queutard,
mon ego s'en remettra.

Sa réponse met un peu plus de temps à arriver que les précédentes.

Li : Désolée, j'ai été un peu virulente...
Je ne te juge pas, j'ai juste
du mal avec le concept du sexe
sans sentiment.

J'apprécie qu'elle s'excuse en ayant senti m'avoir un peu vexé, mais je campe sur mes positions.

Matthew : Et moi j'ai du mal
avec le concept d'alourdir le sexe
avec toutes les emmerdes relatives
liées au couple.

Li : C'est dommage,
tu passes sûrement à côté
de belles histoires d'amour.

Un rire m'échappe face à son côté fleur bleue. Je ne ressens nullement le besoin qu'une femme m'aime pour apprécier de passer du temps dans toutes sortes de positions compromettantes.

Matthew : C'est dommage pour toi
aussi. Tu passes certainement
à côté de parties de jambes
en l'air extraordinaires.

Cette réflexion me rappelle le carton coquin qui traîne toujours chez moi. Et s'il lui appartenait ? Après tout, elle est célibataire et plutôt difficile en matière de mecs. Elle doit avoir besoin de s'occuper d'elle toute seule.

Matthew : Maintenant que j'y pense,
ce fameux colis que j'ai trouvé,
il ne serait pas à toi, par hasard ?

Li : Est-ce une tentative pour savoir
si j'utilise des sex-toys ?

Matthew : Pas du tout ! Mais j'avoue
que je suis curieux de savoir
qui a pu égarer son petit jouet.

Li : Ce n'est pas moi, en tout cas.
Si ça avait été le mien, je t'aurais pris le carton des mains dès que tu l'as exhibé devant tout le monde.

Matthew : Je crois que je vais enquêter pour découvrir qui se cache derrière ce Womanizer.

Après tout, ce n'est pas comme si j'en avais une grande utilité. Autant tout mettre en œuvre pour le rendre à sa propriétaire. Je le fais évidemment dans la seule intention de rendre service. C'est ce qu'on est censé faire entre voisins, non ?

Li : La curiosité est un vilain défaut.

Matthew : Ça ne m'en fera qu'un de plus…

CHAPITRE 9

LI FALL

Cette fois, tout est prêt. Les voiles blancs dénichés dans un magasin discount donnent une atmosphère cocooning à la pièce. Après les heures de galère pour les suspendre avec harmonie depuis le plafond et sur le long des murs, je suis plus que satisfaite du rendu. La table de massage en bois trône fièrement au milieu de l'espace dans lequel de petites lumières disséminées ici et là apportent une ambiance tamisée et propice à la détente. Quelques orchidées apportent pour leur part de la vie et de la couleur. Il ne me reste plus qu'à sélectionner ma playlist de musiques relaxantes et à l'enclencher sur mon enceinte avant de lancer mon activité.

Je suis impatiente de recevoir mes premiers clients. Au cours de ma formation, à Chicago, j'ai acquis les différentes techniques de massage bien-être. Je n'avais qu'une hâte : ouvrir mon propre institut et aider les gens à se détendre et à se sentir plus en phase avec leur corps. J'avais repéré un endroit idéal pour ça, à quelques pas du garage dans lequel Sam travaillait, mais il a anéanti mes projets en me trompant. La réussite de ce salon à Santa Monica est d'autant plus importante pour moi. Pour ça, je vais devoir commencer par me faire connaître.

Armée des flyers réceptionnés hier, je récupère mes affaires, ferme la porte à double tour, puis je me dirige vers la plage d'un pas décidé. L'idée est de les distribuer à un maximum de personnes pour leur donner envie de venir. Mon agenda vide me file le cafard quand je pense au peu de chiffres qu'indiquait mon dernier relevé bancaire.

En ce début d'après-midi, le soleil cogne et les baigneurs sont nombreux. J'aurais dû compléter ma robe à fines bretelles d'un chapeau pour me protéger un peu. J'ai au moins eu la présence d'esprit de ne pas porter de talons, mais une simple paire de sandales faciles à retirer une fois dans le sable. Je ne me lasse pas de cette sensation douce et chaude sous la plante de mes pieds.

Alors que j'observe les personnes présentes, réfléchissant à la meilleure technique pour les aborder, j'aperçois Matthew marcher au bord de l'eau. Nos derniers échanges remontent à deux jours, pourtant j'en ai encore le sourire en y repensant. Même si nos attentes sont diamétralement opposées en amour, ça ne nous empêche pas de respecter nos points de vue respectifs. Je suis une fleur bleue, là où il est plutôt du genre exterminateur de petites culottes. Cependant, de ce qu'il en dit, toutes ses partenaires ont conscience de la courte durée de leur passage dans sa vie, il n'y a donc rien à redire à ce sujet.

Les pieds dans l'eau, il n'est vêtu que du fameux bermuda rouge des sauveteurs et porte une bouée de la même couleur, à la forme mythique. Le spectacle est plaisant à regarder. Je ne suis d'ailleurs pas la seule à m'attarder sur son torse bronzé et musclé. Deux filles installées sur des serviettes ont les yeux rivés dans sa direction. Ses cheveux mi-longs sont détachés, quelques mèches virevoltent au gré du léger vent provenant de l'océan.

Je m'approche pour le saluer, sans savoir comment l'aborder dans la vraie vie après notre discussion virtuelle.

– Décidément, chaque fois que je te vois, tu as l'air d'avoir un boulot pénible. Ça doit être difficile à supporter tous les jours, décidé-je de le taquiner en guise de bonjour.

Il pouffe un peu en secouant la tête.

– Il y a pire, je te l'accorde. Mais si tu as les capacités d'aller repêcher une personne de soixante-dix kilos à plus de trois cents mètres du rivage, n'hésite pas à postuler. On cherche toujours du monde, rétorque-t-il.

Je me retiens de lui dire qu'il faudrait déjà que je sois assez courageuse pour oser tremper un orteil dans l'étendue d'eau sans fin face à nous. Je prends comme prétexte toutes mes occupations depuis que je suis arrivée à Santa Monica pour ne pas avoir franchi le pas, mais je sais pertinemment que ce sont de fausses excuses. Je retarde l'échéance parce que j'ai la frousse des vagues qui ne cessent de frapper le bord de la plage, et de me retrouver emportée par le courant. Tout ça à cause des mille recommandations de prudence de ma mère.

– Hum… Je crois que je vais laisser ça aux professionnels !

Il sourit puis s'intéresse à ce que je tiens dans les mains.

– Qu'est-ce que c'est que tous ces papiers ?

– Oh ! m'exclamé-je en brandissant un de mes flyers. Je suis venue me faire un peu de publicité.

– Un salon de massage ? demande-t-il d'un ton intrigué tout en détaillant mon offre de prix.

– Oui, j'ouvre demain, sur Lincoln Boulevard.

– Ah ben voilà, c'est ça que tu dois noter dans ton profil : que tu es masseuse ! Tu n'imagines pas le nombre de mecs qui vont te contacter avec cette information.

– Qui te dit que ce n'est pas déjà le cas ? me renfrogné-je alors qu'il a raison, je ne croule pas sous les matchs.

– Toi, il y a deux jours. Mais même sans ça, pour en être un, je sais avec exactitude ce qu'il se passe quand un mec scrolle et tombe sur ta photo. Il clique parce que tu es une belle femme. Ensuite, en détaillant ta description, il se rend compte que tu rimes avec ennui, missionnaire, et encore, pas tous les soirs.

La colère prend vite le pas sur le choc. *Mais pour qui il se prend ?* Je ne lui permets pas de me juger de cette façon.

– Tu peux bien penser ce que tu veux, je m'en contrefous. Et je préfère encore être ennuyeuse que de me faire prendre pour un gigolo par plusieurs filles le même soir !

Ma tirade le fait éclater de rire. Je lui arrache mon prospectus des mains, bien décidée à le laisser planté là et à me reconcentrer sur mon objectif. *Non mais quel culot !*

Alors que j'esquisse un pas, une fillette qui passe à proximité de nous en courant s'étale de tout son long, la tête la première dans le sable. Matthew se précipite pour la soulever.

– Hey, ma puce ! s'exclame-t-il d'une voix douce. C'est une sacrée pirouette que tu nous as faite là !

Le visage et la bouche pleine de sable, la petite se met à pleurer. Nullement impressionné par ses sanglots, il plonge les mains dans l'eau pour la rincer.

– Voilà, ce n'est rien du tout. Tu es à nouveau la plus belle fille de cette plage, la complimente-t-il en lui souriant. Je te reconnais, tu habites à Palisades Park, non ?

La gamine hoche la tête. Je crois bien qu'il s'agit d'une des filles de Sharon, notre maman de famille nombreuse.

– Tu t'appelles comment ?

– Sally, lui apprend-elle entre deux reniflements tandis qu'elle se calme un peu.

– Tu me montres avec qui tu es venue ?

Elle pointe du doigt un endroit sur la plage, non loin de là. Deux ados sont étendus sur de larges serviettes, le regard concentré sur leur téléphone. Il doit s'agir de ses frères aînés.

– Allez, viens, on va leur dire que tu es une future gymnaste de haut niveau.

Un sourire étire les lèvres de la petite alors que Matthew lui tend la main. Il s'adresse à moi avant de partir :

– Attends-moi, me dit-il avec la même prévenance.

C'est bien parce qu'il l'a demandé gentiment que j'accepte d'un hochement de tête. Mon attitude vexée semble l'amuser, si j'en crois son air canaille.

Je l'observe se diriger vers les adolescents d'un pas tranquille tout en discutant toujours avec Sally. Ses frangins jettent enfin une œillade pour vérifier les alentours. L'un deux se lève dès qu'il remarque sa sœur avec le sauveteur. Si je m'attendais à ce que Matthew l'engueule pour ne pas avoir surveillé la petite avec plus d'attention, il n'en est rien. Ils échangent quelques phrases, mais il semble plutôt dans la prévention.

Après un dernier signe de la main à la petite fille, il revient vers moi.

– Tu comptes distribuer ça sur la plage ? m'interroge-t-il en pointant mon paquet du doigt.

J'acquiesce à nouveau d'un signe de tête, encore agacée contre lui. *S'il fait une réflexion sur l'aspect des prospectus, je ne réponds plus de rien !*

– Je finis dans vingt minutes, m'apprend-il. J'ai une idée pour ta publicité, tu m'attends ?

J'hésite. Je ne suis pas certaine d'adhérer à son idée vu nos divergences d'opinions.

– Promis, tu ne le regretteras pas, insiste-t-il comme s'il comprenait le tour de mes pensées.

– OK, accepté-je, n'ayant a priori rien à perdre excepté un peu de temps.

Il semble ravi. Je ne peux m'empêcher de lui rendre son sourire. Nous nous dirigeons vers la tour de contrôle où il est posté aujourd'hui.

– Je peux te prêter une serviette, si tu veux aller te baigner en attendant.

– C'est gentil, mais je n'avais pas prévu d'aller dans l'eau.

– J'ai aussi tout un tas de maillots de bain perdus, si tu as besoin.

Je grimace à l'idée de porter quelque chose ayant appartenu à quelqu'un d'autre sans avoir pu le laver au préalable.

– Merci, mais non merci.

Il se marre alors que je m'assieds sur le sable chaud. Je lui cache surtout qu'il est préférable que je reste au sec s'il ne veut pas finir sa journée par un sauvetage.

CHAPITRE 10

MATTHEW TROXLER

Une fois libre, je me change rapidement dans la tour. Je troque mon bermuda rouge contre un short en jean délavé et passe un tee-shirt blanc. Mes tongs en main, je rejoins Li, qui n'a pas bougé de sa place depuis qu'elle s'est assise là. Son regard n'a pas quitté l'horizon. Elle semble se repaître de ce décor californien, comme s'il pouvait disparaître d'un moment à l'autre. Elle remarque ma présence et me sourit.

– Alors, cette brillante idée ? Qu'est-ce que c'est ?

Je l'ai vexée tout à l'heure et je m'en veux. Ce n'était pas mon intention, mais avec mon franc-parler, ça m'arrive souvent.

– Les gens sur la plage sont pour la plupart de passage. Leur donner ton flyer, ce serait comme pisser dans un violon. Ils vont te le prendre pour être polis, et ensuite, il finira dans une poubelle, dans le meilleur des cas.

Elle grimace et semble embêtée de ne pas avoir pensé aux conséquences écologiques que pourrait avoir son action.

– Je ne souhaite pas polluer, on est bien d'accord, mais comment je fais dans ce cas pour me faire connaître ? Et je t'arrête tout de suite, je n'ai pas les moyens de me payer un de ces petits avions qui survolent les plages avec un bandeau publicitaire.

– Tout de suite dans la démesure ! m'exclamé-je en lui prenant ses prospectus des mains. Maintenant que tu les as imprimés, allons les donner à des personnes qui pourront réellement avoir un impact sur ton activité.

– C'est-à-dire ?

– Suis-moi, tu verras.

– On ne t'a jamais dit que c'est agaçant de ne pas communiquer tes projets aux gens concernés ?

– Si, mais je suis un emmerdeur de première, donc ça me va.

Elle lève les yeux au ciel mais m'emboîte tout de même le pas.

Je nous fais quitter la plage et nous dirige dans le centre-ville. Lorsque nous arrivons sur Palisades Avenue, je commence notre tournée des commerçants par ma boutique de surf préférée.

– Salut, Dwayne ! alpagué-je le patron que je connais depuis que je suis haut comme trois pommes.

– Hey, Matthew ! Qu'est-ce que je peux faire pour toi aujourd'hui ?

– Pour moi, rien. Je voulais simplement te présenter Li. Elle vient d'ouvrir un salon de massage sur Lincoln Boulevard. Je suis sûre que ta femme serait ravie que tu lui offres un petit moment détente, à l'occasion.

– Je ne masse pas uniquement les femmes, intervient celle qui m'accompagne, souriante, en serrant la main que Dwayne lui tend. Si vous avez besoin de vous relaxer, vous êtes le bienvenu.

Je ne sais pas si je suis le seul à voir un double sens dans ses propos. Si c'est le cas, Li n'a peut-être pas complètement tort sur le fait que je suis un peu trop obsédé par le sexe. Je tends quelques prospectus au propriétaire de la boutique, qu'il dépose près de la caisse.

– Si vous êtes une amie de Matthew, je ne manquerai pas de parler de vous à mes clients, soyez-en sûre !

– C'est très gentil de votre part, le remercie-t-elle.

Nous sortons de la boutique et j'embraie tout de suite sur la suivante. Il s'agit de la parfumerie tenue depuis plus de quarante ans par Elizabeth, une amie de Granny.

Elle quitte son comptoir dès qu'elle m'aperçoit. Sa démarche est lente et hésitante malgré la canne qui la soutient.

– Toujours fidèle au poste, à ce que je vois ! la salué-je avant de l'embrasser sur la joue. Quand est-ce que tu vas te décider à partir à la retraite ?

– Pourquoi tout le monde voudrait que j'arrête de travailler alors que j'ai toute ma tête ? me rétorque-t-elle en me serrant quelques instants dans ses bras. Dis-moi plutôt comment va Suzanne, au lieu de dire des âneries.

– Oh ! Tu sais, ça va ça vient, éludé-je, n'ayant aucune envie d'aborder ce sujet maintenant. Je voulais te présenter Li.

Étonnée, Elizabeth détaille ma voisine d'un œil acéré avant de m'adresser un sourire de connivence.

– Li habite dans la même résidence que moi, et elle ouvre un salon de massage. J'ai pensé qu'avec tout le passage que tu as, tu pourrais parler un peu de son activité à tes clientes.

– Quel genre de massages ? interroge l'intéressée pour en savoir plus.

– Tout ce qu'il y a de plus correct, la rassure-t-elle aussitôt en rougissant.

– Tu penses bien que si je te la recommande, c'est que son salon est au-dessus de tout soupçon ! ajouté-je.

– Vous avez l'esprit bien mal placé, jeunes gens, nous accuse-t-elle en fronçant les sourcils. Je n'insinuais rien du tout, je demandais simplement plus de précisions.

– Tu devrais prendre rendez-vous avec elle, avant qu'elle n'ait plus un créneau disponible. Comme ça, tu seras fixée.

Li secoue la tête discrètement face à mon exagération.

– Laisse-moi quelques-uns de ces papiers, finit par se décider Elizabeth. J'en parlerai autour de moi.

– Je savais que je pouvais compter sur toi.

– Toujours, mon petit, m'assure-t-elle avant de nous abandonner pour renseigner un client qui vient d'entrer.

Li et moi rejoignons la rue. J'avance déjà en direction de notre prochaine destination quand elle m'interpelle :

– Tu connais tout le monde ici ?

– Je te l'ai dit, je suis né et j'ai grandi ici.

– C'est vraiment très gentil de ta part de faire ça pour moi.

– Entre voisins, c'est normal, balayé-je ses remerciements.

Nous continuons notre tournée auprès de tous les commerçants que je connais dans le coin. J'évite soigneusement l'institut de beauté de Lindsay. Pas sûr qu'elle voie d'un bon œil l'installation de Li à quelques rues de son affaire. Je ne connais rien à leur domaine d'activité, donc je ne sais même pas si elles seront concurrentes, mais je préfère prévenir que guérir.

Au bout de deux heures, nous avons épuisé son paquet de pubs.

– Je te paie un verre pour fêter ma première campagne de communication ? me propose-t-elle, le sourire aux lèvres.

– Avec plaisir.

– Je te laisse choisir l'endroit. Ça sera l'occasion de découvrir une bonne adresse.

Je l'emmène au *Speak Easy*. J'adore ce bar, son ambiance cool et ses billards. Il est à quelques pas de la jetée et offre une vue magnifique sur la baie de Santa Monica. Sur place, Li prend le temps d'observer la décoration et semble l'apprécier.

Nous passons commande. Li demande des pickles en plus de nos boissons.

– Toute cette marche m'a donné faim, se justifie-t-elle avant d'enchaîner sur un autre sujet. Tu as finalement retrouvé le propriétaire du colis mystère ?

– Non, je pense que personne n'osera le réclamer maintenant que tout le monde sait ce qu'il contient.

– Ça c'est sûr ! s'exclame-t-elle en riant.

– Tu sais, s'il est à toi, j'étais sérieux, je ne dirai rien à personne. Après tout, tu es célibataire, à la recherche d'un homme qui n'existe pas, si tu veux mon avis. Cet objet coquin pourrait très bien être ton fidèle ami.

– S'il m'appartenait, j'aurais reconnu la boîte et me serais empressée de te l'arracher des mains.

– Il ne manque donc rien à ta collection personnelle ? la questionné-je pour l'embêter encore un peu.

Elle secoue la tête avec un sourire qui illumine son visage. Elle ne me répondra pas, évidemment.

– Tu t'es mis en tête de retrouver à tout prix à qui est ce Womanizer, si j'ai bien compris ?

– Tout à fait. J'élimine déjà Ethan et David.

– Qui ça ?

– Tu n'as parlé à personne lors de notre petite fête entre voisins ou quoi ? C'est le couple qui vit dans le bâtiment McQueen, au premier étage. J'imagine qu'ils n'ont aucune utilité d'un stimulateur de clitoris.

– Mais quel enquêteur hors pair, tu fais ! se moque-t-elle.

– Je penche pour Taylor Green.

– La maman du bébé qui ne fait pas ses nuits ?

– Oui, elle a répondu très vite que ce n'était pas à elle, c'est suspect.

– Tu sais, ça peut être à n'importe laquelle des femmes qui vivent dans la résidence. Tu comptes t'y prendre comment pour la découvrir, exactement ? Tu ne vas pas sonner chez Taylor et la questionner à ce sujet, tout de même ? Son mari va te recevoir.

– Je profiterai d'un jour où je la croise seule pour lui dire que je peux lui rendre et que ça restera entre nous.

– Encore faudrait-il qu'elle te fasse confiance.

– Je compte sur le fait que son jouet lui manque pour qu'elle se dévoile.

– N'importe quoi ! Elle va s'en racheter un et puis voilà.

– Je ne m'avoue pas vaincu avant d'avoir essayé. Alors sinon, madame la masseuse, qu'est-ce qui t'a amenée à poser tes valises aussi loin de Chicago ?

– L'envie de changer d'air, se contente-t-elle de me répondre.

J'arque un sourcil l'air de dire « mais encore ». Elle gagne un peu de temps lorsque le serveur dépose nos bières et la nourriture. Je finis par comprendre tout seul ce qui peut inciter une jeune femme à tout plaquer pour partir à plus de trois mille kilomètres de la ville où elle a grandi.

– Laisse-moi deviner, il y a un homme là-dessous.

– Pas un homme, non, me contredit-elle. Un enfoiré de première.

Son visage perd de sa gaîté, ce qui me fait regretter ma curiosité.

– Qu'est-ce qu'il a bien pu faire pour mériter ce titre honorifique ?

– Me tromper.

Je grimace en avalant une gorgée de ma boisson.

– Plusieurs fois, ajoute-t-elle avant de descendre à son tour plusieurs lampées de sa bière.

– Je comprends mieux ton mot à propos de la fidélité sur ton profil. Et pourquoi Santa Monica ?

Elle grignote un cornichon sans se rendre compte de l'aspect suggestif de son geste.

– J'ai été abandonnée à la naissance.

– Merde, désolé, m'empressé-je de m'excuser de lui rappeler ce mauvais souvenir.

– Oh ! Ce n'est rien, me dit-elle aussitôt. J'ai eu la chance d'être adoptée quelques semaines après. Mes parents sont géniaux et je n'ai jamais manqué de rien. Ma mère biologique m'a abandonnée sur le parvis de l'hôpital de Santa Monica. Alors quand j'ai eu envie de prendre le large et de tourner définitivement la page sur mon histoire avec mon ex, cette ville s'est imposée à moi.

– Tu souhaites retrouver tes parents biologiques ?

– Non. J'y ai déjà pensé plusieurs fois, mais je ne me suis jamais lancée. Je ne suis pas malheureuse de ne pas les connaître donc pourquoi les rechercher ? Ils devaient avoir de bonnes raisons pour choisir de ne pas garder un nouveau-né. Et je n'ai pas envie de foutre le bordel dans leur vie aujourd'hui. Ni dans la mienne, si ce que je découvre me déplaît. Après tout, ils ne m'ont même pas laissé un petit mot d'explication pour quand je serais en âge de comprendre. Rien. Donc j'interprète ça comme une coupure définitive.

– Qui a choisi ton prénom, dans ce cas ?

– La sage-femme du service maternité où j'ai été recueillie. Elle a dû sortir le premier prénom asiatique qui lui est venu à l'esprit, plaisante-t-elle.

– Je n'ai quasiment pas connu mes parents non plus, me confié-je à mon tour. Ils sont décédés dans un accident de la circulation quand j'avais un an.

– C'est terrible, compatit-elle sincèrement.

– C'est ma grand-mère maternelle qui m'a élevé, donc j'ai la chance d'avoir pu compter sur elle pour partager avec moi des souvenirs et des anecdotes les concernant. Je les connais en quelque sorte à travers elle, ce qui me permet de mieux vivre avec ce vide.

Je n'ai aucune envie de gâcher ce moment en lui révélant que tout est emmêlé dans l'esprit de Granny, aujourd'hui, et que j'ai peur de la perdre elle, maintenant.

– Je comprends. Avec mes parents adoptifs, on est vraiment fusionnels. Grâce à eux, je ne ressens pas de manque. Ils m'ont apporté tout l'amour et l'attention que mes parents biologiques n'ont pas souhaité ou pu me donner.

– Ils doivent être géniaux !

– Ils le sont, s'exclame-t-elle en affichant un grand sourire. Je sais que j'ai eu beaucoup de chance de tomber sur eux après ce mauvais départ.

Je pique un pickles dans le bocal entre nous et récolte une petite tape de Li sur la main.

– J'ai mérité d'en manger aussi, plaisanté-je en en volant un deuxième. J'ai presque fait tout le job, cet après-midi !

– C'est vrai, m'accorde-t-elle. Tu pourras passer au salon quand tu veux pour un massage, c'est la maison qui offre.

J'avale le reste de ma bière en étudiant son visage. Elle se mordille les lèvres en soutenant mon regard, sans rien laisser paraître de ce qui lui passe par la tête. Je ne sais pas pour elle, mais mon cerveau imagine déjà ses longs doigts fins parcourir mon dos puis mes épaules. Je déglutis péniblement. Je dois maintenant me concentrer pour calmer la trique que cette vision n'a pas manqué de faire naître dans mon caleçon.

CHAPITRE 11

LI FALL

Cette première semaine d'ouverture n'est pas un franc succès, mais la catastrophe a été évitée. Plusieurs commerçants rencontrés grâce à Matthew sont passés me rendre une visite de courtoisie. Je pense surtout qu'ils souhaitaient voir de leurs propres yeux ce que je propose exactement. J'ai pris le temps de leur présenter les lieux ainsi que mes différents diplômes en massages. Je crois pouvoir affirmer qu'ils sont repartis rassurés de ne pas avoir découvert une activité plus torride une fois la porte fermée. Maintenant, il ne me reste plus qu'à croiser les doigts pour qu'ils parlent de moi, et que les premières clientes qui se seront laissé tenter me recommandent à leurs amis.

Alors que je prépare un énième post pour alimenter mes réseaux sociaux avant de fermer la boutique, une jeune femme sophistiquée fait son entrée. Grande, maquillée à la perfection et habillée avec goût, elle balaie du regard les moindres recoins du salon.

– Bonjour, la salué-je de façon enjouée, je peux vous renseigner ?

– À vrai dire, non, rétorque-t-elle d'un ton froid en continuant son inspection. Je suis Lindsay Reynolds, la patronne de l'institut de beauté California LR Spa, à trois rues d'ici.

– Enchantée de vous rencontrer, lui réponds-je sans me démonter face à son impolitesse. Que me vaut le plaisir de votre visite ?

– Je suis installée dans le secteur depuis quelques années maintenant, alors vous comprendrez que je passe voir quelles sortes de services vous proposez.

– Je vois, dis-je en refermant mon ordinateur portable. Soyez rassurée, nos activités n'ont rien à voir l'une avec l'autre.

– Permettez-moi d'en douter. Je propose également des massages relaxants.

– Sans vouloir vous offenser, notre objectif n'est pas le même. Mon souci premier est le bien-être global de mes clients. Je ne vise pas l'esthétique mais la sérénité, l'adéquation entre l'esprit et le corps.

Qu'on soit clair, je respecte les esthéticiennes prodiguant des messages relaxants. Mais cette Lindsay ne semble pas être venue me voir en paix. Elle a immédiatement sorti les griffes. Quand bien même nous serions directement concurrentes, cela aurait pu se passer en bonne intelligence. Los Angeles accueille suffisamment de monde pour que nous ayons chacune notre clientèle.

– Dans ce cas, pas de quoi s'affoler, s'exclame-t-elle avant de se diriger vers la porte. N'hésite pas à passer à l'institut à l'occasion pour tes sourcils, j'accorde cinq pour cent de remise aux commerçants de la jetée.

– Quelle générosité ! m'exclamé-je en me retenant *in extremis* de lui demander quel est le problème avec mes sourcils.

Après un dernier sourire de vipère, elle quitte enfin mon salon, ravie de sa pique. Sa présence a créé des ondes négatives. Je peux les sentir m'entourer. J'allume quelques bâtons d'encens pour purifier l'espace.

Lorsque j'entends à nouveau la porte s'ouvrir, je crains le pire, mais je suis tout de suite rassurée en reconnaissant June et Ava.

– Je t'avais bien dit que c'était Li ! s'écrie Ava à l'intention de son amie. Tu travailles ici ?

– Plus que ça, c'est mon salon, leur précisé-je. Il est ouvert depuis une semaine seulement.

– Et tu ne nous as rien dit ! On serait déjà venues se faire dorloter si on avait su.

– J'avais tellement de choses à penser entre mon emménagement et l'ouverture que je me rends compte que nous n'en avons même pas parlé ensemble lors de la soirée des voisins.

– Je bosse pour le *Santa Monica Daily Press*, m'apprend June. Je peux te négocier un petit encart publicitaire gratuitement, si ça peut t'aider.

– Tu rigoles ? m'exclamé-je. Ça serait super !

– Allons discuter de ça autour d'un verre, nous interrompt Ava. On se rendait au *Speak Easy*, sur la jetée, tu nous accompagnes ?

– J'allais fermer. Je range quelques affaires et je vous y rejoins ?

Je sais où il se situe puisque c'est là où m'a emmenée Matthew après notre escapade à travers les rues du quartier pour m'aider à me faire connaître.

– Ça marche, on réserve déjà une table, comme ça.

Aussitôt les filles sorties, je me dépêche de lancer une machine de linge avec les serviettes utilisées dans la journée. Je passe un coup de balai et range les quelques papiers éparpillés ici et là sur le bureau. Une fois que tout est en ordre, satisfaite, j'éteins les bâtons d'encens et j'attrape mon sac à main. Je me réjouis de retrouver mes deux voisines.

Sur place, June et Ava sont installées autour d'un mange-debout sur lequel trois verres de cocktail sont déjà servis. Le soir, l'ambiance du lieu est feutrée. Les enceintes diffusent une musique entraînante sans être assourdissante.

– On commence avec des Cosmopolitan, constaté-je en arrivant à leur table. Je valide ce choix.

Elles rient et nous trinquons toutes les trois.

– Dis-moi, Li, m'interroge June, tu as aussi un souci avec ta boîte aux lettres ?

– Comment ça ?

– Le volet permettant de glisser le courrier dedans a été collé de façon définitive, sur la mienne. Tout comme la porte. Idem pour celle de plusieurs autres habitants.

– Comment c'est possible ?

– De la super glue et le tour est joué ! s'exclame Ava en claquant des doigts.

– Ça doit être une blague d'un des gosses de la résidence.

– Ouais, ben ça ne me fait pas rire. Je vais devoir payer des frais d'intervention pour la faire changer. Si je chope le petit merdeux responsable de ça, il va passer un sale quart d'heure, me répond-elle.

– Je vérifierai en rentrant si la mienne a été saccagée aussi.

Je prie déjà intérieurement que ce ne soit pas le cas. Je ne sais pas combien coûte une nouvelle boîte aux lettres, mais je n'ai pas besoin de ça en ce moment.

– Alors, racontez-moi tout, leur demandé-je pour changer de sujet. Vous vous connaissez depuis longtemps ?

– Un peu plus d'un an, m'explique June. On s'est rencontrées par le biais du travail.

– Tu es journaliste aussi, Ava ?

– Oh ! Non pas du tout ! Je suis fleuriste.

– Ça explique tes couronnes de fleurs dans les cheveux, déduis-je en admirant celle qu'elle arbore ce soir. Vous habitiez déjà à Santa Monica avant d'emménager à Palisades Park ?

– Non, on vient de Salt Lake City, mais j'ai décroché un poste au *Santa Monica Daily Press* il y a quelques mois. J'ai mis Ava dans ma valise, pour ainsi dire, et nous voilà.

– La Californie, ça doit vous changer de l'Utah.

– C'était un peu le but.

– Vos familles ne vous manquent pas ?

Les deux amies échangent un regard voilé. J'ai la sensation d'avoir posé la question qu'il ne fallait pas.

– Si, elles nous manquent, me répond Ava, que je sens tout à coup un peu triste. Mais on ne regrette pas d'être venues s'installer ici.

Je comprends leurs sentiments partagés. Je suis également tiraillée, car j'aimerais pouvoir voir mes parents tous les jours tout en restant à Santa Monica.

– Ça nous fait donc un point commun, affirmé-je en tendant mon cocktail au milieu de la table pour trinquer à nouveau avec elles.

Nos verres s'entrechoquent et nous échangeons un sourire complice. Celui qui signifie que nous savons la peine que chacune ressent tout en étant certaines d'avoir pris la bonne décision malgré tout.

– Bon, les filles, ce n'est pas que votre compagnie me déplaît, mais mon horoscope indiquait ce matin que j'avais de grandes chances de rencontrer l'amour de ma vie aujourd'hui. Je vais aller faire un petit tour au comptoir et aux autres tables pour m'assurer de ne pas passer à côté.

Sur ces mots, Ava termine son Cosmo et s'enfonce dans le bar. June la suit un instant des yeux avant de rire.

– Tu t'habitueras à sa folie, m'assure-t-elle. Comment ça se passe pour toi à Palisades Park ? Sue ne s'immisce pas trop dans ta vie, j'espère.

Je souris. Cette bonne femme n'est pas comme les autres, c'est certain.

– Je crois que je m'habituerai à sa folie à elle aussi, plaisanté-je. Et toi, la famille Stephen et leurs nombreux enfants ne font pas trop de bruit ?

– Tu plaisantes, ils sont adorables ! Ils m'apportent même des trucs qu'a cuisinés leur mère. Si je mangeais tout ce qu'ils me donnent, j'aurais déjà pris cinq kilos. Et heureusement pour moi qu'ils sont cool parce que j'ai assez à faire avec le voisin du dessous.

– Derek ? Le pompier, c'est ça ?

– Oui, il a des horaires complètement décalés. Il claque sa porte à n'importe quelle heure de la nuit, se plaint du bruit que je fais dans la journée. Et je ne te parle même pas des cris de truies en chaleur quand il est de repos, me détaille-t-elle, excédée.

– Le mieux serait que vous en discutiez, je pense. Il va vous falloir trouver un terrain d'entente pour ne pas vous voler dans les plumes à tout bout de champ.

– J'ai déjà tenté une approche, mais il semblerait que puisqu'il sauve des vies à tour de bras, il doive être considéré comme le roi du monde.

– Transforme-toi en reine des ténèbres, dans ce cas, et impose-lui le respect qu'il te doit.

June me dévisage en arquant un sourcil.

– D'où ça sort, ça ?

– Il se peut que je lise un peu trop de romance fantastique.

Du moins, c'était le cas avant que je lance une affaire et que je ne compte plus mes heures de travail.

– Et que serais-je censée faire si j'étais une héroïne d'un de tes livres ?

Je grimace, car je pressens qu'elle ne va pas aimer ce que je vais lui dire.

– Tu sais, dans la majorité des histoires d'amour que je dévore, les héros se détestent au départ et ils finissent plus heureux que jamais ensemble.

– J'ai besoin d'une bassine, je vais vomir, s'écrie-t-elle en feignant d'avoir la nausée.

– Tu exagères ! Il faudrait être vraiment difficile pour ne pas admettre que Derek est canon.

– Li, quand un mec est aussi chiant que beau, je passe mon tour.

Dans mon champ de vision, j'aperçois Ava revenir vers nous, un grand sourire scotché aux lèvres. Je pince les miennes pour ne pas exploser de rire quand je vois qui la suit. June finit par regarder dans la même direction que moi. Elle souffle alors si fort qu'elle fait voltiger quelques mèches de cheveux échappées de son chignon.

– Regardez qui j'ai trouvé ! s'écrie Ava une fois de retour à notre table.

– Oh ! Ma si discrète voisine, s'exclame Derek à l'intention de June. Je n'ai pas entendu le son mélodieux de tes talons aujourd'hui, j'allais appeler Travis pour signaler ta disparition.

Matthew, qui accompagne son ami, vient s'asseoir à mes côtés autour de la table et me salue d'un clin d'œil sans perdre une miette de la dispute qui menace d'éclater.

– Qui est Travis ? lui demandé-je dans un murmure.

Il pointe du doigt le troisième homme qui les accompagne.

– Mais je le reconnais ! me renfrogné-je en fronçant les sourcils. C'est le type qui vit au-dessus de chez moi et qui nous a envoyées chier le soir de la fête des voisins.

– Il a ses bons et ses mauvais jours, se contente-t-il de me répondre en haussant les épaules et en lançant un regard lourd de sens à son pote.

– Désolé pour l'autre fois, finit par s'excuser celui-ci. J'étais crevé et j'avais eu une sale journée.

– Qu'est-ce que tu fais dans la vie qui te rende aussi agressif ? lui rétorqué-je, pas le moins du monde disposée à passer l'éponge sur la manière dont il s'est adressé à nous.

– Je suis officier de police.

Ma langue claque contre mon palais. Pour moi, rien ne justifiera de passer ses nerfs sur quelqu'un, quelle que soit la journée endurée, mais peut-être n'est-ce pas le moment de le faire remarquer.

– Mais vous formez quoi au juste, tous les trois ? Un sauveteur, un pompier et un flic ! Vous êtes une sorte de *Justice League* ? les taquine June, sans accorder un regard à Derek.

– Au moins, vous ne risquez rien à Palisades Park avec nous, lui répond Matthew.

– J'en doute. À moins que vous ne sachiez qui a scellé nos boîtes aux lettres avec de la glue…

– Les vôtres aussi ? fulmine Derek. J'ai déjà appelé Roy Bennett pour lui signaler le problème.

– Li pense que ce doit être un coup d'un des enfants de la résidence, pour s'amuser.

– Je vais lui passer l'envie de s'amuser si je lui mets la main dessus. J'attends un colis. Soit il est déjà dedans et je ne pourrai pas le récupérer, soit le livreur ne pourra pas l'y déposer. J'ai la haine.

– En parlant de colis, intervient Matthew, June et Ava, vous êtes certaines qu'il ne vous manque pas un petit objet très personnel qui pulse de l'air, par hasard ?

– J'ai vérifié et j'ai le mien, lui répond Ava, sans aucune gêne, attirant toute l'attention sur elle.

Curieux, les trois garçons se tournent vers June, qui ne semble pas décidée à répondre à la question.

– Ce n'est pas à moi, finit-elle par lâcher face à l'insistance des regards de nos voisins.

– Pourquoi devrait-on te croire ? lui demande Derek en s'accoudant à la table et en posant son menton sur ses mains.

– Parce que je préfère les godes, lui susurre-t-elle sur le ton de la confidence, nous faisant tous éclater de rire. Et je te serais reconnaissante d'arrêter de m'imposer le défilé de ces demoiselles qui quittent ton appartement dès les premières lueurs du jour.

– Promis, je leur demanderai d'être plus discrètes en repartant que pendant qu'elles sont chez moi, la nargue Derek.

– Tu sais, j'ai lu un article rédigé par un sexologue réputé, dernièrement. Il certifiait qu'une femme qui crie très fort pendant l'acte devait être interprété comme une manière de vous encourager à enfin en finir. En d'autres mots, c'est un signe d'ennui.

Nous pouffons tous plus ou moins discrètement. Matthew en recrache une lampée de bière. J'attrape immédiatement une serviette et lui tamponne le menton. Sa main se pose sur la mienne dans un geste naturel pour s'essuyer. Je dégage aussitôt la mienne, gênée par cette proximité soudaine. Heureusement, une notification fait vibrer mon téléphone dans mon sac à main et attire mon attention ailleurs. Je le sors pour éviter de croiser le regard de mon voisin. Il s'agit d'un message de David, un homme avec lequel je discute en ligne depuis quelques jours. Alors que je découvre son invitation, j'entends Matthew exploser de rire par-dessus mon épaule.

– Sérieux ? Il te propose d'aller au cinéma ? Vous avez quoi ? Quatorze ans ?

Bien que je sois en partie d'accord avec son analyse, je ne lui ferai pas le plaisir de le lui révéler. David était sympa au premier abord, mais il commence à m'ennuyer. Pour une première rencontre, je n'ai pas envie de m'enfermer dans une salle obscure avec interdiction de faire du bruit. Ça m'énerve de penser ça, mais Matthew avait peut-être raison à propos de mon profil. Les mecs qui me contactent me semblent fades et sans repartie. Aucun n'a de l'humour et nous avons rarement de réels points communs. Mais plutôt mourir que de le lui avouer !

Je jette quasiment mon téléphone sur la table en soufflant, sans prendre la peine de répondre à mon prétendant virtuel.

– En fait, le problème vient de moi, je crois que je ne suis pas faite pour les sites de rencontre, lui dis-je en finissant mon cocktail.

– Donne-moi ton téléphone, m'ordonne-t-il d'une voix douce qui me fait craindre le pire. Je vais le faire crouler sous les demandes de rencard. Tu n'auras plus qu'à faire le tri pour trouver l'homme de tes rêves.

CHAPITRE 12

MATTHEW TROXLER

Mes gueules de bois, je les soigne à la dure. Aussitôt levé, j'enfile un short de sport et avale une boisson énergisante. Je ne m'attarde pas dans mon appartement, sinon je risque de retourner me coucher pour cuver au fond de mon lit. Mes baskets de running aux pieds, je dévale les marches de mon immeuble.

– Bonjour Matthew, me salue ma voisine du premier étage, installée avec sa petite fille sur une couverture dans l'herbe du jardin commun.

– Bonjour madame Green, vous profitez de la fraîcheur du matin ?

– Appelle-moi Taylor, s'il te plaît, j'ai l'impression d'avoir l'âge de Sue avec tes « madame ».

Je me marre et me dis que c'est le moment de vérifier ma théorie selon laquelle le Womanizer lui appartient.

– Taylor, puisque nous en sommes à nous appeler par nos prénoms et à nous tutoyer, tu peux tout à fait me réclamer la chose que j'ai chez moi et qui t'appartient.

– Pardon ? De quoi est-ce que tu parles ? s'étonne-t-elle avant de comprendre à quoi je fais allusion en voyant mon sourire en coin. Oh ! Le sex-toy ? Tu crois que Nathan et moi avons conçu un bébé en utilisant ce genre de gadget ?

– Oh ! Oh ! Nous ne sommes pas encore assez proches pour évoquer votre vie intime, grimacé-je avant de plaquer les mains sur mes yeux, comme pour m'éviter de voir les images qui arrivent dans mon esprit.

C'est à son tour de rire tout en tendant un hochet à son bébé qui râle de ne plus avoir toute son attention.

– Il n'est pas à moi, mais si personne ne le réclame, je vais peut-être réfléchir à te l'emprunter un de ces soirs. J'ai entendu beaucoup de femmes en parler en bien.

J'écarquille les yeux et me mets à tousser, gêné. Je suis pris à mon propre jeu et je n'ai toujours pas découvert le propriétaire mystère.

– Je vous tiens au courant si jamais je ne retrouve pas son propriétaire, alors ! plaisanté-je en me dirigeant vers le portail de la résidence.

– À ta place, je miserais sur Harper.

– Harper ? demandé-je, ne me souvenant pas de qui il peut bien s'agir.

On a beau s'être rencontrés lors de la fête d'arrivée, je ne me souviens pas des prénoms de tous.

– C'est l'influenceuse beauté qui vit au rez-de-chaussée du bâtiment Grant. Elle a plus de cinquante mille abonnés, tu te rends compte ?

Je m'en contrefous, surtout.

– Elle a peut-être testé cet objet pour en faire un post.

– Je vérifierai ton idée, merci pour le tuyau.

Nous nous saluons d'un geste de la main et je m'élance sur l'asphalte pour parcourir au moins cinq kilomètres. Les premiers mètres sont douloureux, mais ça m'apprendra à trop picoler. Tout ça, c'est la faute de Derek et Travis. Sous prétexte que notre pote policier n'accepte pas si souvent de nous accompagner, quand c'est le cas, on boit comme des tonneaux sans fond. Chaque fois, je tombe dans le panneau.

Je vais me faire un malin plaisir de sonner à leur porte en rentrant à Palisades Park. Il est hors de question que ces deux lascars roupillent tranquillement.

Heureusement que je ne bosse pas aujourd'hui, ni au centre de secours ni au camp de loisirs avec les gamins. J'allonge mes foulées et inspire l'air de l'océan une fois aux abords de State Beach, la plage la plus proche de Palisades Park.

J'ai prévu de rendre une visite à Granny en fin de journée. Elle a été plutôt calme la semaine dernière, répétant sans cesse qu'elle attendait la visite de John, son défunt mari. L'entendre prononcer son prénom me serre toujours le cœur. Le regard perdu sur le jardin du centre médicalisé, elle patiente sans se plaindre. Elle ne me reconnaît pas lorsque je viens. Elle m'accueille souvent comme si j'étais un infirmier. La lueur d'espoir dans ses pupilles s'amenuise au fil des jours qui défilent. Je m'estime chanceux qu'elle accepte de discuter avec moi. Après tout, je suis devenu un inconnu pour elle. Cette maladie mélange ses souvenirs avant de finir par les ronger. Je me sens de plus en plus désemparé face à son comportement, ne sachant pas comment adapter le mien en fonction de ses humeurs. Peut-être qu'elle finira par ne plus vouloir de ma compagnie. Je chasse ces pensées moroses de mon esprit. Au jour le jour. Voilà comment je dois appréhender le quotidien.

Je repense à la soirée d'hier, dont je tente d'expier les conséquences sur mon corps grâce à ce footing. Des souvenirs flous me reviennent. Je me revois en train de courir, justement. Je tire le fil de la scène en fouillant ma mémoire. Le visage de Li apparaît. Elle rit. Je lui ai couru après alors que nous rentrions tous à la résidence, j'en suis certain, mais dans quel but ? Je peux encore entendre son rire retentir dans la nuit alors qu'elle tentait de m'échapper. Si elle y est parvenue, c'est que je devais être dans un état pitoyable. Pourquoi est-ce que je voulais l'attraper ?

Je n'en ai pas la moindre idée. Les mélanges d'alcool sont une très mauvaise habitude à perdre de toute urgence.

Je décide de finir ma course sur le sable afin de conclure par un petit plongeon. Ça m'aidera certainement à faire disparaître les derniers effets de cette nuit. Il n'y a pas encore foule lorsque j'arrive. Je ralentis mon rythme petit à petit.

Lorsque j'aperçois Li en train d'avancer dans l'eau dans un bikini révélant un fessier galbé à se damner, je me demande si je suis réellement réveillé.

Je m'approche d'elle, remarque son front plissé et ses mains relevées à hauteur de poitrine comme pour ne pas être touchée par l'océan. Elle marmonne dans sa barbe une sorte de mantra pour s'encourager. Aurait-elle peur ? Dans un mouvement vif, elle tourne la tête dans ma direction et me foudroie du regard quand elle me reconnaît.

– Qu'est-ce que tu fais là ? m'aboie-t-elle dessus, en laissant toutefois son regard errer sur mon torse.

Je la détaille également sans m'en cacher et lui offre mon plus beau sourire charmeur pour qu'elle comprenne que le spectacle me plaît également.

– Jusqu'à preuve du contraire, la plage est un lieu public et on est juste à côté de la résidence. Elle n'est pas à la bonne température pour toi ? lui demandé-je en mouillant ma nuque.

Elle secoue la tête et reporte son attention sur ses pieds. Le niveau de l'eau lui arrive à peine aux chevilles, pourtant tout son corps est tendu.

– Ne me provoque pas, monsieur le sauveteur, gronde-t-elle.

– Tu sais, si tu as peur, je suis de loin le mieux placé pour t'aider à vaincre cette phobie, tenté-je de l'amadouer.

– Ce n'est pas ça, me répond-elle en restant statufiée. C'est juste que je suis plus à l'aise dans une piscine.

– Est-ce que tu sais nager ?

– Je ne suis pas complètement demeurée, m'engueule-t-elle à cause du stress qu'elle s'impose en étant là.

– Ça n'a rien à voir avec l'intelligence, rétorqué-je. C'est comme le vélo, ça s'apprend. Et il n'y a pas d'âge pour ça. On peut avancer ensemble, si tu veux.

Elle incline son visage dans ma direction pour croiser mon regard, puis se rend compte que je suis sérieux et que je ne me moque absolument pas d'elle. Jamais je ne plaisanterais avec ça.

– D'accord, finit-elle par accepter, mais on ne s'éloigne pas trop du bord.

Sa voix s'est atténuée sur la fin de sa phrase. Elle ne devrait pas ressentir de honte, mais je comprends qu'elle n'apprécie pas de me dévoiler sa vulnérabilité.

Je me place face à elle et attrape chacune de ses mains l'une après l'autre. Je déroule ses doigts pour les ouvrir et l'invite d'un regard à se laisser guider. Je recule d'un petit pas, puis d'un autre. Li suit ma cadence en malmenant sa lèvre inférieure.

Si je n'étais pas aussi professionnel, je laisserais mes yeux se balader sur son corps tonique et sa poitrine ferme dont les tétons pointent sous le tissu de son haut de maillot de bain. D'accord, j'avoue, à l'instant je ne suis pas cent pour cent pro. Je m'impose tout de même de rester focalisé sur l'expression de son visage pour y déceler le moindre signe de panique.

Au fur et à mesure de notre progression, son corps se relâche et elle me sourit quand elle se retrouve immergée jusqu'au bassin.

– Je crois que, pour cette fois-ci, c'est déjà pas mal, lui dis-je pour ne pas trop l'éprouver.

Je ne voudrais pas aller plus loin et que la peur lui provoque une crise de panique. Elle progressera dans les profondeurs un autre jour. Je la laisse choisir de relâcher mes mains ou non, mais elle ne s'y résout pas. Elle ose un regard en arrière et semble surprise d'avoir parcouru cette distance.

Après quelques secondes sans un mot, elle délie ses doigts des miens avant d'inspirer un grand coup. Ses genoux ploient sous l'eau et elle s'enfonce jusqu'aux épaules dans l'océan en poussant un petit cri victorieux. Ses yeux pétillent tandis que ses longs cheveux noirs s'étalent autour d'elle. Elle reste sur place, sans tenter de nager, et je la laisse se familiariser avec le remous des vagues. Le cours de natation sera pour une prochaine fois, pensé-je en mon for intérieur.

Elle tourne sur elle-même et un sourire éclatant prend vie sur son visage.

– Tu peux être fière de toi, la félicité-je de s'être dépassée.

– Désolée de t'avoir fait bosser alors que tu es en repos, me taquine-t-elle en guise de remerciement.

– Oh ! Tu sais, moi, dès qu'il s'agit de sauver une jeune femme en détresse, j'accours, lui lancé-je avec un sourire arrogant, qui me vaut une frappe de sa part sur l'avant-bras.

CHAPITRE 13

LI FALL

Matthew et moi marchons le long de la jetée pour retourner à Palisades Park. Sans son aide, je pense que j'aurais abandonné mon projet de baignade. Je ne lui ai pas précisé que, l'eau aux chevilles, j'étais incapable d'aller plus loin depuis vingt bonnes minutes avant son arrivée. Il a compris tout seul mon malaise et je n'ai décelé aucune moquerie de sa part, mais inutile de tendre le bâton pour se faire battre.

J'ai hâte d'appeler mes parents pour leur raconter mon exploit du jour, même si ma mère va complètement flipper. Maintenant, j'espère juste que je serai capable de le refaire toute seule, sans mon sauveteur personnel pour me tenir les mains.

Nous passons sous l'arcade de l'*Idaho Gate* entourée de palmiers. Mon voisin joue le guide touristique en m'expliquant qu'il s'agit de la plus ancienne structure construite à Santa Monica, mais je l'écoute d'une oreille distraite. La vue depuis ce point est juste à couper le souffle. Presque autant que celle de Matthew marchant tranquillement à mes côtés, torse nu. C'est l'avantage de vivre en Californie plutôt que dans l'Illinois, les hommes sont moins vêtus.

– Tu t'en fous de ce que je te raconte ? m'interpelle-t-il en riant.

– Désolée, le panorama a capté toute mon attention.

– Ah ! C'est vrai qu'il est difficile de rivaliser !

S'il savait qu'il fait partie intégrante du panorama que j'évoquais !

– Je ne m'attendais pas à te trouver réveillé et en pleine forme si tôt après la soirée d'hier.

– Je suis du genre à assumer mes excès. Et j'ai horreur de me traîner toute une journée. Et toi, il me semble que tu as suivi nos shots une partie de la soirée, non ? Tu es pourtant là, aussi fraîche que la rosée du matin.

– Un vrai baratineur, le taclé-je en secouant la tête. Je n'ai pas bu autant que vous, je sais m'arrêter quand il faut.

– À propos d'hier, j'ai des bribes de souvenirs, mais pas suffisamment pour comprendre certaines choses.

Je me réjouis intérieurement qu'il ne se rappelle pas tout ce qu'il s'est passé. S'il pouvait avoir oublié totalement notre retour à la résidence, ça m'arrangerait.

– De quoi te souviens-tu exactement ?

– Pour une raison que j'ignore, je crois que je t'ai couru après et que je tenais à tout prix à te prendre ton téléphone.

Je ne résiste pas à l'envie de le faire marcher un peu. Après tout, il le mérite bien pour m'avoir fait courir sur presque tout le chemin retour du bar à la résidence.

– C'est parce que j'ai une vidéo de toi en train de danser sur le comptoir du bar et que j'ai continué à filmer quand le patron t'a jeté dehors.

Il me jauge du regard pour voir si je suis sérieuse. Je reste de marbre, mais je ne dois pas être crédible, car il se met à rire franchement.

– Jamais Tyler ne me foutrait à la porte de son établissement, me lance-t-il en cognant son épaule contre la mienne. Bien tenté, mais je ne te crois pas une minute.

J'avais oublié qu'il connaissait tout le monde ici…

– Ça valait le coup d'essayer, raillé-je avant de rire avec lui.

– Alors ? insiste-t-il sans perdre le nord.

– Tu voulais à tout prix modifier mon profil sur Match&More.

– Mais oui ! s'écrie-t-il en s'arrêtant. Ça me revient ! Le cinéma ! Non mais sérieux, Li, quel genre de mec propose à une nana de faire connaissance en s'enfermant dans une salle obscure alors que cette ville regorge de parcs, de plages et d'endroits magnifiques ?

Je souffle, n'ayant aucune réponse à lui opposer. Je ne peux pas lui donner tort sur ce coup-là.

– Et donc, comment tu t'y prendrais pour éviter que les cinéphiles me contactent ?

– En te montrant sous un bien meilleur jour que la jeune femme ennuyeuse que tu as dépeinte, se moque-t-il en me tendant sa main de façon autoritaire, manifestement dans l'attente de mon téléphone.

Je continue à avancer vers Palisades Park sans lui donner satisfaction. Quelque chose me dit que c'est une très mauvaise idée et que ça finirait mal.

– Comment est-ce que tu pourrais me décrire mieux que moi alors que tu ne me connais même pas ?

– Je connais les hommes et je sais ce qui les attire, argumente-t-il en évitant de justesse un groupe de filles en roller qui fonçait droit sur lui de façon intentionnelle.

Il leur adresse son plus beau sourire et répond à leurs signes de la main alors qu'elles s'éloignent. *Pathétique !*

Je poursuis mon chemin et une idée me vient soudain à l'esprit pour ne pas être la seule à mettre quelque chose en jeu si j'accepte de me soumettre à l'idée farfelue de Matthew. Je traverse le passage piéton, le sauveteur sur mes pas, et je pèse mes mots afin de formuler ma proposition de la meilleure façon possible.

Alors que nous pénétrons dans le jardin commun, nous entendons des cris de protestation. Mes voisins, monsieur et madame Garcia – les parents de Gloria et Carmen, les deux adolescentes que j'ai croisées lors de mon emménagement, scotchées à leur portable –, sont en pleine discussion houleuse avec les Reyes, qui vivent juste au-dessus de chez eux.

– Ce n'est pas Hayden qui a fait ça ! assure la mère du petit de huit ans.

Comme toutes les fois où je l'ai croisée dans les parties communes de notre immeuble, elle est élégante, habillée avec un tailleur de bonne manufacture. J'ai appris à la soirée des voisins qu'elle est avocate et que son mari possède une entreprise de robinetterie florissante. Luisa m'a déjà glissé entre deux portes que leur garçon se montre souvent mal élevé et que, si elle était sa mère, elle ne laisserait pas passer ça.

– Madame Garcia, Hayden a quitté notre appartement depuis seulement deux minutes, précise Liam, le père du petit. Il n'a pas pu faire ce dont vous l'accusez en si peu de temps.

– Qui a jeté toute cette terre dans la piscine, alors ? s'écrie Luisa, vêtue d'un maillot de bain et d'un paréo.

– La baignade ne sera pas pour tout de suite vu l'état du bassin, me glisse Matthew alors que nous nous approchons et détaillons les dégâts.

– Dès qu'il y a un petit quelque chose, vous accusez mon fils, reprend Victoria Reyes, ça commence à bien faire.

– Mesdames, un peu de calme, tempère notre sauveteur en mer. Même si Hayden était là depuis plus longtemps, je ne pense pas qu'il ait la force de jeter autant de terre dans la piscine.

Son analyse est juste. Cette quantité est bien trop énorme pour un enfant de son âge.

Roy Bennett passe justement à cet instant.

– Monsieur Bennett, l'interpelle Luisa.

– Je viens juste de finir de commander les nouvelles boîtes aux lettres, s'empresse-t-il de nous signaler. Elles seront livrées et installées dans le courant de la semaine prochaine.

– Qui va payer la facture ? demandé-je les dents serrées, car la mienne était bien concernée aussi.

– Malheureusement, ce sera à votre charge. Voyez peut-être avec votre assurance s'ils peuvent vous rembourser.

Je souffle, fatiguée à l'avance par les démarches administratives.

– Nous avons un autre problème ! s'impatiente Luisa en tendant un doigt vers la piscine.

– Mais qu'est-ce que c'est que toute cette terre ? Qui a fait ça ? s'exclame l'agent immobilier.

– Madame Garcia accuse mon fils, mais il est clair qu'une telle bêtise n'est pas dans ses capacités.

– D'abord les boîtes aux lettres, maintenant ça… C'est tout de même bizarre, estime-t-il en réfléchissant. Bon, je vais appeler un pisciniste que je connais pour voir s'il peut intervenir rapidement.

– Et qu'est-ce qu'on fait pour le responsable ? demande Luisa, en revenant à la charge.

– Et vos filles, où sont-elles ? Après tout, deux adolescentes de 16 ou 17 ans seraient tout à fait capables d'imaginer un mauvais coup comme ça et de transporter autant de terreau en peu de temps, assène Victoria.

– Elles sont au lycée à cette heure, ça vous suffit comme alibi ou je dois demander un mot au proviseur ? la tacle la mère de famille recomposée en retour.

– Allez, Vic, c'est bon, s'interpose Liam en retenant sa femme par le bras alors qu'elle semble prête à en découdre. Rentrons et laissons Roy gérer le nettoyage de la piscine.

Les deux femmes se toisent encore d'un air mauvais avant que je ne me glisse entre elles pour mettre fin à leur affrontement.

– Luisa, soufflé-je. Vous avez le sang chaud, pas vrai ?

Elle pouffe en entendant ma remarque.

– J'ai horreur des femmes qui se pensent tout permis parce qu'elles portent du Dolce.

Je secoue la tête et n'entre pas dans son jeu.

Roy Bennett termine son appel et revient vers nous.

– Mon ami passera demain pour ôter tout ça du bassin. Il ne peut pas avant, je suis navré.

– Ça ira, Roy, le rassure Matthew. Luisa, si vous voulez absolument vous baigner, State Beach est à moins de dix minutes à pied. Vous pourrez profiter de l'océan. Je vous assure que c'est bien plus agréable que l'eau chlorée.

Ma voisine de palier, mécontente, rebrousse chemin vers notre immeuble en râlant à propos des nuisances qui démarrent déjà à Palisades Park. Nous saluons notre pauvre agent immobilier qui se retrouve au cœur de soucis de voisinage.

Alors que nos chemins vont se séparer, je lance à Matthew :

– Je suis d'accord pour te laisser modifier mon profil, mais à une condition.

– Ça m'aurait étonné, tiens ! riposte-t-il sans perdre son sourire. Laquelle ?

– Tu me laisses aussi changer le tien, lui expliqué-je en le regardant droit dans les yeux.

Je décèle son hésitation au fond de son regard. Le menton dressé, je le défie de ne pas accepter. Il doit être joueur, mais il craint le portrait que je pourrais dépeindre de lui. Cela dit, il a tort, car, bien malgré moi, je commence à ne lui trouver que des qualités.

– Quel est mon intérêt ? Je ne me plains pas des rencontres que je fais via Match&More. Elles me conviennent parfaitement.

– Donc tu te satisfais de coups d'un soir et de ne jamais retenir l'attention de tes partenaires ? De ne jamais tisser de lien avec aucune d'entre elles ?

– Carrément ! s'exclame-t-il comme si c'était une évidence. C'est moi qui me limite à ce genre de relations, donc je ne vais pas m'en plaindre.

Je reste persuadée qu'il doit de temps en temps se sentir seul. Avoir une personne sur laquelle se reposer, à qui raconter ses soucis, se confier, pourrait lui être salvateur. Mais il n'est pas prêt à l'admettre. Peut-être n'en a-t-il pas conscience. Ou c'est moi qui suis définitivement une incurable romantique.

– OK, abdiqué-je, voyant qu'on ne tombera pas d'accord. Et moi, je ne souhaite pas déguiser qui je suis pour attirer tes potes exterminateurs de petites culottes, donc pas touche à mon téléphone !

– Comme tu voudras, me dit-il en me faisant une révérence.

Il n'attend pas de réponse de ma part et me tourne le dos pour filer vers son immeuble. Un peu contrariée de ne pas être parvenue à le convaincre, je me dirige vers mon appartement quand je l'entends crier mon prénom :

– Li !

– Oui ? réponds-je en me retournant pour le regarder, espérant qu'il ait changé d'avis pour pouvoir lui prouver qu'une relation accompagnée de sentiments est exaltante.

– Prends au moins des pop-corn au ciné ! Histoire que ça vaille le déplacement.

Mon majeur dressé lui répond et je l'entends encore rire alors que je referme la porte de chez moi. Ce mec est aussi sympa qu'agaçant !

CHAPITRE 14

MATTHEW TROXLER

– Qu'est-ce que tu veux boire ? demandé-je à Brianna, mon *match* de ce soir, qui vient de me rejoindre au *Speak Easy*.

– Je m'en remets à toi, me répond-elle en prenant place sur le tabouret haut juste à mes côtés, plein de sous-entendus dans la voix.

– Deux *Orgasm*[4] s'il te plaît, interpellé-je le barman.

– Ouh là ! s'exclame la jolie brune. Tu sais comment me donner chaud sans même m'avoir retiré mes vêtements.

La soirée s'annonce prometteuse. Il y a à peine une heure, nous partagions nos premiers mots sur Match&More. C'est d'ailleurs elle qui est à l'initiative de ce rendez-vous. Quand elle m'a

4. Shot à base de Baileys Irish Cream, liqueur d'Amaretto et de café.

demandé ce que je faisais ce soir, je me suis dit qu'un Dieu existait bien et qu'il avait compris que je devais à tout prix décompresser au plus vite. Et il l'a placée sur mon chemin virtuel. Je comptais tenter ma chance avec l'une ou l'autre des filles avec lesquelles j'avais déjà engagé la discussion, mais puisque cette demoiselle semblait elle aussi en recherche de rapidité, je n'allais pas lui refuser ce plaisir.

– Qu'est-ce que tu fais dans la vie ? l'interrogé-je alors que nos shots nous sont servis.

– Je travaille dans un magasin de prêt-à-porter. Et toi ? J'ai cru comprendre grâce à tes photos de profil que tu es sauveteur…

Je m'apprête à répondre, mais elle ne m'en laisse pas le temps.

– C'est ce qui m'a tout de suite attiré chez toi, continue-t-elle en posant une main délicate sur le haut de ma cuisse.

Elle avale son shot d'un coup et m'invite du regard à faire de même. Je crois comprendre le message. Elle ne souhaite pas s'attarder dans le coin et préfère aller droit au but. Tous ses signaux sont très clairs. *Ne te fais pas prier, Matthew, et donne-lui ce qu'elle souhaite. Tu le désires aussi, donc accélère !* Je vide mon verre et me lève de mon tabouret. Brianna m'imite et, alors que je nous dirige vers la sortie, j'aperçois Li attablée avec un homme. Un coude posé sur la table, sa main semble maintenir son menton pour que sa tête ne s'effondre pas d'ennui. Le mec parle sans discontinuer et ma voisine fournit un net effort pour paraître aimable en lui souriant de temps à autre. *OK, elle est dans la merde.* Elle subit le type de rendez-vous où tu te demandes ce qui a bien pu t'intéresser chez cette personne en ligne.

– Une petite mission de sauvetage avant de partir, ça te tente ? demandé-je à Brianna en indiquant Li d'un signe de tête.

Ma conquête observe l'endroit désigné.

– C'est ma voisine. Elle débute sur les sites de rencontre et son rencard du jour m'a tout l'air d'être une catastrophe, lui précisé-je à toutes fins utiles.

– Quel genre de femmes ça ferait de moi si je n'étais pas solidaire d'une autre quand elle se retrouve dans ce genre de plan foireux ? Je lui laisse cinq minutes pour se servir de nous comme prétexte pour l'abandonner. Si elle n'y parvient pas, on s'en va tout de même. Nous avons d'autres choses à faire, ajoute-t-elle dans un grand sourire sensuel.

Je me sens presque con d'être moins empressé qu'elle de nous retrouver à poil. *On peut tout de même discuter un minimum avant de passer à l'action !*

Nous nous approchons de leur table. Je peux presque sentir le souffle du soulagement de Li lorsqu'elle me remarque.

– Salut voisine ! m'exclamé-je. On peut se joindre à vous ?

Le type ne paraît pas ravi de notre intrusion, mais Brianna ne le laisse pas s'y opposer et s'installe à ses côtés.

– Je n'avais pas vu que tu étais là, me répond Li. Je te présente Luke. Luke, Matthew, mon voisin, comme tu l'auras compris.

Nous échangeons un signe de tête. Il m'adresse un sourire crispé. Je ne rends pas la politesse en présentant mon rendez-vous de ce soir. Nous n'allons pas nous éterniser, comme elle me l'a précisé, donc aucune raison de le faire.

– Salut, je suis Li, une voisine de Matthew.

Bien entendu, elle ne peut pas s'empêcher de jouer la fille bien élevée.

– Brianna, se contente de lui répondre mon rencard sur un ton qui signifie qu'elle a plutôt intérêt à se magner les fesses.

Li a l'intelligence de finir son verre alors qu'un silence un peu gênant s'installe à table. Je la regarde l'air de dire « prête à filer ? » Elle cligne lentement des yeux comme une supplication de ne pas la laisser dans le pétrin.

– Tu ne m'avais pas dit que tu devais te lever tôt demain matin à cause d'un truc pour ton salon ? lui lancé-je une perche pour déguerpir.

– Mais si ! J'avais complètement oublié ! s'écrie-t-elle, un brin dramatique. Heureusement que tu me le rappelles !

Sans plus attendre, elle range son téléphone dans son sac à main. Vu la vitesse avec laquelle elle attrape ses affaires, je crois que j'avais sous-estimé son désespoir.

– On allait rentrer, tu te joins à nous ? lui proposé-je en preux chevalier.

– Je peux la raccompagner, s'interpose Luke qui se décide à réagir pour ne pas affronter un fiasco ce soir.

Je lui dirais bien que c'est trop tard pour se rendre compte que sa soirée ne finira pas comme il l'espérait, mais je ne peux pas mener deux bonnes actions à la fois.

– C'est gentil, mais ça ira, lui répond Li.

– On reste en contact ? lui demande-t-il en se redressant un peu sur son siège.

Brianna lève les yeux au plafond et préfère se lever pour le laisser se faire remballer sans témoin. Moi, en revanche, je me délecte de la scène. Voir Li embarrassée, ça n'a pas de prix.

– Oui… Pourquoi pas, balbutie-t-elle.

– Je te recontacte, lui lance-t-il alors qu'elle lui tourne le dos.

Putain, mec, un peu d'amour-propre !

Li lui offre un dernier signe de la main avant de sortir du bar où nous attend Brianna.

– Toi, me dit-elle aussitôt en me pointant du doigt, je te dois deux massages, maintenant ! Partons vite avant qu'il ne sorte.

Je me marre alors que nous nous mettons en marche en direction de Palisades Park.

– Il était si terrible que ça ? la taquiné-je tandis que ma partenaire du soir passe un bras sous le mien.

Pas d'inquiétude, Li n'est pas une menace. Pour ça, il faudrait déjà qu'elle soit intéressée…

– Imagine le top trois de tes pires soirées, réunis-les et tu auras une vague idée de ce que j'ai vécu lors de ce tête-à-tête. Une chance que je sois revenue dans ce bar que tu m'as fait découvrir, dit-elle à mon intention.

– Il semblait en plein discours quand on vous a rejoints. De quoi il te parlait avec autant de passion ?

– Du cycle de vie des sauterelles… Et il a osé me demander si j'en avais déjà mangé, comme dans mon pays d'origine c'est courant.

Son air horrifié me fait marrer, tandis que mon *match* du soir semble choqué. En même temps, si Li avait été aussi pressée de finir au lit que Brianna, c'est sûr qu'il n'aurait pas eu le temps de lui relater tous les détails de son explication.

Nous pénétrons dans la résidence, où tout est silencieux. Si ce n'était pas le cas, Derek serait déjà intervenu. Depuis l'incident de la piscine, après celui des boîtes aux lettres, il est aux aguets pour mettre la main sur le fauteur de troubles.

– Je vais purement et simplement supprimer cette fichue application et utiliser l'ancienne méthode : celle de rencontrer un homme dans la rue, lors d'une soirée, au travail ou par le biais d'amis communs.

Bref, n'importe où, mais pas sur ce truc virtuel à la con ! fulmine Li, visiblement à cran.

– Tu sais, si tu as besoin de pseudos, je peux t'en filer, lui propose Brianna.

Je fronce les sourcils. *De quoi parle-t-elle ?*

– Comment ça ? lui demande Li, apparemment aussi perdue que moi.

– Si tu veux t'éviter une nouvelle soirée catastrophe, j'ai quelques profils à t'indiquer avec lesquels tu es certaine de passer un bon moment, si tu vois ce que je veux dire. Testés et approuvés par plusieurs utilisatrices de Match&More, ajoute-t-elle en gloussant.

Est-ce que je comprends bien ce qu'elle est en train de lui proposer ? Une liste de bons coups.

Je me dégage de son bras et la dévisage.

– Je serais curieux de savoir si je figure sur cette liste, déclaré-je d'une voix plus sèche que ce que je voulais.

Brianna semble comprendre qu'elle en a trop dit. Ou tout du moins, qu'elle a été maladroite.

– Je vais vous laisser, nous lance Li, gênée pour moi. Merci encore, Matthew, pour le sauvetage. Brianna, peut-être à une prochaine. Et merci aussi d'être venue à ma rescousse.

La mâchoire serrée, je la salue d'un signe de tête et attends qu'elle ait pénétré dans son immeuble pour reporter mon regard sur la jeune femme qui me prend pour un *toy boy*.

– Roh ! lance-t-elle comme si c'était elle qui devait être vexée. Mais qu'est-ce que vous croyez, les mecs ? Que c'est toujours vous qui maîtrisez la situation ? Que vous êtes les seuls à pouvoir « profiter » ?

– Ce n'est pas ce que je pense, grogné-je avec un sentiment amer. Mais je serais curieux de savoir comment ça se passe. Vous nous attribuez des notes ? Vous laissez passer un certain délai entre les nuits de chacune ? Vous comparez nos prouesses ? Vas-y, dis-moi.

Elle secoue la tête, en souriant, l'air mauvais.

– Qu'un mec se tape une nana différente tous les soirs, ça ne dérange personne, mais qu'une femme ait envie de faire la même chose, là, ça choque tout le monde.

– Ce n'est pas ce que je suis en train de te dire, rétorqué-je, car elle ne pourrait pas penser plus faux me concernant. Je me contrefous que tes copines et toi ayez envie de changer de partenaire aussi souvent que de string. Ce qui me gêne, c'est que vous me preniez pour votre putain d'objet de plaisir personnel ! J'aime que les choses soient claires.

– Prends-le comme un compliment, ose-t-elle me dire.

– Tu te fous de ma gueule ?

– Écoute, Matthew, je suis désolée si je t'ai blessé. Mais admets aussi qu'en ne mettant en avant que ton corps de rêve sur ton profil, tu ne peux pas te plaindre d'attirer des filles intéressées par celui-ci. Et tu n'es pas prêt à donner plus, de toute manière, donc où est le souci ?

– Tu as raison sur le fait que je ne souhaite pas donner plus, mais la différence, c'est que moi, je vous respecte. Je ne suis pas en train de filer vos prénoms à mes potes comme on se file une bière devant un match de base-ball.

– Je suis navrée que tu le prennes comme ça, me dit Brianna avant de quitter Palisades Park sans un mot de plus.

Je reste seul dans l'entrée de la résidence, comme un con.

Lorsque je me décide enfin à rentrer chez moi, je suis partagé entre la déception de me sentir utilisé et le fait de ne pouvoir m'en prendre qu'à moi-même. Brianna n'a pas complètement tort. Je ne montre que mon côté superficiel sur Match&More, rien de personnel. Et je ne garde jamais contact avec celles avec lesquelles je passe un bon moment.

CHAPITRE 15

LI FALL

Encore allongée dans mon lit, je m'étire de tout mon long. Il est tout juste 8 heures du matin, mais il faut croire que je me suis habituée à me lever tôt depuis mon arrivée en Californie.

Je décide de flemmarder un peu et me mets à pianoter sur mon téléphone. J'alimente mes réseaux sociaux de quelques photos de la ville prises ces derniers jours. Je réponds aux derniers commentaires de mes parents ainsi que de mes tantes et oncles restés à Chicago. Je m'oblige à rester éloignée du profil de Sam. Peu importe ce qu'il fait, ça ne m'intéresse pas.

Je découvre deux demandes d'ajout à ma liste d'amis : June Campbell et Ava Waller. J'accepte aussitôt et me balade sur leurs photos. Sans surprise, en bonne journaliste, June partage pas mal d'articles de presse. La majorité d'entre eux a été écrite par ses soins. Le problème du logement en Californie est une des thématiques qui semble lui tenir à cœur. Elle dénonce l'augmentation inquiétante du nombre de personnes obligées de vivre dans leur voiture, et les problèmes qui en découlent. Je suis impressionnée par son engagement. À l'occasion, je lui demanderai s'il y a quelque chose à faire, à ma portée, pour aider ces gens en situation délicate.

Le profil d'Ava est plus fun. Seul son nom me permet de déduire qu'il s'agit d'elle, car elle n'apparaît sur aucune photo. La plupart des clichés immortalisent des fleurs, ou de magnifiques paysages. Son compte est un mélange de couleurs criardes qui provoqueraient une crise à un épileptique. Elle y publie des citations optimistes, sans oublier un horoscope hebdomadaire. Pour rire, je lis le mien pour cette semaine. « Cancer : Côté cœur, tout est au beau fixe grâce à un alignement de planètes favorable. Côté finances, Jupiter et Pluton devraient vous aider à maintenir un équilibre budgétaire. Côté famille, vos proches vous manquent, n'hésitez pas à leur rendre visite. » Pour l'amour, ça ne pourrait pas être plus faux. Niveau trésorerie, je n'ai plus qu'à espérer que ce soit vrai. Et pour ma famille, c'est tombé juste. Je ne peux pas traverser le pays sur un coup de tête, en revanche les appeler semble être une bonne solution.

Tout en sortant enfin de mon lit, je compose le numéro de mes parents. Il faut moins de deux sonneries à ma mère pour décrocher :

– Li ! De bon matin un dimanche ? C'est étonnant ! me salue-t-elle, un sourire dans la voix.

– Le soleil de Californie est si éblouissant qu'il m'a réveillée, ronchonné-je faussement en actionnant ma bouilloire. Comment vous allez ?

– Oh ! Tu sais, la routine. Ma chef continue à me casser les pieds au travail pour tout un tas de raisons futiles, et ton père me sermonne de la rembarrer une bonne fois pour toutes.

– Il n'a pas tort.

– Elle part à la retraite dans un an, je prends mon mal en patience. Mais parle-moi plutôt de toi. J'ai vu les photos de la plage que tu as postées sur ton compte. Elles sont très belles.

– Figure-toi que je ne me suis pas contentée de photographier, lancé-je comme si de rien n'était.

– Tu es allée te baigner ? s'inquiète-t-elle aussitôt.

– N'exagérons pas. Je suis restée à un endroit où j'avais pied, et j'étais accompagnée par un sauveteur.

Je l'entends soupirer de soulagement à l'autre bout du fil. Je n'ajoute rien sur le sujet, car je ne veux pas qu'elle s'angoisse à l'idée de me savoir en train de nager dans l'océan.

– Je vais commencer à regarder les vols disponibles pour rentrer au mois d'août, l'informé-je.

– Génial ! Tu m'enverras toutes les références, c'est nous qui te payons le voyage.

– C'est adorable, mais ce n'est pas nécessaire.

Mes parents ne sont pas dans le besoin, mais ils ne roulent pas sur l'or non plus. C'est à moi d'assumer mon choix de partir si loin, et les frais qu'il nécessite. Pour autant, il est hors de question que je ne passe pas le 13 août avec eux. Lorsque je n'étais qu'un bébé, mes parents fêtaient classiquement mon anniversaire le jour de ma naissance. Quand j'ai grandi et compris que j'avais été abandonnée précisément à cette date, je n'ai plus eu envie de le célébrer. Alors nous avons décidé de marquer l'événement du moment où ils ont pu me ramener chez eux et m'offrir leur amour inconditionnel.

– Pas de négociations, ma fille.

– J'accepte uniquement parce que je suis fauchée et que je veux à tout prix rentrer vous voir, marmonné-je d'une voix enfantine tout en versant l'eau chaude dans ma tasse de thé vert.

– Ton salon commence à tourner ?

– Oui. Le bouche à oreille fonctionne et mon agenda se remplit petit à petit.

– Tu vas y arriver, j'en suis certaine.

– Je vais tout faire pour, en tout cas. Papa est là ?

– Non, il est parti faire un petit tour au magasin de bricolage. Il sera contrarié d'avoir loupé ton coup de fil.

– Ce n'est que partie remise. Ce n'est pas comme si on s'appelait pas presque tous les jours.

– Ne t'avise pas d'espacer tes appels !

Nous rions ensemble avant de raccrocher. J'ai hâte de les retrouver.

J'avale une gorgée de mon thé en observant mon intérieur. Tout est à sa place. Ordonné comme je l'aime, sans surcharge d'objets de décoration, dans les tons rose pâle et blanc.

Un coup frappé à la porte me sort de ma rêverie. Qu'est-ce que Sue a bien pu trouver comme prétexte pour venir chez moi aujourd'hui ?

Ma tasse en main, j'ouvre et découvre Matthew face à moi. Ses cheveux attachés en un bun parfait, il est rasé de près. Il porte un tee-shirt noir et un jean clair. Des Air Jordan aux pieds, il paraît tout droit sorti d'un magasin Abercrombie. Alors qu'il me détaille, je prends conscience que mes cheveux, réunis dans un semblant de chignon, sont emmêlés par ma nuit de sommeil, et que je porte mon vieux pyjama au motif de petites étoiles filantes. *La honte !*

– Tu comptes me laisser sur le pas de ta porte ou j'ai le droit d'entrer ?

Je recule de quelques pas et referme derrière mon voisin. J'hésite entre faire comme si je n'étais pas gênée par ma tenue et filer dans ma chambre pour me changer.

Quand je prends conscience que je ne porte pas de soutien-gorge, le choix s'impose comme une évidence.

– Assieds-toi, je reviens tout de suite.

Son sourire canaille me fait lever les yeux. Je l'entends rire alors que je m'éclipse. Je me change rapidement pour passer une robe longue. Je m'affaire deux minutes dans la salle de bain, le temps de me brosser les dents et de donner meilleure allure à ma crinière. Je fais l'impasse sur le maquillage, ce n'est que Matthew après tout.

Je le rejoins dans le salon où il observe mes photos de famille encadrées.

– Ta déco est très épurée.

– Tu débarques chez moi un dimanche matin pour une raison en particulier ?

– J'ai repensé à ce que tu m'as proposé l'autre jour, déclare-t-il en saisissant ma figurine maneki-neko[5]. Tu sais, à propos de Match&More.

– De modifier nos profils ?

– Oui. Tu ne peux pas nier que ton rencard d'hier était merdique et que tu as besoin d'un coup de main.

Il veut me faire croire qu'il est là pour moi ? *Non mais qu'est-ce qu'il ne faut pas entendre...*

– Plus que toi qui sers de vibromasseur vivant à ces dames ? l'interrogé-je, l'air sérieux.

Il incline son visage dans ma direction. À son regard, je devine qu'il n'est pas aussi insouciant que d'ordinaire. Je crois qu'il a pris un petit coup au cœur à la suite de la proposition que m'a faite son rencard d'hier. J'ai eu envie de disparaître au moment où Matthew a compris que certaines filles se refilent son contact pour être certaines de passer du bon temps. À croire que réduire ses relations à des prouesses sexuelles ne lui convient finalement pas tant que ça !

– Touché.

---

5. Chat japonais porte-bonheur.

Sa vulnérabilité passagère me rappelle qu'il a été là pour moi quand je me suis retrouvée en difficulté au bord de l'eau, et qu'il a été bienveillant. Je décide donc de ne pas le taquiner, même si j'en meurs d'envie.

– Qu'est-ce que tu proposes exactement ?

– Je me charge de remodeler ton profil pour mettre en avant ton côté fun, et que tu puisses ainsi rencontrer des mecs moins coincés. Et tu te charges du mien pour me permettre de matcher avec des filles qui n'ont pas pour unique but de finir dans mon lit.

– Donc, tu es prêt à voir une femme plusieurs fois avant de coucher avec elle ? Tu as envie de tenter une relation qui dure plus longtemps qu'une nuit ? Parce que, que les choses soient claires, c'est ce que ces filles attendront de toi.

– J'ai envie d'essayer et de voir où ça peut me mener. Ces histoires sans lendemain m'ont fait atterrir sur une liste douteuse et je n'en suis pas fier, m'explique-t-il avec une grimace. *Deal ?*

Même si je crains les retombées une fois que Matthew aura pris le contrôle de mon profil, je dois bien avouer que je n'ai pas grand-chose à perdre. Au pire, je pourrai toujours tout changer à nouveau. Voire supprimer une bonne fois pour toutes cette application de rencontre. En attendant, je vais laisser une chance à Matthew de me faire rencontrer le prince charmant, en espérant lui permettre de trouver sa perle rare en retour.

– *Deal !*

CHAPITRE 16

MATTHEW TROXLER

Quand je me suis réveillé ce matin, les questions que Li m'a balancées à la tronche la semaine dernière ont refait surface. Est-ce que je me sens épanoui de ne jamais rien construire avec les filles qui défilent dans mon lit ? La discussion avec Brianna m'a ouvert les yeux. Je ne veux pas juste être un type bon à baiser. En y réfléchissant, je n'ai jamais laissé une chance à aucune femme de se créer une place dans ma vie. Il serait peut-être temps de vérifier ce que ça pourrait donner.

Ma voisine m'a paru être la mieux placée pour m'aider. Elle me l'avait proposé, donc je n'ai pas hésité une seconde avant de venir frapper à sa porte de bon matin. J'aurais peut-être dû attendre encore un peu. Son corps à peine caché par un pyjama kitsch a éveillé une partie de mon anatomie plutôt refroidie depuis hier. Elle était séduisante comme pas permis, complètement naturelle, les cheveux en bataille.

Désormais changée, Li tend sa paume face à moi afin que je lui donne mon téléphone. Je l'approche de sa main, mais alors qu'elle s'apprête à le saisir, je le retire.

– Le mien contre le tien, rappelé-je en agitant mon portable sous son nez.

Elle pouffe et se dirige vers sa cuisine. Elle attrape l'objet en question et le brandit dans ma direction.

– À trois, on procède à l'échange, me lance-t-elle. Un. Deux. Trois !

J'allume l'appareil et me heurte à son verrouillage. Je patiente, car Li ne va pas tarder à se retrouver dans la même situation.

– Ton code d'accès, c'est quoi ? demande-t-elle.

Qu'est-ce que je disais ?

– Zéro. Neuf. Zéro. Neuf. Mille huit cent cinquante.

– Qu'est-ce que signifie cette date ? me demande-t-elle aussitôt.

– C'est la date à laquelle la Californie est devenue le trente et unième État de l'Union des États-Unis.

Ses yeux me jaugent pour vérifier si je me moque d'elle.

– Je suis sérieux, lui confirmé-je.

– Tu es un passionné d'histoire ? me demande-t-elle en entrant le code.

– Je m'intéresse beaucoup au passé de la Californie. Il y a pas mal d'anciens, au centre de secours, qui nous racontent des anecdotes, des événements qui se sont passés. Pas en 1850, tu t'en doutes bien, mais il y a quelques décennies. Et j'aime bien discuter avec eux. Et puis, il fallait un verrouillage qui soit difficile à trouver, me justifié-je pour finir en lui souriant. Donc, pas ma date de naissance. Et toi, ton code ?

Ses yeux se plissent, elle réfléchit quelques instants avant de s'approcher et de placer son index sur le capteur digital de son téléphone pour le débloquer.

– Je ne te connais pas encore assez pour te confier une information aussi personnelle, affirme-t-elle.

– Je t'ai donné le mien, m'offusqué-je faussement. Ne t'étonne pas si je te coupe le doigt avant la fin de la journée, tu l'auras bien cherché.

Elle ricane alors que je m'affale dans son canapé rose bonbon et retire mes baskets.

– Mets-toi à ton aise, je t'en prie, me lance-t-elle, sarcastique.

– Je vais avoir du boulot avec ton profil, donc je m'installe au mieux.

Je la vois souffler en remettant en place la statuette de chat que j'ai laissée traîner sur sa table gigogne. Dans son appartement, il n'y a rien qui ne soit pas à sa place. À une place très précise, même, puisque après l'avoir posée sur l'étagère qui lui est dédiée, Li recule pour juger si sa babiole est bien alignée, puis la décale un peu vers la droite, avant de vérifier une seconde fois.

– Je vais éviter de mentionner que tu as une névrose en rapport avec le rangement.

– Et moi que tu es un *sex-addict* en rémission, me remballe-t-elle du tac au tac.

OK, je ne l'ai pas volé !

Elle prend place à l'autre bout de son canapé. Un silence s'installe alors que nous vérifions chacun de notre côté les informations de l'autre.

– Je vais commencer par changer ta photo de profil, me prévient-elle.

– Je suis plutôt à mon avantage, pourtant.

– Tu te rends compte que la première fois qu'on te voit sur Match&More, c'est vêtu uniquement d'un short ? Laisse les filles avoir la surprise de tes tablettes de chocolat et de ton corps musclé lors du premier rendez-vous.

J'esquisse un sourire, flatté qu'elle me trouve à son goût, mais elle garde les yeux rivés sur mon téléphone.

– Comme ça, tu seras sûr qu'elles seront intéressées par autre chose que ton physique, poursuit-elle.

– Ça se tient, suis-je contraint de reconnaître.

– Je peux regarder ce que tu as comme photos dans tes fichiers ?

– Oui, oui, vas-y.

– Je ne vais pas tomber sur des photos osées ?

Je pouffe en voyant son air horrifié par cette idée.

– Aucun risque, Chicago ! lui assuré-je. Tu peux m'expliquer pourquoi tu as mis une photo de toi si loin de l'objectif ? J'ai failli ne pas te reconnaître le jour où je suis passé sur ton profil. C'est ton prénom qui m'a confirmé qu'il s'agissait bien de toi.

– Hum… Je parierais plutôt que si tu ne m'as pas reconnue tout de suite, c'est parce que tu faisais défiler les profils féminins à une vitesse ahurissante.

– Peut-être, avoué-je en riant franchement. Quoi qu'il en soit, je change aussi la tienne. Je peux fouiller dans tes fichiers ? En revanche, j'espère vraiment y trouver quelque chose de compromettant, moi !

– Fais-toi plaisir, je t'en prie. Mais tu risques d'être déçu.

Chacun concentré sur sa tâche, le silence reprend ses droits. Un long défilé de captures d'écran inutiles me fait perdre mon temps. Il doit s'agir de ses sources d'inspiration pour son salon de massage et sa déco.

Je tombe enfin sur sa vie à Chicago quand je sens son regard sur moi. Je l'interroge d'un haussement de sourcil pour savoir ce qui me vaut son attention et ce sourire tendre qui lui est venu.

– Les photos de ta grand-mère et toi sont adorables.

– Je n'en ai plus pris avec elle depuis longtemps, soufflé-je, tout à coup mélancolique.

– Pourquoi ?

– Elle souffre de la maladie d'Alzheimer. Il y a trois mois, je n'ai pas eu d'autre choix que de la placer dans un centre médical spécialisé.

– Je suis sincèrement désolée.

– Les moments où elle me reconnaît se font rares. Donc j'ignore si elle accepterait de poser avec moi. Après tout, à ses yeux, la plupart du temps, je suis un inconnu. Et puis ce n'est pas comme ça que je veux me souvenir d'elle.

– Je comprends. Rien que d'imaginer un de mes parents malade, ça me fait monter les larmes aux yeux. Tu as beaucoup de courage pour affronter ça tout seul avec elle.

– Je lui dois bien ça. Elle aussi elle a été courageuse quand il a fallu qu'elle m'élève, seule. C'est à mon tour de prendre soin d'elle, maintenant.

– Et c'est tout à ton honneur. C'est un point que tu devrais mettre en avant dans ta description. Tu es quelqu'un de dévoué, il n'y a aucune raison de le cacher.

Je ne me vois pas ainsi. C'est normal pour moi, de m'occuper de Granny. Je ne le fais pas pour que ça fasse de moi quelqu'un de bien. Je le fais parce que je le veux et que chaque seconde avec elle, même si ce n'est plus tout à fait elle, est une bénédiction. Mais si Li pense que c'est un point qui peut attirer des filles attachées à certaines valeurs familiales, elle peut bien faire ce qu'elle désire de cette information. C'est le marché que nous avons conclu, après tout.

– Tu es certaine d'être prête pour une nouvelle relation ? changé-je de sujet, car son compliment m'a touché malgré moi.

– Bien sûr, me répond-elle aussitôt.

– Tu as quand même beaucoup de photos de ton ex dans ton téléphone, pour une nana qui prétend avoir tourné la page.

– Oh ! s'exclame-t-elle en haussant les épaules. Tu peux toutes les supprimer, je m'en fiche.

– Hors de question, ricané-je. Je ne le ferai pas à ta place. Ce n'est pas parce que je ne m'engage pas que je n'y connais rien en amour. C'est à toi de franchir cette étape et de tirer un trait sur lui en les effaçant.

– Tu me psychanalyses, là, ou je rêve ? Et de ton côté, c'est quoi toutes ces photos où tu poses avec des gamins ? Tu es une star cachée ?

– En plus de la plage, je bosse aussi au centre de loisirs du quartier. Pendant les vacances scolaires, principalement. Je donne des cours de surf.

– Génial ! J'adorerais savoir en faire.

– Je pourrais t'apprendre, si tu veux.

– Euh… J'arrive à peine à mettre un pied devant l'autre quand je suis dans l'eau, alors tenir en équilibre sur une planche qui prend les vagues, je te laisse imaginer le massacre.

– Si des mômes de huit ans y parviennent, je ne vois pas pourquoi tu n'y arriverais pas, la taquiné-je en lui donnant un léger coup du pied.

– C'est petit, ça, rétorque-t-elle les yeux plissés. Concentre-toi plutôt sur mon profil, au lieu de faire le malin ! J'ai bientôt fini d'actualiser le tien.

Je m'exécute et change ses centres d'intérêt. Plutôt que « randonnée », j'opte pour « faire la fête jusqu'au bout de la nuit ». Ce qui n'est pas un mensonge. J'ai rencontré Li à la soirée des voisins où elle a fait partie des derniers à rentrer chez elle. Et lors de notre soirée au bar entre mecs où nous l'avons croisée, avec June et Ava, elle m'avait l'air d'apprécier le moment. Nous avons tous beaucoup ri, pour ce que je m'en souviens, en tout cas. C'est quand même plus attirant de se projeter en rencard sur une piste de danse, dans un corps à corps sensuel, plutôt qu'en pleine forêt à la rencontre des ours. Je retire également toutes ses jérémiades à propos du feng shui et de la fidélité. Je me contente d'indiquer qu'elle recherche une relation sérieuse, sans oublier de préciser qu'elle est masseuse professionnelle. J'échange sa photo de profil actuelle avec un cliché visiblement pris dans une salle de massage. Elle est face à l'objectif et frotte ses mains entre elles, comme si elle était sur le point de commencer à travailler. Ses cheveux sont retenus dans une natte de côté et le sourire qu'elle arbore est communicatif. Les mecs vont foncer tête baissée et la contacter, c'est certain !

Lorsque j'ai terminé, je prends conscience que le temps a filé.

– Oh merde ! m'écrié-je en déposant son téléphone sur la table basse. J'ai un truc à faire, faut que je te laisse.

– Pas de problème. Tu as cinq minutes pour qu'on relise nos profils avant de les valider ?

Elle est mignonne avec son côté naïf, parfois.

– Chicago, la nouvelle toi est déjà en ligne.

– Quoi ? crie-t-elle. Tu as publié sans mon accord ? Mais ça ne se fait pas !

– On n'a pas précisé dans le *deal* qu'on devait être d'accord avec ce que l'autre allait modifier.

– Ça me semblait évident ! grogne-t-elle.

– Oups, m'exclamé-je avec un sourire arrogant.

Avec une colère à peine contenue, elle appuie sur quelques touches de mon téléphone avant de me le rendre.

– Voilà, le tien aussi est en ligne, maintenant.

Elle boude, et je trouve ça adorable.

– Tu me remercieras plus tard, j'en suis certain, osé-je lui balancer en quittant son salon.

– Mouais… Ou pas.

Je me marre en sortant de son appartement et explose de rire quand je l'entends claquer la porte tout en me traitant de connard.

CHAPITRE 17

LI FALL

Voilà deux heures que Sue me rend chèvre. Elle est venue frapper à ma porte pour me demander de l'aider à réserver un voyage surprise à son mari, et depuis, elle m'assomme d'exigences : avoir des sièges à l'avant dans l'avion, ne pas faire d'escale de plus de deux heures, opter pour une formule all inclusive… Mais ça y est, tout est booké, je vais enfin pouvoir m'éclipser !

– Je me suis envoyé tous les documents par mail. Je vous les imprimerai demain à mon salon et je vous les déposerai.

– Heureusement que tu étais là, sinon je ne m'en serais jamais sortie. C'est William qui a acheté cet ordinateur de malheur. Il a bien tenté de m'expliquer comment ça fonctionne, mais comme je n'en ai aucune utilité, je ne l'ai écouté que d'une oreille.

– Aucune utilité, sauf pour lui faire une surprise ! la taquiné-je.

– Oui. Maintenant, j'espère pour toi que tout sera pris en compte. Si je n'ai pas une vue directe sur la piscine et les Apollon qui en profiteront, ça va barder pour ton matricule, grogne-t-elle, les sourcils froncés.

Voilà comment elle me remercie pour mon coup de main.

– Sue ! C'est un plaisir de vous aider, raillé-je en secouant la tête. Je saurai m'en souvenir.

– Ne prends pas la mouche, ma belle. C'est juste que je n'aime pas me sentir dépassée, me confie-t-elle un peu embarrassée. Au fait, est-ce que tu parles un peu avec les filles Garcia ? change-t-elle tout à coup de sujet.

– Euh… Pas vraiment. Vous savez comment sont les ados à cet âge-là. Pas très causants. Pourquoi ?

– Tu ne penses pas que le Womanizer pourrait appartenir à l'une d'elles ?

– Quoi ? Non ! m'écrié-je scandalisée. J'espère bien qu'elles ne savent même pas ce que c'est.

– Tu es bien naïve, si tu crois ça, se marre-t-elle. Je me suis alliée à Matthew pour découvrir à qui appartient le colis mystère et je compte bien connaître le fin mot de cette histoire.

– Vous êtes irrécupérable, soufflé-je d'un ton mi-désespéré mi-amusé. Et où en êtes-vous dans votre enquête ?

– Ah ! Tu vois, toi non plus tu ne peux pas résister à l'appel d'un potin ! Eh bien… J'ai rayé Harper de ma liste de suspects. Tu sais, notre voisine du rez-de-chaussée. Elle est influenceuse beauté, sur

Internet. Je n'ai pas bien compris ce que ça signifiait, mais elle n'a pas cessé de taper sur son téléphone pendant toute notre conversation. Plutôt malpolie, je trouve. Idem pour Chelsea, la fille qui apprécie un peu trop le noir, ce n'est pas à elle non plus…

– Et qu'est-ce qui vous a permis de les innocenter ? questionné-je en m'attendant à une explication farfelue.

– Il se peut que je sois passée chez elles sous un prétexte quelconque et que j'en aie profité pour les questionner à la dérobée.

Je ricane en imaginant très bien la scène.

– Je n'ai pas dû être très subtile puisqu'elles m'ont toutes les deux démasquée. Harper a agité ses doigts sous mes yeux pour me faire comprendre qu'elle préfèrerait s'en servir si elle en avait un. Comme si ça pouvait me choquer, continue-t-elle sans se sentir offensée. Si elle savait, l'innocente ! Et Chelsea m'a carrément montré le sien.

– Elle pouvait très bien en avoir deux, hasardé-je.

– Oui, mais puisqu'elle n'a pas hésité à le brandir, j'imagine qu'elle n'aurait pas été gênée de le réclamer s'il lui avait appartenu.

– Pas faux ! Bon, je vais vous laisser, Sue.

– C'est ça, file. Et merci pour tout, me dit-elle en guise d'au revoir.

Alors que j'entre dans mon appartement, j'entends le bip caractéristique de Match&More retentir depuis mon téléphone abandonné sur le canapé.

Les notifications s'enchaînent. Je me demande si ce n'était pas un signe du destin de l'avoir oublié en descendant chez ma voisine en début d'après-midi.

Avant de me pencher sur mes crushs virtuels, je me sers un verre de vin blanc et verse mes chips préférées dans un bol. J'attrape ensuite mon portable et m'enfonce dans mon canapé.

Je découvre que j'ai eu pas mal de *matchs* durant mon absence. En posant les yeux sur mon étagère, je remarque aussi au passage que Matthew a changé de place quelques objets en plus de mon maneki-neko. Il a inversé deux cadres photo, et changé de place le grand vase de mon entrée où des tiges de pampas trônent fièrement. Je ne sais pas quand il a opéré ces changements, mais il ne manque pas d'air !

Une fois que tout est remis à sa place, j'ouvre Match&More pour lire les messages. Je cligne des paupières face à la photo d'un type uniquement vêtu d'un caleçon qui lui tombe très bas sur les hanches. *À quel moment a-t-il pensé que c'était une bonne technique d'approche ?* Je parierais qu'il est sur la liste de sex-toys humains de la conquête de Matthew.

Je supprime quelques messages graveleux en rapport avec le fait que je suis masseuse. Je savais que préciser mon métier n'était pas une bonne idée. Je préférais rester discrète sur mon milieu professionnel, car je sais bien quels énergumènes ça attire, mais Matthew n'en a fait qu'à sa tête.

Je clique sur mon profil et grince des dents en découvrant que mon voisin m'a carrément affichée en photo avec la blouse que je portais au cours de ma formation. Exit le feng shui et la randonnée de mes centres d'intérêt. De même que mon laïus sur la valeur de la fidélité.

Je soupire et me répète que je n'ai pas grand-chose à perdre à attendre un peu pour voir les résultats que peut donner cette version édulcorée de moi-même. On ne sait jamais, dans le lot de ceux qui se montrent intéressés, il pourrait y en avoir un ou deux qui vaillent le coup.

Alors que je scrute l'écran, sceptique, je vois apparaître le prénom de Matthew.

Matthew : Alors, ça mord
à l'hameçon ?

Li : Tu as écrit que je suis masseuse…
Que crois-tu que je reçoive comme
style de message ?

Matthew : Des relous, y'en a partout.
Je suis sûr que des mecs bien aussi
t'ont écrit…

Peut-être, mais les premiers messages que j'ai ouverts m'ont découragée pour ce soir.

Li : Et de ton côté ? Que donne
ce profil de l'homme idéal ?

Matthew : Bizarrement, je n'ai pas
moins de messages. Je discute

avec des filles qui sont sur l'appli depuis quelque temps, comme moi. Pourtant, nous n'avions jamais matché jusque-là.

Qu'il s'en étonne me fait rire. Ces nanas devaient fuir sa description de collectionneur de relations éphémères.

Li : Par pitié, ne réponds pas à leurs messages avec les mêmes conneries que tu sortais à tes plans cul !

Matthew : Tu es chez toi ?

Pourquoi me demande-t-il ça ? Je ne vois pas le rapport.

Li : Oui.

Matthew : J'arrive.

Ce type aime un peu trop débarquer chez les gens sans prévenir. Même si, concrètement, pour cette fois, il vient de le faire.

Je n'attends pas longtemps avant qu'il ne frappe à ma porte. Il entre dès que j'ai ouvert et s'installe à nouveau sur mon canapé, comme ce matin.

– Je te préviens que tu n'as plus intérêt à changer mes affaires de place, grondé-je en refermant derrière moi.

– Tout est trop symétrique chez toi, si tu veux mon avis.

– Je m'en serais passée, persiflé-je en m'asseyant à mon tour. Je vais donc faire comme si je ne t'avais pas entendu. J'ai appris que Sue t'aide dans ta quête à propos du sex-toy, c'est pas très classe d'exploiter les personnes âgées.

– Si je lui répétais ça, elle te botterait les fesses.

Nous rions ensemble parce qu'il a entièrement raison.

– Tu te rends compte qu'en inscrivant que j'aime les enfants, dans mon profil, tu as attiré toutes les mères célibataires ? m'attaque-t-il.

– Tout le monde a le droit à une seconde chance.

– Certes… Mais j'admets tout juste vouloir m'investir dans une relation de couple, alors de là à me voir en père de famille, y'a un cap à franchir.

Je lui souris, me retenant franchement de rire.

– Moque-toi, va !

– Est-ce que tu peux m'expliquer pourquoi les mecs pensent qu'envoyer une photo de leurs muscles va nous faire tomber amoureuses d'eux ?

– Ah ! Li… Parfois, je me demande d'où tu sors. Ces types ne veulent pas que tu tombes amoureuse, juste passer un bon moment en ta compagnie.

– Typiquement le genre d'homme que je ne voulais pas attirer, en somme…

Sans gêne, il attrape mon verre de vin délaissé sur la table et le termine. Sa main plonge ensuite vers les chips et en fourre dans sa bouche, avant qu'une grimace ne déforme son visage.

– Oh ! Elles ont un goût immonde, s'écrie-t-il, la bouche pleine.

– Vinaigre, mes préférées !

– Je ramènerai les miennes, la prochaine fois.

– Tu te projettes un peu trop pour un mec qui vit au jour le jour.

– Ha ha, très drôle ! Tiens, au lieu de dire n'importe quoi, réponds donc à ma place à ce message. La nana a l'air cool, mais elle m'a mis un stop tout de suite quand j'ai évoqué la possibilité de se voir.

Je prends son téléphone et lui tends le mien en retour.

– Je te laisse supprimer les messages des queutards qui m'ont contactée. Tu devrais être en mesure de les repérer…

Il m'offre son majeur pour toute réponse, mais attrape mon portable.

Je me lève pour aller chercher un second verre dans la cuisine et lui apporte même quelques cacahuètes. Il me remercie d'un regard avant que nous replongions dans la vie sentimentale virtuelle l'un de l'autre.

– Amber me demande si tu es plutôt film ou série.

– Tu parles avec elle, là ? me demande-t-il, choqué.

– Elle est connectée, et si je veux que tu aies la moindre chance de ne pas la faire fuir, il vaut mieux que je prenne les choses en main.

– Hmm…

– Alors, plutôt film ou série ?

– Ça dépend du scénario. Parfois il est préférable de développer sur plusieurs saisons, parfois un film suffit. Donc je ne peux pas me prononcer.

Je suis assez d'accord avec lui. Je tape une réponse argumentée sans être assommante. Du moins, je l'espère.

– Un certain Andrew me demande si tu préfères le vin blanc ou le vin rouge. Je crois connaître la réponse, mais on ne sait jamais… me dit-il en jetant un œil à nos verres.

– Tu parles aussi avec quelqu'un à ma place ?

– C'est toi qui as commencé, m'accuse-t-il pour se défendre.

– C'est vrai, admets-je. Comme pour toi, ça dépend. Je vais opter pour l'un ou l'autre en fonction de ce qui l'accompagne.

Matthew se satisfait de cette réponse et se remet à taper frénétiquement sur les touches de mon téléphone.

Après presque deux heures de questions-réponses, je sens la fatigue me tomber dessus. Je salue Amber en deux ou trois phrases et lui souhaite une bonne nuit.

– Tu viens de promettre à Amber de la recontacter demain, dis-je à Matthew en bâillant.

– Et toi, de voir Andrew dans le courant de la semaine prochaine.

– Si je n'étais pas aussi fatiguée, je te botterais les fesses d'avoir promis ça à ma place, grogné-je.

– J'attends combien de temps avant de revenir à la charge pour la rencontrer ? élude-t-il.

– Pas avant mercredi. Plus, si possible. Et tu lui donnes rendez-vous dans un café, en plein après-midi. Comme ça, elle comprendra que tu ne veux pas la voir juste pour tu sais quoi.

Il se moque de mon choix de mots alors que nous nous rendons mutuellement nos téléphones.

– Tu ne fais l'amour que le soir, toi ? me taquine-t-il.

– Il est une heure du matin, sors de chez moi, Matthew, me lamenté-je en le poussant vers ma porte d'entrée.

– C'est un point qui mérite éclaircissement si tu veux que je sois en mesure de te trouver l'homme de ta vie, continue-t-il à se foutre de moi.

– Je te préviens, si tu ne sors pas tout de suite, je vais hurler si fort dans la cage d'escalier que Travis va se réveiller. Et je ne crois pas que tu aies envie d'affronter ton pote dans cet état.

Avec ses doigts, il mime le geste de fermer sa bouche. Il m'arrache un dernier sourire alors que je referme enfin derrière lui.

CHAPITRE 18

LI FALL

D'un coup d'œil dans le miroir, je vérifie ma tenue.

Pour ce premier rendez-vous après les modifications effectuées par Matthew sur mon profil, j'ai préféré rester sobre. Une longue jupe plissée noire au tissu brillant et un top blanc à fines bretelles avec un léger décolleté feront l'affaire. J'ai également pris le temps d'accentuer mes yeux d'un trait de liner et mes lèvres d'une petite touche de gloss rose. Mes cheveux longs sont détachés dans mon dos, sans artifice.

J'appréhende un peu ce rencard, car le fameux Andrew a un peu trop insisté à mon goût, mais mon voisin m'a convaincu d'accepter.

Même si nous ne nous sommes pas vus cette semaine, nous sommes restés en contact par message. Chacun conseillant l'autre lorsqu'il hésitait sur une réponse à apporter à son correspondant virtuel.

Andrew a le mérite d'avoir continué à m'écrire malgré la discussion qu'il a eue avec Matthew le soir où il s'est fait passer pour moi. J'ai cru que j'allais l'étriper lorsque j'ai remonté le fil de la conversation. Il m'a décrite fleur bleue, romantique, et avec le besoin d'apprendre à se connaître avant de pouvoir aller plus loin. Sur le fond, il n'a pas tort, mais il a donné l'impression que j'étais froide, distante et qu'il faudrait me passer la bague au doigt pour espérer la chevauchée fantastique.

Le désert sexuel que je traverse commence à s'éterniser à mes yeux. De là à dire que je serais prête pour un coup d'un soir, n'exagérons pas, mais je peux revoir mes exigences à la baisse pour un simple feeling ressenti sur le moment.

Mon Womanizer – que je n'ai pas égaré, moi – ne me suffit plus. J'ai besoin de partager à nouveau une étreinte. Plus personne ne m'a embrassée depuis Sam et j'aimerais effacer ce souvenir de ma mémoire. Sans parler du fait qu'il est le dernier mec à m'avoir fait l'amour. Sachant qu'il m'a probablement trompée juste après, ou avant, ça me dégoûte. Il faut que je supprime tout ça de mon esprit. Je préférerais encore vivre un corps-à-corps sans sentiments plutôt que d'affronter à nouveau ma dernière étreinte avec Sam en me demandant ce qui cloche chez moi pour qu'il ait ressenti le besoin d'aller voir ailleurs.

Je claque la porte de mon appartement et la ferme à double tour. En descendant les marches, j'ai la bonne surprise de tomber sur Sue, qui sort elle aussi à cet instant. Nous nous retrouvons un peu trop souvent dans la cage d'escalier à mon goût.

– Toi aussi, tu as entendu le raffut dehors et tu veux en savoir plus ? me demande-t-elle en quittant l'immeuble.

À cet instant seulement, je prends conscience que nos voisins sont rassemblés à l'extérieur et semblent furieux.

– Quel est le problème ? demandé-je à Derek en m'approchant.

– Après les dégradations des boîtes aux lettres et la terre déversée dans la piscine, quelqu'un a tagué les tables de la cuisine extérieure et le banc près de la piscine.

– Quoi ? m'écrié-je en contemplant l'ampleur des dégâts.

– Je suis persuadé que la personne qui commet ces dégradations vit ici ! assure Derek, poussant sur sa voix afin d'être entendu de tous.

– Pourquoi saccagerait-on l'endroit où on vit ? réplique Ethan, le mari de David, sceptique.

– J'en sais rien, mais il faut une commande électronique pour pénétrer à Palisades Park et personne n'a remarqué d'étrangers dans la résidence.

– Si encore le tagueur avait du talent, raille Chelsea en jetant un coup d'œil au banc. On aurait pu le revendre comme une œuvre d'art… Mais qui voudrait de ce truc rose ?

Malgré les circonstances, son air horrifié par le choix de couleur me tire un sourire. J'imagine qu'elle aurait opté pour du noir, comme la couleur de ses cheveux, de ses vêtements et de son maquillage.

– On devrait peut-être installer des caméras ? propose Victoria Reyes, tirée à quatre épingles, comme toujours.

– Il est hors de question qu'on joue à *Big Brother* à Palisades Park, s'insurge Sue. Chacun va surveiller un peu plus sa fenêtre et on finira bien par mettre la main sur celui ou celle qui se cache derrière tout ça.

– Surveiller plus votre fenêtre, ça va être compliqué, non ? lui répond Victoria de façon méprisante. Vous y passez déjà un temps considérable…

– Calmons-nous, tempère Derek. Il ne sert à rien de s'en prendre les uns aux autres.

– Ce n'est pas lui qui était persuadé que c'était l'un d'entre nous qui faisait ça ? raille Harper, en prenant des photos, certainement pour les poster sur ses réseaux sociaux et se faire plaindre.

– Dans un premier temps, je me charge d'appeler Roy afin qu'il nous envoie quelqu'un pour nettoyer, continue Derek qui ne l'a pas entendue.

– Le montant des charges va finir par exploser ! estime Ethan en soupirant avant de rentrer chez lui, rapidement suivi par tout le monde.

J'observe les dégâts en grimaçant. La peinture a été barbouillée à la va-vite, probablement au moyen d'une bombe. J'ai du mal à cerner les motivations de la personne qui fait ça. Qu'est-ce que cela peut bien lui apporter ?

– Dis-moi, s'exclame tout à coup Sue à mon intention. Tu es bien affriolante, ce soir. Tu sors où, comme ça ?

La vie privée est une notion inconnue pour ma voisine du dessous.

– Je vais profiter de mon samedi soir, réponds-je de manière évasive.

– Oh ! Je vois… murmure-t-elle en haussant ses sourcils deux fois de suite. Tu vas rejoindre Matthew ?

– Je ne vois pas ce qui vous fait penser ça ! rétorqué-je sèchement, irritée par son manque de gêne.

– Je l'ai vu descendre de ton étage plusieurs fois…

– Et vous en déduisez qu'il était chez moi ? Je vous rappelle que Travis, qui habite un étage au-dessus, est un ami à lui…

Tout à coup, une ride plus prononcée marque son front.

– C'est vrai. Je suis désolée, regrette-t-elle, penaude.

Je lui offre un dernier sourire victorieux avant de la laisser.

En traversant le jardin, je croise justement mon conseiller en matière de rencontre. Il rentre de son tour de garde à la plage, si j'en crois sa tenue se limitant à un bermuda rouge. Ses cheveux mi-longs sont détachés et mouillés. Des gouttes d'eau hypnotisantes glissent sur ses pectoraux. Le sourire satisfait qui s'affiche soudain sur son visage me fait revenir à la réalité. *Non mais qu'est-ce qui m'arrive ? Il faut vraiment que je me trouve un mec !*

– Waouh ! s'exclame-t-il en me détaillant. Tu veux faire tourner des têtes, ma parole ! Attends, laisse-moi deviner : toi, tu as un rendez-vous !

Un sourire étire mes lèvres avant que je hoche la tête, encore gênée par le regard que j'ai porté sur lui il y a quelques secondes.

– Où est passée la fille qui m'a assuré que la première rencontre devait avoir lieu dans l'après-midi pour éviter de laisser croire que la soirée pouvait se poursuivre agréablement ?

– J'avais beaucoup de rendez-vous cette semaine au salon. Je ne pouvais pas faire autrement, argumenté-je, encore plus mal à l'aise qu'il y a une minute.

– Tu ne sais pas mentir, Chicago ! me lance-t-il tout sourire. Avoue que tu as envie de voir le grand loup ? Il n'y a pas de mal à ça.

– N'importe quoi ! m'écrié-je bien trop fort pour ne pas me trahir.

– Je ne te blâme pas, mon grand loup aussi aurait besoin de voir du monde, mais ce n'est pas avec les nanas que tu as contactées pour moi que ça risque d'arriver.

Je me bouche les oreilles de mes deux mains. Les paupières closes, j'essaie d'effacer l'image qui s'impose à moi.

– On va se mettre d'accord, lui dis-je en ouvrant à nouveau les yeux et en le pointant du doigt. Tu ne me parles plus jamais, j'insiste sur le « plus jamais », de ton grand loup !

– Tu as un sérieux problème dès qu'on aborde le sujet du sexe.

– Peux-tu parler moins fort s'il te plaît ? l'engueulé-je en essayant d'être discrète. Je n'ai aucune envie d'avoir Sue sur le dos et qu'elle me pose des questions sur ce qu'elle sera parvenue à entendre.

– Cette discussion pourrait pourtant être drô…

– Et pour en revenir à toi, assené-je sans prêter attention à sa taquinerie, ne joue pas les obsédés. Prends le temps de parler avec les filles avant de les voir. Votre rencontre sera encore meilleure.

– Tu parles de la rencontre de nos deux corps ou… ?

– Oh ! Tu me fatigues, le coupé-je. Je te laisse, tu vas finir par me mettre en retard avec tes conneries.

Je commence à m'éloigner d'un pas vif afin qu'il ne me retienne pas plus longtemps.

Alors que j'ouvre la grille de Palisades Park, je l'entends crier :

– Tu as raison, ne le fais pas attendre. Ça fait une semaine qu'il patiente, il doit avoir les couilles bleues, le pauvre.

Je pivote dans sa direction, scandalisée qu'il ait osé hurler ça à la portée de tous nos voisins. Non seulement cet imbécile est fier de lui, mais de plus il est mort de rire. Je lui réponds par un geste obscène avant de tourner les talons, bien décidée à profiter de ma soirée.

Arrivée sur place un peu avant l'heure, je commande sans attendre Andrew. Il fait encore chaud et je meurs de soif.

Le serveur ne tarde pas à déposer une margarita devant moi. Je la sirote quand une notification apparaît sur mon téléphone.

Andrew : Je suis devant le bar,
tu es là ?

Li : Oui, je suis déjà installée
à une table.

J'attends un peu, mais il ne répond pas.

Après quelques secondes, je le vois faire son entrée dans le bar. Il va falloir que je pense à changer de lieu de rendez-vous, car les patrons vont penser que j'enchaîne les rencards. J'y suis venue avec Matthew, puis avec Luke, et maintenant Andrew…

Je profite de son avancée dans ma direction pour le détailler. Il est plutôt grand et élancé. Son visage est harmonieux et ses cheveux coupés court lui vont bien. Il est habillé de façon classique : une chemise simple à manches courtes sur un jean brut sans chichis. Il me fait bonne impression.

– Excuse-moi, je n'avais pas percuté qu'on se retrouvait à l'intérieur, me lance-t-il avant de me faire la bise sur une joue.

Je suis un peu décontenancée par son rapprochement.

– Je t'avais bien donné l'adresse du bar, non ?

– Oui, oui, mais j'ai cru que c'était juste pour ne pas se louper sur la jetée et éviter de perdre de cruciales minutes de notre rendez-vous en se cherchant comme deux cons.

– Tu voulais aller ailleurs ?

– Évidemment, dit-il en riant à gorge déployée. D'ailleurs, si tu pouvais vite terminer ton verre, je suis garé en double file.

Quelque chose dans son attitude active une alarme dans ma tête. Il a pensé que j'allais monter dans sa voiture sans même prendre la peine de faire un peu mieux connaissance.

Son regard équivoque commence à me mettre mal à l'aise. Je prends conscience de ma méprise tout en sirotant mon cocktail. Ce mec est typiquement le genre que je fuis. Comment vais-je bien pouvoir me débarrasser de lui, maintenant ? *Merci Matthew !*

CHAPITRE 19

MATTHEW TROXLER

– Cette terrasse extérieure est ce qui m'a convaincu de vivre ici et quelqu'un a joué les Picasso avec, se plaint Derek en ouvrant nos bières. Je vous jure que je vais découvrir de qui il s'agit et qu'il va s'en mordre les doigts !

– Roy t'a dit quand vont être changés le banc et les tables ? lui demandé-je en attrapant la bouteille qu'il me tend.

– La semaine prochaine, a priori.

– Et toi, ton enquête sur le sex-toy, ça avance ? me demande Travis.

– Oui. L'étau se resserre. Il ne reste plus que Luisa, Victoria et Sharon sur ma liste.

– Je miserais plutôt sur Sharon, réplique-t-il.

– Mouais. Elle va à la messe tous les dimanches… avancé-je comme si c'était un argument imparable.

– Ils ont six enfants avec son mari, donc j'imagine qu'ils sont plutôt actifs de ce côté-là, contre-t-il.

– Justement. C'est pas avec ce type de jouet que tu les conçois.

– C'est délicat d'aller aborder le sujet avec elle, en tout cas. Et du côté de Luisa, si Cesar apprend que j'ai osé en discuter avec sa femme, il va me découper en petits morceaux. Quant à Victoria, elle serait capable de me coller un procès pour violation de vie privée ou je ne sais quoi.

– Lâche l'affaire, alors…

– Pas maintenant que je touche presque au but, m'exclamé-je avant de descendre une nouvelle gorgée de ma bière. Au fait, comment ça va au poste avec l'arrivée en masse des touristes ?

La population de la ville augmente considérablement l'été, ce qui surcharge les services de police dont Travis fait partie. C'est toujours une période compliquée pour lui.

– Toujours les mêmes énergumènes bourrés à la sortie des bars et des boîtes de nuit. La routine. Ça a le don de m'énerver de passer du temps à mettre les gens en cellule de dégrisement au lieu de me consacrer à ces cambriolages à répétition.

– Vous n'avez toujours pas de suspect ? m'étonné-je.

Derek me jette un regard, l'air de me dire de ne pas insister sur le sujet. Ça fait maintenant plusieurs mois que ça dure et les forces de l'ordre restent impuissantes, ce qui met Travis hors de lui.

– Non… Et je doute que l'enquête progresse beaucoup dans les semaines à venir. Tous nos effectifs sont surchargés. Vive la saison estivale ! se réjouit-il faussement.

– Perso, je redoute déjà les incendies à venir, nous alerte Derek. Il y a déjà eu quelques départs de feu qu'on a su maîtriser, mais on redoute des ravages, comme l'année dernière.

Pompier depuis plusieurs années maintenant, il a déjà été mobilisé sur de nombreux départs de feu. Et en Californie, ils peuvent vite être totalement hors de contrôle.

– Vous avez mis en place une surveillance, j'imagine ? le questionné-je.

– Un hélicoptère survole la zone plusieurs fois par jour, mais tu sais que tout peut basculer en une minute.

– Espérons que ça ne soit pas le cas, ajoute Travis avant de vider sa bouteille.

Une jolie rousse traverse le jardin et nous salue d'un signe de la main. Elle porte une petite robe noire moulante et des talons aiguilles. La voisine du dessus de Derek a tout pour plaire, ce soir.

– Hey June ! la hèle-t-il. Tu sors toute la nuit ?

– J'ai loupé l'épisode qui disait que je devais te prévenir de l'heure à laquelle je compte rentrer chez moi ? rétorque-t-elle en posant une main sur sa hanche.

Travis et moi échangeons un regard complice, car nous connaissons notre pote. S'ils s'alpaguent comme ça, c'est qu'il y a de l'électricité dans l'air entre ces deux-là.

– C’est juste pour savoir si je vais pouvoir baiser tranquille sans t’importuner, lui balance-t-il sans se soucier de la mettre mal à l’aise devant nous.

– D’habitude, tu n’as pas besoin de toute la nuit, c’est assez bref. Moi qui pensais que les pompiers avaient de l’endurance, persifle-t-elle, me faisant recracher ma boisson alcoolisée.

Elle n’attend pas de réponse à sa tirade et tourne les talons pour quitter Palisades Park.

Travis et moi ne parvenons pas à retenir notre hilarité. June vient de moucher Derek et ça n’a pas de prix.

– Ça vous fait rire ? demande-t-il, vexé.

– Mec, elle vient de te remettre à ta place de manière royale, dis-je en essuyant la bière de mon tee-shirt. Évidemment que ça nous fait marrer.

– C’est quoi le dossier entre vous ? l’interroge Travis, le sourire aux lèvres, ce qui est assez rare pour être remarqué.

– Y’a deux jours, j’étais peinard chez moi en train de baiser et cette charmante demoiselle a frappé à ma porte comme une forcenée jusqu’à ce que je lui ouvre. Selon elle, on faisait trop de bruit !

– Attends, mais tu lui as ouvert ?

– Elle a toqué pendant dix minutes, je te dis ! Je lui ai ouvert à poil, enroulé dans un drap, encore en train de bander !

Je pars dans un fou rire en imaginant la scène. J’aurais donné cher pour voir ça de mes propres yeux.

– En même temps, il était quelle heure ? intervient Travis, qui rapporte toujours tout à la loi.

– Me fais pas chier avec tes putains d'horaires ! Y'a pas d'heure pour s'envoyer en l'air !

Travis secoue la tête, désespéré.

– Elle m'a cassé les couilles et, depuis le palier, elle a crié à la nana dans l'appartement d'arrêter de simuler si fort. Elle est cinglée.

– Tu as fait quoi ensuite ?

– Elle ne m'a pas laissé le temps de répondre, elle est rentrée chez elle. Mais elle m'avait refroidi. Pas moyen de relancer la machine.

Travis rit franchement avec moi, cette fois-ci. Ces soirées tous les trois sont ma soupape de décompression. J'en ai encore plus besoin depuis que Granny est au centre médical.

Mon téléphone posé sur la table vibre à plusieurs reprises, attirant nos regards.

– Toujours sur cette application pour rencontrer des nanas ? m'interroge Derek. T'en es à combien, maintenant ?

Sa remarque me fait grincer des dents. J'ai reproché cette attitude à Brianna, à peu de chose près, mais je ne suis pas mieux qu'elle.

– J'ai un peu déchanté à la suite de mon dernier rencard, alors j'ai décidé de me calmer. Je crois que j'ai envie de partager un peu plus qu'une nuit torride, désormais. Alors je prends le temps de discuter avec les filles qui pourraient me plaire avant de leur proposer de nous voir.

Derek et Travis m'observent comme si je venais de parler dans une autre langue.

– Merde ! Tu vas bien, tu es sûr ? Tu n'as pas de fièvre ? Car j'ai l'impression que tu délires, là.

– Fous-lui la paix, intervient Travis en pointant Derek du doigt. Enfin un de vous deux qui grandit un peu.

D'un hochement de tête, je le remercie d'avoir fait fermer sa grande gueule au pompier de la bande.

Travis n'est pas un coureur, même s'il en a l'allure. Il n'est pas contre le fait de fréquenter la même fille pendant plusieurs mois. Mais elles finissent toutes par partir. De ce que nous savons, elles lui reprochent de ne jamais se projeter dans l'avenir. Ce sur quoi je ne me permettrais pas de juger mon ami, car je suis pareil.

– Et donc tu parles à qui ? cherche à savoir Derek.

– À ta sœur, mais elle est bien trop chaude pour le nouvel homme que je suis, déclaré-je en explosant de rire, suivi par mes deux potes.

– T'as de la chance que je n'aie pas de sœur, mec !

La soirée file entre discussions plus ou moins sérieuses et piques envoyées entre nous. Nous finissons par rentrer chacun chez nous, une fois le pack de bière vide.

CHAPITRE 20

LI FALL

Ma playlist zen retentit dans le salon afin de plonger ma dernière cliente de la journée dans une atmosphère propice à la détente. Ava n'a plus prononcé un mot depuis que j'ai commencé le massage. C'est assez rare qu'elle ne parle pas pour le noter. Sa venue m'a fait plaisir, car je me doute qu'il s'agit avant tout d'un geste pour me soutenir. Il faudra que je pense à me fournir en fleurs pour le salon auprès du fleuriste chez qui elle travaille dorénavant.

– Je te laisse quelques instants pour reprendre tes esprits et je t'attends à l'accueil, lui chuchoté-je pour ne pas faire éclater la bulle dans laquelle elle se trouve. Surtout, prends ton temps.

J'ouvre un peu le paravent pour me faufiler dans l'espace créé entre lui et le mur, et je le referme aussitôt derrière moi. Je file me laver les mains pour en ôter l'excédent d'huile avant de rejoindre mon bureau.

En attendant ma voisine, je vérifie le programme de ma journée de demain. J'ai deux rendez-vous programmés le matin et trois l'après-midi. Ce n'est pas si mal, même si, pour un samedi, je pourrais espérer mieux. Le bouche à oreille prend petit à petit, je dois être patiente.

Ava réapparaît après quelques instants, encore alanguie par sa séance.

– J'ai la sensation d'être aussi légère qu'une plume, me lance-t-elle, un sourire aux lèvres. Tu as des doigts de fée ! Note-moi tout de suite un autre rendez-vous.

Je ris de son empressement.

– Tu veux revenir dans combien de temps ?

– Le mois prochain.

– OK. Est-ce qu'un vendredi ça te convient à nouveau ? À la même heure, juste avant la fermeture ? Comme ça on rentrera ensemble à Palisades Park.

– Parfait.

– Ça te fera soixante-cinq dollars, s'il te plaît. Et je te donne une carte de fidélité qui te permettra d'avoir vingt pour cent de réduction sur ton cinquième massage.

Ava me règle et attrape la petite carte que je lui tends où figurent toutes les coordonnées du salon.

– Tu peux m'en donner plusieurs, si tu veux. Je les laisserai près de la caisse du fleuriste chez qui je travaille.

– Ça ne posera pas de problème à ton patron ?

– Mais non, c'est une crème. Allez, file-moi un paquet !

Je lui donne ce qu'elle réclame avec un sourire reconnaissant.

– Tes vingt pour cent de réduction seront pour ton massage du mois prochain, lui dis-je en attrapant mon sac à main.

– Attends, tu ne sais même pas si ça va te rapporter des clientes.

– Je le fais pour te remercier de ton coup de main, peu importe que ça porte ses fruits ou non. D'ailleurs, tu diras à June qu'elle a le droit à un massage gratuit. J'ai vraiment eu beaucoup d'appels et de personnes qui sont passées se renseigner sur les tarifs et les massages à la suite de son article. Je lui dois beaucoup de mes premiers rendez-vous.

– C'est du June tout craché. Elle fait toujours tout ce qu'elle peut pour aider les autres.

Ça correspond en effet assez à ce que j'ai entr'aperçu d'elle à travers ses articles.

– Tu m'excuses une petite minute et on y va ? lui demandé-je.

– Bien sûr.

J'éteins ma caisse, récupère les serviettes sur la table de massage avant de les mettre dans la panière du linge à laver, puis j'éteins la musique et les lumières tamisées. Je passerai un coup de serpillière demain matin avant l'ouverture.

– C'est bon, je suis prête, précisé-je à Ava.

Elle hoche la tête et sort sur le trottoir. Je la suis après avoir fermé le salon à double tour. Je passe mon bras autour du sien et nous marchons en direction de la résidence.

– Tu penses quoi de toutes ces dégradations à Palisades Park ? lui demandé-je.

– La personne qui fait tout ça doit être sacrément en colère. Ou chercher à attirer l'attention.

– Je rêve où tu compatis avec la personne qui fait ça ?

– Jeter la pierre à l'auteur sans chercher à comprendre ce qui le pousse à tout détériorer comme ça ne servirait à rien. Si on veut qu'il arrête, on doit trouver ce qui l'amène sur ce chemin. En tout cas, je parierais qu'il est Scorpion ou Gémeaux. Ce sont des signes qui peuvent être manipulateurs et menteurs.

– Eh bah… En voilà une piste ! m'exclamé-je en levant les yeux au ciel, ce qui me vaut un pincement sur l'avant-bras de la part de mon amie.

Un bip sur son téléphone la distrait de notre conversation. Elle sort son portable et mes yeux remarquent aussitôt l'interface de Match&More.

– Toi aussi tu es inscrite là-dessus ? m'exclamé-je.

– Oui ! s'écrie-t-elle, excitée. Le concept est génial. J'ai rencontré quelques mecs plutôt sympas.

– Ah bon ? Parce que moi je commence à croire qu'il n'y a que des abrutis dessus !

– Tu es dure, là !

– Samedi dernier, j'avais rendez-vous avec un type rencontré sur l'appli. Je suis arrivée un peu avant lui. Quand il a débarqué, il était plutôt classe. Mignon. J'ai eu un bon feeling. Et puis en quelques secondes à peine, il m'a demandé si on allait s'attarder parce qu'il était garé en double file.

– Mais non ! Dis-moi que c'est pas vrai !

– J'aurais préféré.

– Et qu'est-ce que tu as fait ?

– J'ai eu très envie de lui balancer ma margarita à la figure, mais ça aurait été la gâcher pour quelqu'un qui n'en valait pas la peine.

– Bien dit !

– J'ai donc pris tout mon temps pour la déguster, puis j'ai abandonné ce pauvre mec sur le trottoir à la sortie du bar. Le pire, c'est qu'il n'a pas compris pourquoi je ne terminais pas la soirée avec lui.

– Si je me rappelle bien, tu es Cancer, c'est ça ?

– Oui, confirmé-je, en ne comprenant pas le rapport.

– Tu es un signe d'eau, donc tu dois rechercher un partenaire au signe de terre. Grosso modo, l'eau arrose la terre, tu vois l'image ? Alors que le feu, par exemple, éteint l'eau, donc tu ne peux pas être en phase avec un Bélier, un Lion ou un Sagittaire.

– Je n'ai pas la moindre idée de quels signes sont de terre ou de je ne sais quoi d'autre… avoué-je.

– Tu dois chercher de préférence un Taureau, un Capricorne ou un Vierge. Tu es née quand exactement ?

– Le 15 juillet 2003.

– Je ferai une recherche plus poussée pour toi.

Je la remercie car je vois bien que ça lui fait plaisir, même si je n'y crois pas une seule seconde. *Quoique Sam est Sagittaire…*

Nous arrivons à la résidence et, alors qu'Ava referme la grille d'entrée, Matthew arrive au pas de course. Il revient certainement de son footing. Sans tee-shirt, comme d'habitude. Elle lui ouvre, un grand sourire collé aux lèvres. Elle baverait presque.

– Merci, chère voisine ! la salue le sauveteur.

– Ava, lui rappelle-t-elle son prénom, ayant bien compris qu'il l'avait oublié.

Il s'excuse d'un signe de tête avant de porter son attention sur moi.

– Li, tu tombes bien, lance-t-il en me pointant du doigt. Ça fait plus de dix jours que je parle avec cette Amber, je vais lui fixer un rendez-vous maintenant, j'en ai marre !

Je n'ai même pas le temps de pester contre son impatience qu'il enchaîne, en regardant Ava :

– C'est vrai, quoi ! Si ça se trouve, ce n'est même pas elle sur les photos de son profil et je parle en réalité à un homme qui se goinfre de chips en se moquant des mecs comme moi.

– Par mec comme toi, tu veux dire… ? demandé-je à toutes fins utiles.

– Ben… souffle-t-il en montrant du doigt ses muscles, un sourire satisfait aux lèvres.

– Genre vraiment canon, précise Ava en riant avec Matthew.

Je ne vais pas m'en sortir avec ces deux-là !

– Tu n'as pas besoin de mon autorisation pour l'inviter, tu sais, expliqué-je au sauveteur.

– Mais je sens que je vais tout faire foirer, se plaint-il. Je vais dire ou faire un truc qu'il ne faut pas, c'est certain. Et elle va refuser. Après tous ces efforts, ça serait du gâchis.

– Du moment que tu ne lui dis pas que tu es garé en double file comme le dernier tocard avec qui Li a eu un rencard, tout ira bien, lance Ava que je foudroie immédiatement du regard. Oh, pardon, ça m'a échappé ! se reprend-elle.

Matthew m'observe quelques secondes pour vérifier si elle dit vrai.

– C'est Andrew qui t'a fait ce coup-là ? cherche-t-il à savoir.

– Lui-même, confirmé-je, contrariée d'évoquer mes déboires. Je vais désinstaller cette appli, ça ne rime à rien de continuer.

– Vous devriez organiser un *date* à quatre, nous propose Ava qui ne loupe rien de nos échanges et semble même s'en régaler, vu le sourire qu'elle arbore.

Matthew et moi nous écrions en même temps :

– Pire idée du monde ! me récrié-je.

– Génial, j'adore cette idée ! approuve Matthew.

Je peste en dardant un regard colérique sur Ava, mais elle ne paraît pas du tout impressionnée. Au contraire, elle a même l'air très fière d'elle.

– Je suis certain que tu discutes avec quelqu'un d'autre que cet Andrew, me lance Matthew en marchant à reculons vers l'entrée de son immeuble. Propose-lui de vous voir, il sera ravi. Rendez-vous demain soir, 20 heures, au restaurant sur la jetée, près de la grande roue.

Je crois que je ne vais pas pouvoir échapper à cette soirée arrangée.

– Et ne me fais pas faux bond, Chicago ! Je sais où tu habites, ajoute-t-il en ricanant.

CHAPITRE 21

MATTHEW TROXLER

Un petit spray de parfum et me voilà fin prêt pour mon rencard à quatre de ce soir. Vêtu d'une chemise couleur crème et d'un pantalon chino d'une teinte plus foncée, j'ai même fait l'effort de me brosser les cheveux et de les attacher de façon disciplinée dans un bun.

Je claque la porte de mon appartement et ferme à double tour. Je tombe sur Noah, mon voisin de palier, en train d'arroser les plantes qu'il a installées là. Un baggy noir lui tombe bien trop bas sur les hanches et dévoile la couture de la marque de son caleçon.

– Salut, mec ! lui lancé-je avant de cogner mon poing contre le sien.

– Oh oh ! Tu as sorti le grand jeu ! Il ne te manque plus qu'une cravate et on dirait mon daron, se moque cet enfoiré.

– Je serais étonné que ton père ait autant de style que moi, lui réponds-je en me marrant avant de dévaler les marches pour quitter l'immeuble.

Au premier étage, j'entends la petite Isabella pleurer. Ce bébé a une bouille si craquante qu'on a du mal à croire qu'elle mène la vie dure à ses parents. J'imagine qu'ils ne sont pas près d'en faire un deuxième.

À l'extérieur, je croise Victoria avec son fils Hayden. Le petit tape sa paume contre la mienne.

– Ça va, mon pote ? lui demandé-je après avoir salué sa mère d'un sourire entendu.

– Maman m'oblige à aller à un entraînement de base-ball et moi j'ai pas envie, m'apprend-il, grognon.

– C'est moi qui l'emmène, mais c'est son père qui a eu l'idée, précise-t-elle.

– Oh ! me contenté-je de répondre pour éviter de lui dire que je ne comprends pas qu'on force un enfant à pratiquer un sport qui ne l'intéresse pas.

– Liam était un joueur brillant avant de se blesser gravement. Il souhaite partager cette passion avec lui, se justifie-t-elle.

– Je comprends.

– Mais moi, je veux faire du surf ! se plaint le gamin, devenant colérique.

Victoria soupire, je la sens à deux doigts d'annuler le base-ball pour rentrer chez elle. Victoria a beau avoir la réputation de mettre ses adversaires à terre sans pitié dans un tribunal, face à la véhémence de son garçon, je la sens démunie.

– Un service contre une information ? proposé-je à ma voisine en dardant un œil sur son fils pour lui faire comprendre que je suis prêt à l'aider.

Elle hoche la tête en haussant un sourcil. Elle me pense incapable de calmer la crise d'Hayden. Inutile d'être un père de famille chevronné pour y parvenir : j'ai été ce gamin intenable.

– Hey, mon pote ! l'interpellé-je en m'accroupissant à sa hauteur. On va conclure un *deal* toi et moi. Tu veux bien ?

– Ça dépend, me répond-il, coriace.

– Tu vas faire plaisir à ton père et te rendre à cet entraînement de base-ball. Tu vas t'amuser et te tenir correctement avec ta mère.

– Pourquoi je ferais ça ?

– Parce que si tu le fais, la semaine prochaine, ta mère te déposera à l'un de mes cours de surf.

Une lueur illumine immédiatement ses yeux et il se tourne vers sa mère pour qu'elle confirme mes dires. Victoria pince les lèvres, réfléchissant à ma proposition, puis elle sourit à son fils.

– C'est d'accord pour moi.

Hayden tend sa main dans ma direction :

– *Deal !* me confirme-t-il, et je serre sa main en retour.

Hayden s'éloigne déjà, maintenant pressé d'y aller.

– Quelle information souhaites-tu me soutirer ? me relance Victoria, n'ayant pas oublié sa part du marché.

– Vous vous rappelez ce colis que j'ai trouvé et qui n'appartient à personne ?

– Le… sex-toy, articule-t-elle sans sortir un son de sa bouche.

– Celui-là même.

– Il n'est pas à moi, si c'est ce que vous voulez savoir. Et je vous conseille vivement de ne pas insister pour connaître l'identité de son propriétaire. Cette personne pourrait se sentir harcelée et porter plainte contre vous.

– Ça serait un peu exagéré, vous ne trouvez pas ? Ma démarche est tout ce qu'il y a de plus honnête. Je souhaite uniquement rendre cet objet à son propriétaire. Sans ça, on pourrait m'accuser d'avoir voulu le voler.

– Ben voyons ! La curiosité est un vilain défaut, Matthew. Encore plus quand il est question de la vie intime des gens. Et rappelez-vous que rien n'est jamais exagéré, ajoute-t-elle en reprenant mes mots, nous sommes aux États-Unis : tout est possible.

Je la laisse rejoindre son fils et quitter Palisades Park.

Sa mise en garde ne m'impressionne pas. Elle me fait même plutôt penser qu'elle pourrait bien être celle ayant égaré par mégarde son précieux carton.

Je ne comprends pas pourquoi la personne à qui appartient le colis ne s'est pas manifestée le soir de la fête des voisins, avant que l'on découvre ce qu'il y avait à l'intérieur. Maintenant, ça m'amuse trop de savoir qui j'ai bien pu embarrasser à cette soirée, et que je torture encore probablement en menant cette petite enquête.

Cependant, je ne suis pas le genre de voisin à garder pour moi des choses ne m'appartenant pas. Et encore moins à divulguer les secrets des autres. J'étais sérieux en déclarant que je ne révélerais pas son identité si elle venait le récupérer. Même pas à Sue qui mène l'enquête avec moi, bien que je lui en aie fait la promesse. Je sais d'avance qu'elle irait le crier à qui veut l'entendre.

En franchissant à mon tour le portail de la résidence, je médite sur le fait qu'il serait sûrement plus utile que je donne un coup de main à Derek pour démasquer la personne qui saccage la résidence. Je me proposerai dès que cette histoire de colis sera réglée.

J'accélère le pas jusqu'à la jetée de Santa Monica pour ne pas arriver en retard. Je traverse le ponton menant au *MariaSol*, où nous avons rendez-vous, et remarque tout de suite qu'Amber, avec qui je discute depuis des jours, m'attend devant la porte.

– Salut, murmure-t-elle sans oser croiser mon regard plus d'une seconde.

Je lui fais la bise et lui souris pour la détendre, puis j'ouvre la porte et la laisse entrer la première. J'apprécie toujours de venir manger dans ce restaurant qui propose des fruits de mer. Le cadre est magnifique, la terrasse sur pilotis donne directement sur l'océan Pacifique.

Une serveuse nous accueille et nous conduit à notre table. Amber ose enfin croiser mon regard à nouveau. Son attitude me désarçonne un peu, car je n'ai pas l'habitude de faire face à des femmes timides. Je ne sais pas comment agir pour la mettre à l'aise. J'espère que Li ne va pas tarder à arriver. Elle m'a confirmé ce matin avoir donné rendez-vous à un mec avec lequel elle a engagé la conversation sur Match&More depuis quelques jours.

– C'est un très bel endroit, lance Amber en observant les lieux.

– Tu n'étais jamais venue ? C'est un resto incontournable de Santa Monica.

– J'habite ici pour être plus proche de mon travail, mais je préfère largement sortir à Malibu. C'est plus branché et mieux fréquenté, je trouve.

OK, si elle critique d'entrée de jeu le quartier que je porte le plus dans mon cœur, la soirée risque d'être longue.

Ma voisine arrive enfin pour me soutenir. Elle est resplendissante dans une combi-pantalon noire au décolleté plongeant. Son rencard doit être aux anges. Elle, en revanche, quand elle a dû le voir débarquer dans sa chemise à carreaux et ses mocassins à pompons, elle a dû déchanter. Ils forment un duo mal assorti : elle sophistiquée, lui dépareillé.

Une fois les présentations faites, les filles installées d'un côté de la table, James et moi de l'autre, un silence pesant s'installe. Je ne suis pas certain d'avoir envie de le briser. Je sais d'ores et déjà qu'Amber ne m'intéresse pas. Déjà à travers nos échanges virtuels, je n'étais qu'à moitié emballé. Je tenais cependant à aller jusqu'au bout pour vérifier les théories de Li. Résultat, c'est un fiasco.

La serveuse nous sauve en prenant notre commande.

Li se racle la gorge et me fait signe, de façon absolument pas discrète, de prendre la parole. Je hausse les épaules, l'air nonchalant. Elle ne me forcera pas à parler.

– Aïe ! m'écrié-je lorsqu'elle me flanque un coup de pied sous la table.

Je crois bien que ma voisine ne me lâchera pas tant que je ne me serai pas mouillé un peu.

– Alors, Li, débuté-je, contraint et forcé, les clients commencent à affluer à ton salon ?

Je décide d'engager la conversation sur son travail. Je sais que ce n'est pas son sujet de prédilection au moment des rencontres, car elle s'imagine que les hommes vont y déceler tout de suite quelque chose d'érotique. Ce qui n'est pas totalement faux…

– Oui ! s'exclame-t-elle après m'avoir gratifié d'un regard noir. Petit à petit, mon planning se remplit, et je commence à avoir des journées sans créneau de libre.

– Il faut que je pense à prendre vite mon rendez-vous, alors.

Si ses yeux pouvaient lancer des flammes, je serais brûlé vif.

– Tu masses aussi des hommes ? l'interroge James, étonné.

– Oui, lui répond-elle. Il n'y a pas que les femmes qui ont besoin de se détendre.

L'ambiance autour de la table en aurait bien besoin, elle, là tout de suite.

– En tout cas, ce restaurant est charmant, change-t-il de sujet. J'ai pour habitude de sortir à Malibu et j'étais sceptique sur le fait de venir à Santa Monica, mais tout compte fait, il semble qu'il y ait aussi quelques endroits sympathiques ici.

– C'est ce que je disais à Matthew avant que vous arriviez. Avec Malibu juste à côté, je ne m'attarde jamais ici, rebondit aussitôt Amber, visiblement ravie.

Li pince les lèvres pour se retenir de rire. Moi, je leur détaillerais bien en quoi mon quartier surpasse le leur, mais je me ravise en me disant que je n'ai aucune envie de les croiser ici. *Qu'ils restent donc à Malibu !* Le regard complice qu'ils échangent ne fait que confirmer mon impression. Nos *dates* sont en train de se draguer ou je rêve ?

Un bip retentit depuis mon téléphone. Je reconnais à la sonnerie qu'il s'agit d'un mail, certainement publicitaire, mais une idée émerge alors dans mon esprit pour nous sortir de ce bourbier et ne pas perdre notre soirée. Je déverrouille l'écran et ouvre le spam que je viens en effet de recevoir.

– Je suis désolé, mais je dois rappeler quelqu'un. C'est urgent, m'excusé-je en me levant.

– Pas de problème, Matthew, me répond Amber d'une voix douce.

Ma voisine me foudroie du regard alors que je m'écarte un peu de la table.

Je leur tourne le dos et fais semblant d'être au téléphone. Je décompte une minute en silence avant de faire mine de raccrocher et de les rejoindre. Toujours debout, je déploie mes plus grands talents d'acteur pour lancer à l'attention de Li :

– Il y a un problème à la résidence, il faut qu'on y aille !

Son visage change de couleur et j'y lis de l'inquiétude. *Je suis meilleur comédien que je ne le pensais, putain*. Et il faut dire qu'avec les dernières dégradations, mon plan se tient.

– Quel problème ? me demande-t-elle en reposant le menu sur la table.

– Je n'ai pas tout compris, mais Derek a évoqué une histoire de dégât des eaux. Et la fuite viendrait de chez toi.

– Oh non, non, non ! Ce n'est pas possible ! se lamente-t-elle en attrapant son sac à main. James, je suis désolée, je ne sais même pas si je vais pouvoir revenir.

– Mais non, ne t'inquiète pas, la rassure-t-il en se levant à son tour. Tu veux que je t'accompagne ?

– Matthew est mon voisin, comme tu le sais, ça ira, mais je m'en veux de te laisser là comme ça.

Je m'apprête à sortir une platitude pour m'excuser auprès d'Amber, mais elle me devance en s'adressant à Li.

– Aucun problème, James et moi allons continuer la soirée tous les deux. Allez régler vos soucis de plomberie avant que ça ne s'aggrave.

J'hallucine ou elle est heureuse de se débarrasser de nous ?

Nous réglons les entrées qui avaient déjà été lancées en cuisine, même si nous ne les avons pas mangées, puis nous sortons précipitamment du *MariaSol*.

– C'est la catastrophe ! Derek est sûr que ça vient de chez moi ? me demande Li, paniquée.

– Relax, Chicago ! lui lancé-je en souriant. C'est une excuse que j'ai trouvée pour mettre fin à ce rencard qui s'annonçait désastreux.

Elle s'immobilise et me regarde, les yeux écarquillés. Puis, sans prévenir, elle me frappe avec son sac à main.

– Mais ça ne va pas de me faire une frayeur pareille ! s'écrie-t-elle en m'assenant un dernier coup.

– Hey ! Calme-toi ! dis-je entre deux rires. Mon corps est mon instrument de travail et tu vas l'abîmer.

– Tu mériterais bien pire pour avoir inventé une embrouille pareille. Tu ne nous as même pas laissé le temps des entrées pour faire connaissance !

– Arrête, tu sais aussi bien que moi qu'on n'a rien en commun avec ces deux personnes.

– Oh ! Je vois… Ils ont critiqué ton quartier adoré alors ils ne valent pas la peine de s'attarder. Monsieur est un poil susceptible.

– Si tu veux y retourner, libre à toi. Mais sinon, tu peux aussi venir boire un verre chez moi. Je te dois bien ça pour me faire pardonner de ne pas t'avoir prévenue de mon plan d'action. En plus, j'ai une bonne bouteille de vin blanc au frais.

– Tu as aussi des chips au vinaigre ?

– Pousse pas non plus, Chicago. Mais je peux commander quelque chose.

Elle pouffe et se remet en route vers Palisades Park.

– Je crois que j'ai bien besoin d'un verre pour oublier ces affreux mocassins à pompons.

CHAPITRE 22

LI FALL

Des marteaux-piqueurs semblent s'en donner à cœur joie dans ma boîte crânienne. J'ai un mal fou à ouvrir les paupières, mais je ne suis pas assez bien installée pour me rendormir. Mes jambes butent contre quelque chose, je ne parviens pas à les étendre complètement.

Je me tourne pour changer de position et une douleur dans ma nuque se fait aussitôt ressentir, signe que j'ai dû prendre une très mauvaise posture pendant mon sommeil.

Je parviens difficilement à entrouvrir les yeux tout en me frottant le front.

C'est quoi ce bordel ? Je me redresse d'un coup en ne reconnaissant pas le décor qui m'entoure. Tout est blanc. Je suis allongée dans un canapé qui a connu des jours meilleurs, et sur la table basse que j'aperçois, à quelques centimètres de moi, trônent deux verres et trois bouteilles de vin. Ceux-ci chassent le brouillard de mon esprit et font remonter des souvenirs. Le faux dégât des eaux, l'appartement de Matthew et notre dernier verre qui s'est transformé en plusieurs verres. Bien trop nombreux si j'en crois mon mal de tête. Heureusement que nous sommes dimanche et que je ne travaille pas.

J'avance le bras pour attraper mon téléphone et vérifier l'heure qu'il est. La couverture qui me protégeait descend et je prends conscience que je suis en sous-vêtements. *Euh... Comment en suis-je arrivée là* ? J'active mes synapses et finis par me rappeler quelques bribes de la soirée passée, entre évocations de souvenirs d'enfance et fous rires.

Mon téléphone en main, je constate qu'il est 10 heures passées. J'ignore si Matthew est là. Je n'ai aucune envie de le croiser en petite tenue. Il faut que je me barre d'ici au plus vite. En tentant de ne pas me faire surprendre par l'un de nos voisins, sinon j'imagine déjà les ragots qui vont circuler.

Deux notifications de Match&More attirent mon attention. Il s'agit justement de mon voisin, et de James. Je commence par celui que j'ai lâchement abandonné hier soir.

James : J'espère que tout est rentré
dans l'ordre.

Je lui réponds rapidement que c'était moins grave que prévu. Je ne m'étends pas, car je n'ai pas spécialement envie de le revoir. Un frisson me parcourt à nouveau en le revoyant arriver avec ses mocassins. Je passe ensuite au message de celui avec qui j'ai fini la soirée.

Matthew : Réveillée ?
Je suis parti courir pour effacer
nos excès d'hier soir. En tout cas,
je tiens à te dire que t'es super canon
avec un filet de bave au coin
de la bouche, quand tu dors
profondément.

Ce n'est pas le moment de faire de l'humour, merde ! Je suis presque à poil chez lui, donc la rigolade, ça sera une prochaine fois. Cependant, rassurée de penser qu'il ne soit pas présent, je me détends un peu et réponds :

Li : Où sont passés mes habits ???
Je vais te tuer !

Je repère ma combinaison roulée en boule près de la table basse. Je me fais violence pour me lever et l'enfile. Va savoir quand mon voisin va rentrer chez lui.

Matthew : Je plaide non coupable !
Tu as bu bien plus que tu ne pouvais
le supporter et tu as eu chaud.
Lorsque tu as commencé
ton strip-tease, je t'ai balancé un plaid
et je suis allé m'enfermer
dans ma chambre. Je n'ai rien vu
d'osé, si ça peut te rassurer.

En effet, ça me réconforte. Je n'ai aucune envie de penser que Matthew m'a vue en dessous sexy.

Matthew : Enfin, presque rien…

Li : Tu es un homme mort,
Matthew Troxler !

J'essaie de me convaincre qu'il s'amuse uniquement à me taquiner.

Puisque je suis là, j'en profite pour détailler son appartement, qui est meublé de façon rudimentaire. Il y a un énorme écran plat au mur et une console de jeux. Typiquement masculin. Posées sur une commode, quelques photos sont encadrées. Il s'agit de sa grand-mère et lui à différents âges. Il y a également un cliché plus ancien : un couple devant une maison, avec un bébé dans les bras. Je devine qu'il s'agit de ses parents. Aucune photo de lui avec une fille. De la vaisselle sale traîne dans l'évier, mais mis à part ça, c'est plutôt propre, pour un mec célibataire.

Un nouveau bip attire mon attention.

Matthew : Ne fouille pas
dans mes placards, Chicago !

J'explose de rire. *Il a des caméras ou quoi ?* Il pourrait me dire que je peux me servir un café au lieu de m'imaginer comme une fouineuse.

Je me poste devant sa chambre, dont j'entrouvre la porte, puis je me prends en selfie en faisant mine d'entrer à l'intérieur. J'ai une tête à faire peur avec mes cheveux défaits et mon maquillage qui a coulé, mais je m'en fiche. Il ne s'agit que de mon voisin. Je lui envoie la photo, avec comme légende :

Li : Je vais découvrir tes pires secrets,
Santa Monica ! Tu les gardes
sous ton lit ?

Je reprends le surnom dont il m'affuble à son attention. Les trois petits points signifiant qu'il écrit apparaissent aussitôt et sa réponse ne se fait pas attendre.

Matthew : Ça doit être là que
tu conserves les tiens, je suppose…
J'ai hâte de vérifier ça !
Je parie que tu y planques
ton Womanizer.

Merde, je me suis piégée toute seule.

Li : Tu sais ce qu'on dit.
On n'est jamais mieux
servi que par soi-même…

Je crois que mon état d'ivresse d'hier produit encore des effets ce matin. Une fois sobre et complètement réveillée par la caféine, je vais me maudire en relisant cette conversation.

Matthew : Allez, rentre chez toi
avant de continuer à dire des bêtises !

Je vais surtout m'empresser de changer de place mes quelques sex-toys. Matthew serait bien capable de réellement partir à leur recherche lors de sa prochaine venue chez moi.

Je relâche mes cheveux et passe les doigts dedans pour les discipliner un peu avant de les rattacher. Mes sandales compensées aux pieds, j'entrouvre sa porte et jette un œil dans les parties communes pour m'assurer d'être seule.

Personne à l'horizon, pas de bruit : parfait.

Je quitte les lieux telle une criminelle et referme la porte avec précaution. Je ne remarque que maintenant que des plantes ont été installées à son étage. C'est plutôt sympathique comme décor. Je vais peut-être proposer à Luisa de faire de même.

Je dévale les marches pour rejoindre mon immeuble et entends des voix résonner au rez-de-chaussée. C'est bien ma veine ! Il fallait que certains de nos voisins rentrent chez eux pile au moment où je sors.

Je patiente quelques instants, mais les deux femmes éternisent leur conversation autour des bonnes chevilles à choisir pour fixer un miroir au mur. *Achevez-moi !*

Si Matthew rentre et me trouve coincée au premier étage, il ne va pas se gêner pour signaler ma présence et me foutre la honte. Hors de question de lui laisser ce plaisir.

J'inspire un grand coup et, la tête haute, je descends jusqu'en bas. Madame Cross, que je connais très peu, et sa voisine Taylor Green, portant sa petite fille dans les bras, sont visiblement étonnées de me voir débarquer.

– Bonjour, lancé-je de la façon la plus naturelle possible.

Elles me répondent l'air de rien, mais je vois bien à leur échange de regards avec un petit sourire en coin qu'elles n'en pensent pas moins. Ça m'apprendra à m'endormir chez Matthew ! Et puis, j'aurais pu tomber sur pires commères qu'elles, donc je ne m'en sors pas trop mal.

CHAPITRE 23

MATTHEW TROXLER

C'est toujours avec un peu d'appréhension que je rends visite à Granny. Je ne sais jamais vraiment de quelle humeur je la trouverai, ni si elle me reconnaîtra ou non.

Comme d'habitude, je passe par l'accueil pour me signaler, bien que tout le personnel me connaisse, maintenant.

– Bonjour, Matthew ! me salue une des infirmières tout en complétant un dossier. Elle est encore dans sa chambre, elle n'a pas voulu sortir prendre l'air.

Je souffle en avançant dans le couloir. Il fait un soleil magnifique, il y a quelques années Granny serait restée toute la journée sous le porche de sa maison pour en profiter.

La porte de sa chambre est entrouverte, mais je donne un léger coup dessus pour me signaler.

– Coucou Granny, m'exclamé-je tout sourire en entrant.

– Je m'appelle Suzanne, pas Granny, me reprend-elle en se renfrognant. Qu'est-ce que vous me voulez ?

Nous ne sommes donc pas dans un bon jour…

– Juste te tenir compagnie et papoter.

– Qu'est-ce que vous voulez que j'aie à raconter ? Ma fille m'a enfermée ici et elle ne vient même pas me voir !

Mon cœur se serre chaque fois qu'elle mélange ses souvenirs. Elle croit que c'est ma mère qui l'a placée dans cet institut médical, et bien entendu, puisque celle-ci est décédée, elle ne vient jamais lui rendre visite.

– Je vais parler pour deux, affirmé-je en gardant mon sourire coûte que coûte. Mais est-ce qu'on ne serait pas mieux dehors ?

– Si ça peut vous faire plaisir, ma foi !

Je me poste près du lit pour lui offrir mon bras et l'aider à se mettre debout. Elle marche encore très bien, mais j'aime quand elle s'appuie sur moi pour rester stable. Dans ces moments-là, j'ai encore un petit peu l'impression qu'elle a besoin de ma présence.

Nous passons par le patio de l'établissement et nous nous dirigeons sur la gauche, où un petit bassin a été creusé. Granny a toujours adoré la nature et c'est ce coin-là du jardin de la clinique qui lui plaît le plus.

– Qu'est-ce qu'un beau jeune homme comme vous vient faire ici ? Vous devez avoir plus intéressant à faire que balader de vieilles dames séniles, non ? Je ne dis pas ça pour moi, mais certaines ont une araignée au plafond, croyez-moi.

Ma grand-mère n'a jamais eu sa langue dans sa poche. Si elle a quelque chose à dire, elle ne s'en prive pas, que ça plaise ou non. Et ce n'est pas la maladie qui l'adoucit. Au contraire.

– Je crois que tu t'entendrais à merveille avec Sue, une de mes voisines.

– Oh ! Vous avez donc une petite amie ?

– Non ! m'écrié-je aussitôt. Elle doit avoir le triple, si ce n'est pas le quadruple de mon âge.

– Ne le prenez pas mal, mais vous semblez apprécier la compagnie des femmes mûres.

Je ne peux retenir un léger rire.

– Tu seras ravie d'apprendre que j'ai plein d'autres voisines qui ont la vingtaine, comme moi, et que je passe aussi du temps avec elles.

– Avec une en particulier ? me questionne-t-elle, les yeux pétillants.

– Pas dans le sens où tu l'entends, non. Mais avec une de mes voisines, Li, on s'aide mutuellement à rencontrer l'amour.

– Quelle drôle d'idée ! Vous demandez un coup de main à une fille pour faire la cour à une autre ?

– Il faut croire que oui, lui réponds-je en riant. Elle m'a permis d'ouvrir les yeux et de prendre conscience que je fuyais tout attachement.

– Et pourquoi ça ? Il n'y a rien de plus beau que l'amour.

– Je ne sais pas vraiment pourquoi.

– Vous avez peur, pardi ! Même si c'est magnifique, il n'y a rien de plus effrayant que de se dévoiler à l'autre.

– Peut-être…

– Et cette Li, elle est comment ?

– Plutôt bornée, beaucoup trop ordonnée, et elle a perdu sa confiance en la gent masculine parce qu'elle a été trompée.

– Quel enfoiré ! Il n'y a pas pire que l'infidélité. Ça te ruine un couple en un claquement de doigts. Et elle vous plaît, cette petite ?

– Qui ça ? Li ? Il n'est pas question de ça entre nous. Nous sommes juste amis.

– Il ne tient qu'à vous de mettre ce « ça » sur le tapis. Et ne me mentez pas, elle vous plaît, je le sais.

– Ah bon ? Je serais curieux de savoir comment tu peux savoir ça !

– Vous parlez d'elle avec un grand sourire aux lèvres et le regard pétillant. Ça ne trompe pas.

Granny ne le sait pas, mais lui parler de Li me fait prendre conscience qu'elle a peut-être plus d'importance à mes yeux que je ne le pensais. Je ne discute jamais avec ma grand-mère des filles que je rencontre. Je n'aime pas embrouiller davantage son esprit avec de nouveaux prénoms. Mais j'ai éprouvé le besoin d'évoquer Li aujourd'hui parce que je pense souvent à elle depuis notre fin de soirée chez moi, après notre rencard désastreux au *MariaSol*.

C'était il y a quatre jours maintenant, et nous n'avons fait que nous croiser depuis, pris chacun par nos occupations. Nous avons tellement ri, installés dans mon canapé, en partageant nos souvenirs d'enfance, nos plus grosses hontes, nos plus beaux râteaux, nos déceptions et les situations bizarres que la vie a dressées devant nous.

J'aime le naturel de Li. Elle ne réfléchit pas à sa façon de se comporter, ni à comment dire les choses, elle se fie à son instinct. Elle est franche, prévenante et douce…

***

Alors que j'entre dans la résidence de Palisades Park avec pour idée de m'écrouler sur mon canapé avec une bière fraîche, je remarque les trois adolescentes de la résidence en pleine conversation. Gloria et sa sœur, accompagnées de Summer, la fille de mes voisins du dessous, les Cross.

– Hey Matthew ! m'alpague l'une des filles de Luisa.

Voyant qu'elle n'ajoute rien, je comprends qu'elle souhaite que je m'approche. Curieux de savoir ce qu'elles me veulent, je m'y résous. Elle observe ses complices, et Summer hoche la tête, comme pour l'encourager. Sa sœur, en revanche, baisse son visage vers le sol.

– On a entendu dire que tu tentais de démasquer à laquelle de nos mères appartenait le colis que tu as trouvé ?

Sujet dangereux ! Je ne peux pas discuter de ça avec des gamines de tout juste 16 ans. C'est déjà limite de poser des questions à ce propos à mes voisines adultes, je ne me permettrai jamais d'aborder le sujet avec leurs filles.

– Je ne vois pas de quoi vous voulez parler, botté-je en touche en tournant le dos pour m'éloigner.

Oui, je fuis !

– On pourrait te renseigner ! s'écrie alors Gloria.

Je me marre en m'orientant à nouveau vers ces demoiselles.

– Et tu ferais comment ? Tu demanderais à ta mère de but en blanc si ce colis est à elle ?

– Déjà, Luisa n'est pas ma mère, dit-elle sur un ton mauvais en jetant un regard dédaigneux à Carmen, qui le soutient avec la même haine, prête à lui sauter à la gorge si elle prononce un mot déplacé à son sujet.

– Tu peux prononcer le mot sex-toy, tu sais, se marre Summer. On pourrait fouiller un peu dans les placards de nos mères, poursuit-elle. Voir si elles en possèdent d'autres…

Si leurs parents apprennent qu'elles fomentent des plans pour m'aider, je vais me faire étriper. Je n'ai pas le temps de les recadrer que Gloria revient à la charge.

– Pour cinquante dollars, on trouve à ta place à qui appartient ce Womanizer, et avec des preuves.

Au secours ! Et comment connaissent-elles le nom de cet appareil ? Il n'est vraiment pas bon de laisser un tel accès à Internet aux enfants !

– Je vous arrête tout de suite, les filles, m'emporté-je d'une voix froide pour les effrayer un peu. Je n'ai besoin de l'aide de personne et si je devais faire appel à quelqu'un, ça ne serait certainement pas à vous.

– Tu vois, tu admets que tu cherches, me provoque Summer.

– Tu n'auras pas de meilleur choix que nous. On est des infiltrées insoupçonnables puisqu'on vit sous leur toit, argumente Gloria en faisant claquer une bulle de son chewing-gum de manière horripilante.

– Si vous êtes ma seule solution pour lever le mystère, je préfère encore ne pas savoir.

Je ne leur laisse pas la possibilité de rebondir, je file d'un pas rapide vers mon immeuble. Elles ne manquent pas de culot ces filles-là. Me soutirer de la thune, carrément, rien que ça ! Je me souviendrai de me méfier d'elles à l'avenir.

Dans le hall d'entrée, je tombe sur Ava et Travis en pleine conversation devant la porte ouverte de la jeune femme. Je surprends même mon pote en train de sourire. Dis donc, l'accro aux fleurs lui fait de l'effet ou je rêve ? Je décide de ne pas les déranger et bifurque vers mon immeuble.

– Oh ! Matthew, salut ! m'interpelle Ava.

Travis tourne la tête dans ma direction, le front plissé. *Calmos, mec, j'ignore ce qu'elle me veut.*

– J'espérais te croiser, m'apprend-elle. Est-ce que tu vois Li, ce soir ?

C'est quoi cette question ?

– Je ne veux pas me mêler de ce qui ne me regarde pas. Quoique… un petit peu quand même, ajoute-t-elle avec une légère grimace. Je vous ai vus ensemble quelques fois et, comme elle ne connaît pas grand monde dans les parages et que c'est son anniversaire aujourd'hui, je voulais savoir si tu comptais passer la soirée avec elle. Sinon June et moi débarquerons chez elle pour l'obliger à sortir.

– J'ignorais que c'était son anniversaire.

– Tu le sais, maintenant, me lance Travis d'une voix grave, visiblement contrarié par mon apparition. Tu comptes aller la voir ou pas ?

Je ne vais pas passer à côté de ce prétexte pour rendre visite à Li. Ça me permettra de faire le point sur ce qu'elle me fait ressentir sans assumer ouvertement que j'avais très envie de la voir.

– Je vais gérer, leur dis-je en revenant finalement sur mes pas pour filer à la supérette du coin. Merci pour l'info, Ava.

– Passez une bonne soirée ! s'exclame-t-elle avec un grand sourire.

– Vous aussi, m'écrié-je en les gratifiant d'un clin d'œil.

Travis me répond par un geste obscène dès qu'Ava a le dos tourné. Quel emmerdeur, celui-là ! Il est aussi acariâtre qu'elle est solaire. Il aime les défis pour tenter une approche avec une fille aussi opposée à lui.

CHAPITRE 24

MATTHEW TROXLER

Je presse le pas en direction du salon de massage de Li. Elle devrait bientôt fermer boutique. Je ne suis pas totalement serein à l'idée de débarquer ainsi à l'improviste, mais ce que m'a révélé Ava m'a donné une excuse toute trouvée pour la rejoindre.

Je pousse la porte alors que l'attention de Li est absorbée par son ordinateur. Elle se redresse et affiche un grand sourire pour accueillir le visiteur qui vient de faire retentir la petite clochette accrochée à l'entrée.

La blouse blanche dont elle est vêtue lui donne un côté sensuel. Ses cheveux longs sont retenus dans un chignon impeccable, dégageant son port de tête gracile.

– Ah ! C'est toi ! s'exclame-t-elle. Tu viens prendre ton rendez-vous ?

– Tu ne pourrais pas plus me détendre que je ne le suis déjà, affirmé-je, alors que c'est faux.

Je suis en manque de sexe depuis notre idée de changer nos profils, mais je refuse de retourner à mes vieilles habitudes.

– Que me vaut ta visite, dans ce cas ?

– Il se peut qu'Ava m'ait appris que c'est ton anniversaire.

Je la vois grimacer et poursuis donc en marchant sur des œufs.

– Je sais que tes amis sont à Chicago, alors j'ai apporté une bouteille de vin et des chips au vinaigre pour fêter ça. On pourrait aller s'installer au bord de l'océan…

Je brandis devant moi le pique-nique improvisé acheté il y a à peine quelques minutes. Cette nana me rend hésitant.

Elle garde le silence, mais son visage s'adoucit, avant que ses lèvres ne s'étirent en un sourire.

– Je ne peux pas refuser des chips au vinaigre.

Sa réponse me soulage. Je commençais à croire que je m'étais emballé en venant ici pour lui proposer de passer du temps avec moi en ce jour particulier.

Sans cérémonie, elle déboutonne sa blouse, sous laquelle elle porte un simple débardeur à fines bretelles, très près du corps. Je l'ai déjà vue en maillot de bain, mais le geste me paraît soudain très intime.

– Il fait toujours une chaleur à crever dehors ? me demande-t-elle en éteignant son ordinateur.

– C'est la Californie ici, Chicago. On ne se plaint pas de la chaleur, on l'accueille à bras ouverts.

Elle lève les yeux au ciel et me fait signe de sortir.

Après avoir fermé à clef, nous partons en direction de la plage.

– Je vais t'emmener un peu plus loin que State Beach. La plage Will Rogers est moins fréquentée.

– C'est sur cette plage que la série *Baywatch*[6] a été tournée, il me semble, non ?

– Madame a fait quelques recherches, à ce que je vois ! plaisanté-je alors que nous empruntons une passerelle au-dessus de la route pour rejoindre le sable.

– J'ai lu quelques articles sur la ville quand je trépignais d'impatience de venir m'installer ici.

Je profite du trajet pour lui raconter les anecdotes que je connais sur la série. J'apprécie de la sentir intéressée. Elle m'écoute avec attention.

Lorsque nous arrivons sur place, je suis rassuré de voir que peu de monde est présent. Li me suit jusqu'au bord de l'eau. Elle sourit en me voyant extraire de mon sac une grande couverture que j'installe sur le sable.

– Si madame veut bien prendre place.

---

6. *Alerte à Malibu*, en français. Série créée par Michael Berk, Douglas Schwartz et Gregory J. Bonann.

– Tu as tout prévu, se réjouit-elle alors que je sors un paquet de ses chips préférées, deux verres à vin et la bouteille promise.

– Un anniversaire, ça n'arrive qu'une fois par an, alors ça se fête !

Je nous sers et nous trinquons. Son regard accroche le mien alors qu'elle avale une première gorgée et ce que j'y vois m'amène à penser que j'ai bien fait d'improviser ce petit apéritif.

– Bon, je dois t'avouer quelque chose : je ne fête jamais mon anniversaire.

– Comment ça se fait ?

– Lorsque j'ai été en âge de comprendre que j'ai été abandonnée précisément ce jour-là, je n'ai plus eu envie de le célébrer. Avec mes parents adoptifs, on a décidé de marquer le coup le jour où ils ont pu me ramener chez eux, le 13 août. Je vais d'ailleurs repartir quelques jours à Chicago pour l'occasion.

– Je trouve ça très touchant.

Li et moi partageons les mêmes valeurs familiales. Même si elle semble épanouie à Santa Monica, elle souffre de l'éloignement avec ses parents, tout ça à cause d'un connard incapable de garder sa queue dans son froc.

– Ça te dit de te baigner ? lui proposé-je en sachant pertinemment qu'elle risque de me sortir tout un tas de raisons pour refuser.

Je la vois hésiter, puis ouvrir la bouche.

– Et ne me sors pas l'excuse de ne pas avoir de maillot de bain, j'en ai acheté un spécialement pour l'occasion, la coupé-je en sortant le vêtement de mon sac.

Elle referme la bouche en plissant les yeux.

– Donc tu as vraiment pensé à tout, dit-elle en insistant sur le dernier mot.

– Tu peux te changer dans la tour de surveillance juste là. Il n'y a plus personne à cette heure-ci.

Elle m'arrache presque le maillot des mains. Je l'entends marmonner des mots incompréhensibles en allant se mettre à l'abri des regards, et ça me fait marrer.

Je ne compte pas aller trop loin, car nous venons de boire, mais elle doit aller dans l'eau régulièrement pour ne pas perdre les progrès qu'elle a faits pour vaincre ses réticences depuis qu'elle est à Santa Monica.

Quand elle revient, elle est sublime dans la pièce rouge aux couleurs des sauveteurs en mer.

– J'ai l'impression d'être une version asiatique de Pamela Anderson, se plaint-elle, mal à l'aise, en approchant.

Je ricane en secouant la tête et je ne peux pas m'empêcher de la taquiner :

– Avec vachement moins de poitrine, quand même !

– Alors ça, tu vas me le payer ! s'écrie-t-elle en s'élançant dans ma direction.

Je me lève aussitôt et file dans l'eau. Elle m'y rejoint, noue ses bras autour de mon cou par-derrière et tente de me faire basculer. Elle saute sur mon dos pour y mettre plus de force. Je ne bouge pas d'un iota. Elle a le mérite d'essayer plusieurs fois avant de capituler et de me frapper en plein ventre.

– Des abdos en béton, tu ne peux rien contre ça, Chicago ! assuré-je pour continuer à l'embêter et masquer le désir qu'elle a éveillé en moi en se collant ainsi contre mon corps.

– Je serai au moins entrée dans l'eau sans me poser de questions, analyse-t-elle, sans croiser mon regard.

Aurait-elle pris conscience du rapprochement physique qu'elle a initié ?

Je retourne vers le bord et m'assieds dans l'eau, vite imité par Li. Immergés jusqu'à la taille, tous les deux les mains en appui en arrière, nous regardons le soleil descendre petit à petit à l'horizon.

Le ciel prend de jolies teintes bleues et violettes. Je ne me lasserai jamais de ce spectacle.

– Je n'avais pas encore pris le temps d'admirer le coucher du soleil ici, me confie-t-elle d'une petite voix. C'est à couper le souffle.

J'observe Li qui admire le panorama. Heureusement, elle ne se rend pas compte que je la dévore du regard. Je dois veiller à faire attention. Je ne peux plus nier être attiré par ma voisine. J'y ai beaucoup songé cette semaine. Je pense à elle quand je reçois une notification de Match&More, quand je fais du surf avec les gosses au centre de loisirs et que je me dis que j'aimerais lui apprendre à elle aussi. Même quand j'ai rendu visite à Granny, je me suis surpris à lui parler d'elle. Mais je suis aussi le mieux placé pour savoir qu'elle recherche une relation sérieuse. Je ne peux pas déconner avec elle. Nous vivons au même endroit. Je ne veux pas devoir raser les murs pour les années restantes si ça devait mal finir entre nous. Et surtout, je n'ai aucune envie de la blesser ou de la rendre malheureuse.

Quand elle sent mon attention focalisée sur elle, Li incline le visage dans ma direction. Son sourire rayonnant accélère mon rythme cardiaque. Son regard me déstabilise et je me demande si mon ressenti ambigu à son sujet me fait imaginer des choses, car je trouve qu'il se fait séducteur. Est-il possible que Li aussi me voie différemment ?

Je me fous une claque mentale pour revenir à la réalité. Je suis tout ce que cette nana fuit.

– À quoi tu penses ? lui demandé-je alors qu'elle semble perdue dans ses pensées.

– Qu'est-ce qui cloche chez toi, Matthew Troxler ? Tu es beau, drôle, attachant et tu es clairement capable d'aimer, il suffit de t'entendre parler pour comprendre l'affection que tu portes à ta grand-mère. Pourquoi es-tu encore célibataire ? Quel défaut rédhibitoire caches-tu en écourtant tes histoires ?

Puisqu'elle aborde le sujet de front, autant qu'elle sache où elle met les pieds.

– Rien de particulier. Je suis bien dans ma vie telle qu'elle est. Je n'ai pas envie d'opérer de changements parce qu'une femme viendrait s'y ajouter. Dès que tu te mets en couple, tu dois faire des sacrifices et des concessions, rendre des comptes à quelqu'un… Tu dois tout adapter en fonction de l'autre. Je n'en ai pas envie, tout simplement.

– Tu n'as juste pas encore rencontré la personne pour laquelle tu seras prêt à le faire, c'est différent.

– Et comment je le saurai quand ce sera la bonne ?

– Parce que ce quotidien que tu affectionnes tant et qui te comble aujourd'hui ne te suffira plus. Tu ressentiras le besoin de partager avec elle chacun de tes moments pour retrouver cette plénitude.

Ses mots agissent comme un électrochoc sur moi. J'ai pensé à Li à de trop nombreuses reprises ces derniers jours pour ne pas voir le lien avec ce qu'elle vient de dire. J'ai envie de l'aider à vaincre son appréhension de l'océan pour lui faire découvrir ma passion pour le surf. Même au centre de loisirs, j'ai imaginé l'intégrer à un de mes cours pour débutants avec les gosses. Assis dans mon canapé à l'appartement, je me suis rappelé les fous rires qu'on a eus samedi dernier après avoir fui du *MariaSol*. Alors, certes, on était un peu éméchés, mais je crois n'avoir jamais autant partagé de souvenirs d'enfance avec une fille. Li s'intéresse à qui je suis, elle ne s'arrête pas à mon corps athlétique. Mais je dois garder en tête que je suis au mieux son ami. Un bon pote avec lequel se marrer.

– Ça te laisse sans voix, me taquine-t-elle en me bousculant un peu avec son épaule.

Je n'ai pas de boutade à lui balancer pour faire diversion tant tout se mélange dans mon esprit. Si je lui révélais qu'elle est peut-être celle qui a déjà commencé à s'immiscer dans cette vie bien remplie, elle exploserait de rire à en pleurer. Parce que je joue toujours au con et qu'elle ne saura pas déceler à quel point je suis sérieux.

– On devrait rentrer, on travaille tous les deux demain.

Elle hoche la tête, mais je vois bien qu'elle a compris que quelque chose avait changé dans mon attitude. Je force un sourire à s'afficher sur mon visage pour qu'elle ne me questionne pas. Je dois d'abord mettre de l'ordre dans mes idées, sinon je risque de faire ou de dire une connerie.

Le trajet jusqu'à Palisades Park se fait dans le plus grand des silences. Ça n'arrive jamais entre Li et moi. Avec mes doutes, je suis en train de foutre en l'air notre amitié.

– Est-ce qu'il y a un problème ? me demande-t-elle alors que nous arrivons à la résidence et que nous allons rentrer chacun de notre côté.

– Non, c'est juste que… par rapport à ce que tu as dit tout à l'heure… Comment ne pas laisser nos doutes et notre peur nous envahir ? Si ce que tu dis est vrai et que l'autre personne ne ressent pas la même chose, c'est une grande mise en danger, tout de même.

Elle incline un peu le visage pour me regarder et je comprends qu'elle y voit toute ma vulnérabilité à cet instant. J'ai la trouille qu'elle ne capte qu'elle m'attire et la crainte qu'elle ne me rejette.

– Il arrive un moment où tes sentiments surpassent ta peur. Tu préfères être fixé que de continuer à les cacher. Et puis, il y a des signes qui ne trompent pas. Tu es un assez grand garçon pour les déceler, ajoute-t-elle en se pinçant les lèvres.

Ouais… D'ordinaire j'arrive à comprendre les messages que les femmes m'envoient, mais avec Li, c'est différent.

Mon regard plonge dans le sien. Le bout de sa langue vient lécher discrètement sa lèvre inférieure avant qu'elle ne la mordille. Est-ce qu'elle attend que je fasse quelque chose ? Est-ce le moment de me jeter à l'eau ?

Je m'avance de quelques pas pour raccourcir la distance entre nous. Elle respire un peu plus vite à mon approche. Je meurs d'envie de l'embrasser, mais ça ne sera pas sans conséquence.

Elle ne bouge pas et je comprends à cet instant qu'elle ne me repousserait pas. Si je partage un baiser avec elle, je ne pourrai plus m'arrêter. Et Li ne cherche pas une aventure, tandis que moi, je ne sais pas très bien ce que je veux. Alors, pour ne pas la blesser, je recule.

– Bonne nuit, lui dis-je avant de me retourner et de filer en direction de mon appartement.

Je grimpe les marches deux par deux, pour fuir au plus vite mon envie de redescendre et éviter de commettre la connerie que j'étais sur le point de faire. Li mérite de sortir avec un mec qui sait ce qu'il veut, pas avec un indécis comme moi.

CHAPITRE 25

LI FALL

J'entends le rire d'Ava résonner avant même de frapper à la porte de June.

– J'ai apporté de la tequila ! m'écrié-je en brandissant une bouteille dans chaque main après qu'elle m'a ouvert.

– Dans ce cas, tu es la bienvenue, me répond June, tout sourire. En plus, j'ai des citrons !

J'entre dans son appartement agencé exactement comme le mien. Elle vit au premier étage de l'immeuble McQueen, tout comme moi dans celui qui est dénommé Grant, ce n'est donc pas étonnant. Un grand bureau occupe tout le mur entre le salon et la cuisine. Des tonnes de papiers se partagent la surface en bois autour d'un ordinateur dernier cri. Quelques photos décorent la pièce principale, mais je comprends qu'il s'agit de clichés professionnels. Ce sont des portraits de gens ordinaires pris sur le vif. Rien chez elle ne nous en apprend davantage sur sa personne.

Je prends place à côté d'Ava sur le canapé, heureuse de passer une soirée entre filles après cette semaine plutôt chargée. La fleuriste a déjà commencé à taper dans les bols de chips et de cacahuètes.

– Tu as l'air fatiguée, constate-t-elle.

– J'avais commencé à m'habituer au rythme tranquille de mon début d'activité, mais ça commence à décoller.

– C'est génial, ça ! Une bonne nouvelle à laquelle trinquer !

June arrive justement avec les agrumes coupés en quartiers et du sel. Nous léchons tour à tour notre peau entre le pouce et l'index, y versons du sel avant de venir le cueillir avec le bout de notre langue. Nous buvons notre verre d'une seule traite avant de sucer le citron.

– J'ai toujours eu un faible pour l'alcool mexicain, m'exclamé-je en reposant mon verre sur la table. Et vous, quoi de neuf ? Une autre raison de s'envoyer un shooter ?

– Rien de mon côté, répond June. J'attends désespérément qu'on me confie un travail d'investigation. Le jour où ça arrivera, on va se mettre minables comme il faut.

– Tu pourras compter sur moi, lui répond Ava en se servant à nouveau. Vous vous rappelez l'autre soir, au bar, je vous ai dit que mon horoscope m'avait prévenue que j'allais rencontrer l'amour de ma vie.

June et moi hochons la tête en partageant un sourire complice.

– Je pense que c'est Travis.

– Pardon ? m'écrié-je. Ce type est imbuvable.

– Ne te fie pas à ta première impression, me réprimande-t-elle. Je fais très attention aux signes depuis, et chaque fois qu'il doit m'arriver quelque chose de bien côté cœur, je tombe sur lui. Comme par hasard !

– Ava, vous habitez dans la même résidence, c'est normal que tu le croises souvent, s'exclame June pour la faire redescendre. Tu dois croiser tout autant le geek qui habite la porte juste en face de la tienne et tu ne penses pas que c'est ton âme sœur pour autant.

– Je ne vois Aaron que parce que je toque régulièrement chez lui pour m'assurer qu'il est toujours vivant. Mais pensez ce que vous voulez, moi je vais continuer de vérifier ma théorie.

– Et qu'est-ce que tu vas faire exactement pour ça ? lui demandé-je, curieuse.

– Je lui avais proposé de sortir avec moi jeudi dernier, le jour de ton anniversaire, mais j'ai dû annuler.

Dis donc, Ava est du genre fonceuse quand elle a une idée en tête.

– Pourquoi ? Tu étais ici avec moi jeudi soir et on n'a rien fait de particulier.

– Mon horoscope prévoyait une mauvaise journée sur tous les plans. Si j'avais maintenu le rendez-vous, ça aurait pu fausser notre alchimie.

Je ne peux pas me retenir de rire plus longtemps. Cette fille est fêlée, mais c'est aussi ce qui la rend si attachante.

– Ce n'est pas plutôt le fait d'annuler au dernier moment qui risque de mettre un coup à votre alchimie ? la questionné-je, pas convaincue par sa tactique.

– Non ! Li, surtout, ne lui oppose pas d'argument ou on en aura pour la soirée ! Ava, ma chérie, tu sais que je t'adore, mais on ne va pas commencer à parler de nos signes chinois, de nos chiffres de vie ou de je ne sais quoi encore. Si tu as envie de tenter un truc avec le policier sexy mais grincheux, fais-toi plaisir quand tu penseras que ce sera le bon moment.

Ava s'apprête à riposter, mais un gémissement suivi d'un cri bestial lui coupe la parole.

– Oh non ! souffle une June dépitée. Il ne va pas remettre ça !

Des nouveaux râles remontent depuis l'étage en dessous. Ava se cache le visage derrière un coussin pour exploser de rire.

– C'est ce que je crois ? murmuré-je en ayant peur de comprendre.

– Oui ! C'est bien ce connard de Derek qui s'envoie en l'air et en fait profiter tout l'immeuble !

La voix féminine qui retentit de nouveau monte dans les aigus tandis que celle que je suppose appartenir à Derek grogne de plus en plus fort.

– Je n'en peux plus, se lamente June en portant ses mains à ses oreilles. Mais qui fait autant de bruit en plein acte ? Qui ?

– Ça arrive souvent ? m'étonné-je.

– C'est simple, soit il est absent parce qu'il travaille, soit il est là et il baise comme une bête. Je te jure, ce n'est pas humain de faire ça autant de fois dans une journée.

– Il rattrape les jours où il n'a pas pu le faire parce qu'il bossait, se moque Ava en riant aux larmes, car le vacarme ne fait que prendre de l'ampleur.

Je me sens mal à l'aise de les écouter alors qu'ils s'en donnent clairement à cœur joie.

– Mais tu lui as déjà dit que tu entendais tout ?

– Évidemment ! m'engueule à moitié June. Et j'ai l'impression que, depuis, il exagère encore plus ses ébats pour me faire chier.

– Et sa copine ? Tu lui en as déjà touché un mot ? Peut-être qu'en discutant entre filles ça passera mieux.

– Encore faudrait-il que ce soit la même ! Elles changent chaque fois.

– Ah…

– Oui. Ah ! confirme-t-elle.

J'explose de rire quand nous entendons distinctement la voix de notre voisin exprimer quelques mots crus.

– Pourquoi un mec ne m'a jamais parlé comme ça au lit ? se plaint Ava.

– Je te préviens, je reconnaîtrai ta voix si tu finis dans son lit et notre amitié prendra fin immédiatement, la menace June en la pointant du doigt.

– Aucun risque, la rassure-t-elle. Même s'il ne le sait pas encore, mon vagin appartient à Travis.

Mon hilarité augmente et c'est à mon tour de verser quelques larmes à cause de la situation pour le moins gênante et de la folie d'Ava.

– Il me faut une autre tequila ! assène June.

Ni une, ni deux, nous reprenons un shot tandis que les deux êtres en rut se calment au rez-de-chaussée.

– Au fait, Li, me lance notre férue d'astrologie, tu en es où avec Match&More ? On veut tous les détails croustillants.

– Nulle part. Je ne tombe que sur des mecs qui ne me correspondent pas.

– Et Matthew ?

– Quoi Matthew ? dis-je en tentant de masquer qu'elle a mis le doigt sur quelque chose.

– Pourquoi tu rougis ? demande June.

Si elles se liguent, je ne vais pas pouvoir mentir longtemps.

– C'est à cause de l'alcool.

– Mais bien sûr ! Il était visiblement ravi quand je lui ai appris que c'était ton anniversaire. Il semblait avoir très envie de passer un moment avec toi…

– Qu'est-ce que vous avez fait ? minaude June en dardant sur moi un regard lourd de sens.

– Rien… Enfin, pas ce que vous imaginez, en tout cas. Je ne sais plus trop quoi penser à vrai dire.

– Raconte-nous tout, me propose Ava, on t'aidera à y voir plus clair.

Depuis le fameux soir de mon anniversaire, je suis perdue. J'étais aux anges quand il a débarqué au salon. D'autant plus touchée en constatant qu'il avait pensé à mes goûts avec ce paquet de chips au vinaigre. Il m'a fait passer un moment vraiment agréable sur la plage, mais de retour à la résidence, je n'ai pas compris son changement de comportement.

– Je crois qu'il a hésité à m'embrasser.

– Comment ça « tu crois » ? Qu'est-ce qu'il a fait exactement ? me presse Ava en se redressant dans le canapé.

– Il s'est avancé un peu vers moi. On n'avait jamais eu de rapprochement physique jusqu'ici. Il a scruté mes lèvres, puis il s'est reculé en baissant les yeux et il est rentré chez lui.

– Il a peut-être cru que tu allais le repousser… essaie de me rassurer June.

– Qu'est-ce que tu as fait, toi, à ce moment-là ? me questionne Ava, avide de connaître les moindres détails.

– Rien ! m'écrié-je. Il n'a jamais été question de ça entre nous. On se voyait en tant que potes, rien d'autre. Mais c'est vrai que, depuis quelque temps, je le perçois autrement. J'ai appris à le connaître et je ne peux pas nier qu'il me plaît, même si ça me terrifie.

– C'est vrai que c'est flippant d'être attirée par un aussi beau mec que Matthew, se moque gentiment June.

– Il est tellement plus que ça, murmuré-je en pensant à toutes les qualités qui font de lui un homme passionné, respectueux et drôle.

Je grimace en entendant mes propres mots et en analysant le flot de mes pensées à son égard.

– Oh non ! Je suis foutue, suis-je obligée de reconnaître.

– Je crois qu'on va avoir besoin d'une troisième tequila, scande Ava en soulevant déjà la bouteille.

Lorsque je quitte les filles, je ne suis pas aussi stable sur mes jambes qu'en arrivant, mais j'ai encore toute ma tête. Je ne cesse de me repasser les événements avec Matthew.

Se pourrait-il qu'il ait pensé que j'allais le repousser s'il tentait quelque chose ? Je n'arrête pas de dire que les hommes vont trop vite à mon goût et il est bien placé pour le savoir. Est-ce qu'il a cru qu'il commettrait une connerie en m'embrassant ? Il sait que je cherche une relation sérieuse et je sais que lui est encore indécis sur la question, ça l'a peut-être freiné.

Je sens qu'il m'évite ces derniers jours. Il est certes très occupé entre son job à la plage, celui au centre de loisirs et ses visites à sa grand-mère, mais il a à peine pris le temps de me saluer lorsque nous nous sommes croisés. Pas un petit mot pour rire, pas un message via Match&More. Et ses paroles sur le fait de se dévoiler me confirment en partie qu'il craint que je ne partage pas son attirance.

Je ne suis pas du genre à laisser des non-dits s'installer avec les personnes que j'apprécie, alors je me dirige d'un pas décidé vers son appartement. Je ne vais pas dormir de la nuit si je n'élucide pas ce mystère. Voulait-il m'embrasser, oui ou non ? Si je dois être celle qui prend les risques, qu'il en soit ainsi. Enfin, la tequila ne doit pas être étrangère à ma soudaine confiance en moi ! Je le regretterai sûrement demain matin.

Je traverse le jardin commun au moment où Matthew y passe justement en charmante compagnie. Je me cache derrière le premier palmier à ma disposition. Les entendre rire me serre le cœur. Je les regarde monter chez lui en pivotant autour de l'arbre pour qu'il ne me repère pas.

– Mais qu'est-ce que tu fiches ici, toi ? m'effraie la voix de Sue.

– Chut, lui chuchoté-je, en l'attirant plus près de moi sinon elle risque de nous faire remarquer. Ne faites pas de bruit !

– Tu comptes rester plantée là au lieu d'aller arracher la tête à cette fille ?

– Pardon ? Non mais qu'est-ce qui ne tourne pas rond chez vous ?

– Parle pour toi ! Tu laisses celui qui t'intéresse finir la soirée avec une autre. Je me demande laquelle de nous deux a un problème…

– Matthew et moi ne sommes pas ensemble, il peut bien faire ce qu'il veut avec qui il veut ! protesté-je en me sentant moi-même grotesque.

– C'est sûr qu'à vous tourner autour sans jamais faire le premier pas, c'est pas demain la veille que vous allez conclure !

Sur ces belles paroles, Sue m'abandonne avec mon palmier.

Je ne peux pas lui donner complètement tort. Qu'est-ce que je fais ? J'y vais ? Je pourrais prétexter avoir besoin de farine ou de sucre…

CHAPITRE 26

MATTHEW TROXLER

Pathétique. Voilà le mot qui me définit le mieux ces derniers temps. Deux semaines que je ne fais que croiser Li en coup de vent à Palisades Park. Au départ, c'est moi qui la fuyais, puis j'ai bien senti qu'elle me rendait la monnaie de ma pièce.

Si j'avais su ce qui allait arriver, je l'aurais embrassée. Ça aurait au moins valu le coup. À présent, je me rejoue en boucle la scène de ce presque baiser comme un connard de romantique.

J'étais certain qu'en retournant sur Match&More et en dénichant une fille, comme j'en avais l'habitude avant, mon addiction à ma voisine me passerait. Loupé ! Je n'ai même pas réussi à aller plus loin que quelques baisers. J'imaginais le goût que pourraient avoir les lèvres de Li au lieu de profiter de l'instant.

Quand mon rencard a décidé de passer la deuxième en me grimpant dessus, vu que je restais les bras ballants comme un con, je l'ai stoppée. J'ignore qui de nous deux a été le plus surpris.

Je savais que si j'allais plus loin, je ne pourrais plus rien tenter avec Li. Nous ne sommes peut-être pas ensemble, mais le peu de chances que j'ai avec elle auraient été balayées si j'avais couché avec cette fille. Li veut un homme droit. Et je me dois de l'être dès à présent parce que je me suis déjà en partie engagé auprès d'elle. Elle ne le sait juste pas encore. Moi si, et je ne veux pas qu'elle ait le sentiment, plus tard, que je l'ai trompée ou un truc du genre, avant de clarifier la relation qui nous lie.

Il est temps de jouer cartes sur table.

Alors que je veux la contacter, je prends conscience que je n'ai même pas son numéro de téléphone. Je ne peux que lui envoyer un message via cette fichue application de rencontre. *Génial !* De quoi lui rappeler à tout bout de champ quel genre de type j'étais.

Matthew : Ça serait cool que
tu me files ton numéro de téléphone
à l'occasion, au lieu d'utiliser
cette appli !

Je suis partagé en voyant apparaître si vite les trois petits points signifiant qu'elle est en train de répondre. Soit elle est toujours active sur l'application, ce qui me fait grincer des dents, soit elle a vu mon prénom s'afficher sur son portable.

Li : Je ne le donne pas
au premier venu.

Elle ajoute ensuite un gif du clip de Mariah Carey et Jermaine Dupri : *Get Your Number*.

Quelque chose me dit qu'elle m'en veut pour la distance que j'ai instaurée entre nous depuis son anniversaire, et elle ne compte pas me faciliter les choses. On sait tous les deux qu'il y a un avant et un après cette soirée.

Je ne me démonte pas et enclenche mon plan pour la revoir tranquillement et enfin me décider sur ce que je souhaite.

Matthew : Ça te dit d'aller à la plage
quand tu auras terminé au salon ?

Li : Désolée, je sors, ce soir.

Évidemment, elle ne m'en révèle pas plus. Est-ce avec June et Ava ? Avec un mec ? Ça me ronge déjà le cerveau de ne pas savoir, mais je me vois mal jouer les curieux.

Matthew : Demain matin, je donne
un premier cours de surf à un groupe
du centre de loisirs. Joins-toi à nous.
Promis, on n'ira pas trop loin !

En le relisant, je me rends compte à quel point ce texto laisse transparaître que je suis désespéré. Pathétique, je disais ! Cette nana m'a retourné le cerveau. Le cœur, me corrigerait sûrement Granny.

Li : J'ai bien l'intention de rentrer tard… ou très tôt. Je ne serai sûrement pas en état pour un cours de surf demain matin. La nuit s'annonce mouvementée.

Elle veut me torturer ou quoi ? Je serre mon téléphone dans ma main au point de faire blanchir mes phalanges. Je mords dans mon poing pour m'éviter de crier. C'est clair, elle voit un mec. Et elle projette de coucher avec lui… Où est passée la Li qui ne voulait pas aller trop vite ?

Matthew : OK… Amuse-toi bien.

Je regrette mes mots dès que je vois qu'elle les a lus et qu'elle n'y répond pas. J'ai laissé la peur qu'elle ne me repousse me guider. J'aurais dû lui dire d'annuler son rencard pour passer la soirée avec moi parce qu'elle me manque et que j'ai des choses à lui dire.

Dans les moments où je suis sûr de moi, je me dis que Li serait capable de comprendre que j'ai envie d'être avec elle, sans pour autant pouvoir lui promettre que nous aurons un avenir. Elle a simplement besoin de savoir qu'il n'y aura qu'elle. Mais quand j'ai la trouille, je la vois s'étonner de mes sentiments naissants et me remettre à ma place avec tact. À force de ne pas prendre de décision, je vais la voir finir dans les bras d'un mec sûr de lui. Et je ne pourrai m'en prendre qu'à moi-même.

CHAPITRE 27

LI FALL

Non mais quel culot ! Matthew ne manque pas d'air. Qu'est-ce qu'il croit ? Qu'il peut me jouer son numéro de charme, me laisser sentir le souffle de ses lèvres contre les miennes avant de me planter sur place, s'envoyer en l'air avec une autre une semaine plus tard et m'envoyer des messages l'air de rien lorsqu'il se sent seul ? Il peut se les mettre où je pense, ses putains de cours de surf ! Je n'ai besoin de personne pour gagner confiance en moi dans l'eau. Et encore moins d'un foutu sauveteur frivole.

Quand j'ai reçu ses messages, tout à l'heure, il a ranimé la colère qui sommeillait en moi depuis que je me suis retrouvée cachée derrière ce fichu palmier. J'ai quitté mon pyjama sur-le-champ pour enfiler ma robe noire la plus sexy. Je n'avais aucune idée de comment j'allais occuper ma soirée, mais certainement pas à me morfondre à cause de ce mec.

Ayant une petite idée en tête, j'ai passé mon bikini sous ma tenue de soirée.

Face à mon miroir, j'achève d'accentuer mon maquillage avant de basculer la tête en avant pour brosser mes cheveux de façon à leur donner plus de volume. Je sors du fond de mon placard ma paire de sandales à semelles compensées, qui m'allongent les jambes.

Si j'ai raison, Matthew va m'intercepter dans le jardin de la résidence avant que je parte pour mon fameux rendez-vous, et je souhaite effacer de sa mémoire que j'allais le laisser m'embrasser. *Si je pouvais y arriver avec la mienne aussi, ce serait cool.* Lorsqu'il me verra, je veux qu'il ait la certitude qu'il me laisse de marbre et que je suis passée en mode séduction avec mon rencard de ce soir.

Arrivée près de la piscine, je constate que tous les ados de la résidence y traînent en maillot. Sean Stephen, l'aîné de la famille nombreuse qui habite dans le bâtiment McQueen, me semble bien proche de Carmen, la fille la plus discrète de Luisa. Sa seule fille, d'ailleurs, puisqu'elle m'a expliqué dernièrement que Gloria est la fille de Cesar et qu'ils tentent de former une famille recomposée heureuse, mais que cela se révèle plus compliqué en pratique que sur le papier.

Je pense voir des bières circuler entre eux, mais qui suis-je pour les sermonner ? Ils ont des parents, qu'ils se débrouillent ! J'ai d'autres chats à fouetter pour l'instant.

Pas de Matthew en vue… *Ah non ! Je n'ai pas fait tout ça pour rien.* Je fais mine de fouiller dans mon petit sac à main à la recherche de quelque chose pour lui laisser le temps de me remarquer et de sortir de chez lui. Je sais qu'il est là, il y a de la lumière dans son appartement.

– Salut, retentit enfin sa voix grave.

Je me sermonne en sentant mon cœur battre plus vite. J'affiche un air détaché en lui adressant mon plus beau sourire alors que j'ai envie de lui arracher les yeux. Comment peut-il encore oser se comporter comme si de rien n'était après ce baiser avorté ? Et je préfère ne même pas penser à cette fille qu'il a ramenée chez lui.

Je sens les regards curieux des jeunes sur nous, mais j'en fais fi.

– Alors, tu ne peux vraiment pas…

– Je suis désolée, le coupé-je. Je suis déjà en retard. On discutera une autre fois. Bonne soirée.

La tête haute, mais le cœur en berne, je lui tourne le dos et quitte Palisades Park, sous les rires moqueurs de nos voisins à l'attention de Matthew. J'entends vaguement le mot « râteau » et « le vent du siècle » dans leur bouche, mais je ne me retourne pas.

C'est trop dur de le voir agir normalement alors qu'il a fait exactement comme Sam. À peine avais-je le dos tourné qu'il voyait une autre fille.

Je lui en veux de m'avoir fait croire qu'il était attiré par moi, pour finir par s'enfuir. Pourquoi faut-il qu'il soit un collectionneur de petites culottes alors qu'il me plaît sur tous les autres points ? Je le sais pourtant depuis le début. Je n'aurais pas dû laisser son charme opérer sur moi, mais il m'a séduite petit à petit chaque fois que nous nous sommes vus, sans que j'en prenne conscience.

D'un pas rageur, je marche jusqu'à la plage peu fréquentée qu'il m'avait fait découvrir le soir de mon anniversaire. Décidément, cette date ne me réussit pas… En définitive, tout le monde finit par me laisser tomber. Mes parents biologiques, Sam, et maintenant Matthew. Qu'est-ce qui cloche chez moi pour que les gens m'abandonnent ?

Je refuse de rester sur le sable à pleurnicher sur mon sort. Je suis venue à Santa Monica pour être forte et me prouver que je n'avais besoin de personne. Je retire donc ma robe, que je laisse choir sur la plage, et je fonce en direction de l'océan. Je sais nager dans une piscine, je peux le faire ici. *Merde, des gosses de cinq ans savent nager !* Mon instinct de survie me rappellera les bons gestes.

L'eau recouvre mes épaules, mais ce n'est pas suffisant. Je pousse sur mes pieds et bouge mes jambes et mes bras pour avancer encore. À chaque vague, je garde mon calme et flotte le temps qu'elle passe.

Les bruits de la ville se sont éloignés, me laissant face à mon subconscient. Je m'en veux bien plus à moi-même qu'à Matthew. Pourquoi avoir démarré ce *deal* à propos de nos profils ? Je me suis menti en faisant comme si tout ça était normal. Nous étions déjà dans la séduction sans même nous en rendre compte. Je crois que Matthew l'a deviné avant moi, c'est pour ça qu'il est venu au salon le soir de mon anniversaire.

Ses délicates attentions à mon égard afin que je passe une bonne soirée sont la preuve qu'il avait compris notre attirance. Alors pourquoi diable faire machine arrière à la dernière seconde ?

Sur le coup, j'étais tellement sidérée que je n'ai même pas réussi à esquisser un pas pour rentrer chez moi. J'ai bien dû rester plantée là pendant trente longues secondes avant de prendre conscience que si, il m'avait bien mis un vent après m'avoir charmée. Et je n'étais pas au bout de mes surprises, puisqu'il m'a carrément écorché le cœur quelques jours plus tard en rentrant chez lui avec une autre fille. *Rah ! Je dois me le sortir de la tête.*

Je me tourne pour regagner la plage, car je sens que je fatigue un peu. Ce type m'obnubile tellement que je ne parviens même pas à me réjouir de m'être baignée seule et de m'être aventurée au large. Un peu trop d'ailleurs, si j'en juge la distance qui me sépare de mon sac échoué sur le sable.

Je fais le vide dans mon esprit pour ne me focaliser que sur ma nage. Exit Matthew et tout ce qu'il me fait ressentir. Pourtant, ce sont bien ses conseils qui me reviennent en mémoire pour avancer. Mais à chaque remous de l'eau, j'ai l'impression d'être tirée en arrière et que mes efforts pour revenir à l'endroit où j'ai pied sont vains.

Je fais du surplace comme dans ma vie amoureuse. Je force sur mes bras et mes jambes pour gagner cette bataille contre l'océan, mais la panique qui commence à s'insinuer en moi me fait perdre en efficacité. Comme dans ma relation avec mon voisin : deux pas en avant, trois en arrière. Je suis perdue, physiquement et émotionnellement. Et il n'y a que Matthew qui pourrait m'apporter son aide sur les deux plans.

CHAPITRE 28

MATTHEW TROXLER

– Si j'entends encore un seul d'entre vous se marrer, je préviens vos parents que vous n'êtes pas en train de boire des sodas ! grogné-je à l'attention des ados réunis autour de la piscine avant de leur piquer une canette planquée dans un grand sac en kraft.

Ils ont l'intelligence de faire profil bas, même si je sens Gloria prête à répliquer. Sa copine Summer la retient par le bras, lui signifiant de ne pas jeter de l'huile sur le feu. *Sage décision !*

Je préfère boire un coup sur la terrasse extérieure de la résidence, dont le mobilier a enfin été changé, pour ne pas devenir fou entre les quatre murs de mon appartement. Même si ça m'expose à ces petits cons qui n'ont rien loupé de Li m'envoyant chier sans aucun scrupule.

Elle est en train de se rendre à un rendez-vous avec un type avec lequel elle compte bien finir la nuit. J'ai du mal à y croire. J'espère au plus profond de moi que ce tête-à-tête va être un fiasco et qu'elle va réapparaître d'ici quelques heures. Je compte bien rester là jusqu'à son retour pour ne pas la louper. Il faut qu'on ait une discussion, tous les deux.

Je ne peux pas accepter plus longtemps que ma peur de m'investir dans une relation et de voir mon quotidien chamboulé prenne le dessus, au risque de passer à côté d'une fille géniale.

Sue et son mari sortent de chez eux et me repèrent. *Ils ne manquaient plus qu'eux !* Évidemment, ils viennent dans ma direction.

– Oh ! s'exclame la doyenne de Palisades Park, qu'est-ce qu'il a David Hasselhoff ?

– Je ne suis pas d'humeur à plaisanter, ce soir ! rétorqué-je.

– Toi, tu t'es fait larguer, me balance William sans se démonter face à ma tronche renfrognée.

– Comment il aurait pu se faire larguer ? lui répond sa femme. Ça n'a même pas commencé avec notre voisine du dessus.

– Qu'est-ce qui vous fait croire que Li a quoi que ce soit à voir là-dedans ?

– J'ai des yeux et des oreilles, mon garçon, argue Sue avec un ton agacé. Je vous ai vus ensemble à plusieurs reprises et ça crève les yeux que vous vous plaisez.

– Peut-être, admets-je après avoir descendu une nouvelle gorgée de bière.

– Enfin, si tu continues comme ça, il est clair que vous foncez droit dans un mur, tous les deux, me tacle-t-elle sans pitié. La pauvre petite t'a vu rentrer chez toi avec une greluche.

– Quoi ? m'écrié-je tout à coup, paniqué. Quand ça ?

– La semaine dernière, un soir. Elle s'apprêtait à venir chez toi et tu es rentré à ce moment-là en charmante compagnie. Elle s'est cachée derrière ce palmier pour que tu ne la voies pas. J'étais mal à l'aise pour elle.

– Tu as merdé sur toute la ligne, ajoute William.

Mais quel con ! Li m'a aperçu avec la dernière nana que j'ai contactée sur Match&More. Celle avec laquelle je n'ai même pas échangé trois baisers et à qui j'ai appelé un taxi cinq minutes après son arrivée à l'appartement. Son changement de comportement est dû à ça, c'est certain. Si j'avais suivi mon cœur, je lui aurais parlé de ce qu'elle me fait ressentir dès ce jour-là. Ne pas pouvoir aller plus loin avec une autre prouvait la place que Li occupait déjà pour moi. Mais j'ai eu la trouille, alors j'ai fait l'autruche. Et maintenant, elle pense que j'ai repris mes vieilles habitudes et elle se console avec un autre. *Hors de question que j'attende ici sans rien faire !*

Je saute du siège sur lequel j'étais assis et dépose un bisou sur la joue de Sue.

– Merci voisine ! Je vous en dois une.

Elle pose sa main à l'endroit où mes lèvres se sont posées et rougit. Son mari la regarde faire, sourit puis secoue la tête, tout en levant les yeux au ciel. Je lui adresse un signe de tête et me mets à courir pour rejoindre la jetée au plus vite. Li doit être dans un des nombreux restaurants qui font face à la mer. Il le faut !

Dans chaque établissement, je fouille les lieux du regard. Il y en a un paquet, mais je ne me décourage pas. Je ne sais pas encore ce que je lui dirai quand je serai face à elle, mais je trouverai bien.

Je commence par le *Speak Easy*, où nous avons maintenant nos habitudes, mais elle n'est pas là.

J'écume tous les bars et les restaurants de la jetée sans succès. Il s'est passé combien de temps depuis que Li a quitté la résidence ? Une heure au maximum. Elle ne peut pas déjà avoir accepté de suivre chez lui le mec avec qui elle avait rendez-vous. Est-ce que mon comportement de connard a pu la pousser à envoyer valser ses principes ? Non. Je n'y crois pas. Li est une femme qui ne se laisse pas influencer par l'attitude des autres. Elle souffre probablement par ma faute, mais pas au point de se rabaisser à faire quelque chose qui ne corresponde pas à ses valeurs.

Mes pas me guident jusqu'à la plage Will Rogers. J'adore cet endroit parce qu'il est peu fréquenté et idéal pour surfer, mais aussi parce que c'est là que j'ai emmené Li le soir de son anniversaire et que ses paroles sur l'amour ont pris sens dans mon esprit.

Tout en progressant vers mon objectif, je décide de tenter de joindre Li via Match&More. C'est ma dernière chance.

Matthew : J'ai besoin de te parler.
Maintenant. C'est urgent.
Dis-moi où tu es, stp.

Ai-je l'air d'un mec au bord de la dépression ? Oui, et je l'assume. Je ne vais pas m'en remettre si elle passe la nuit avec un autre mec juste parce que j'ai été complètement stupide.

Mon message reste non lu. À quoi je m'attendais ? Li a la délicatesse de ne pas consulter l'appli en plein rendez-vous. J'ai épuisé toutes mes sources pour la retrouver.

Lorsque j'arrive sur la plage, mes yeux se perdent à l'horizon. Je remarque une silhouette au loin. Elle brasse avec force et détermination, mais les vagues la malmènent quelque peu.

Bordel ! Mon sang ne fait qu'un tour quand je reconnais Li. Ni une, ni deux, je cours et plonge dans l'eau pour lui prêter main-forte. Arrivé à sa hauteur, je croise son regard surpris de me voir apparaître. Je tends les bras vers elle pour la soutenir et la ramener au bord.

– Attrape ma main ! lui conseillé-je en la tendant dans sa direction.

– Qu'est-ce que tu fous là ? Je n'ai pas besoin de toi !

Elle continue ses efforts pour maintenir la tête hors de l'eau. Je suis rassuré de voir qu'elle n'est pas en aussi mauvaise posture que je le pensais depuis la plage. J'agrippe tout de même son bras pour m'assurer qu'elle ne boit pas la tasse.

– Lâche-moi ! s'écrie-t-elle, essoufflée.

– Laisse-moi t'aider à revenir où tu as pied, déclaré-je en comprenant à quel point elle est en colère.

– Je peux très bien me débrouiller toute seule.

– OK, abdiqué-je, car ce n'est pas le moment de se disputer.

Je nage juste à côté d'elle, au cas où. Elle me fusille du regard, mais elle garde ses forces pour avancer au lieu de continuer à me crier dessus.

Une fois que ses pieds touchent le sable, elle arrête de nager et finit en marchant, sans m'accorder la moindre attention.

– Tu m'as fichu une de ces trouilles, lui avoué-je alors qu'elle enfile sa robe qui traînait sur le sable, en tentant de retrouver sa respiration.

Mes fringues à moi sont trempées et dégoulinent, mais ça n'a aucune importance.

– Je m'en sortais très bien toute seule, fulmine-t-elle.

– Ce n'est pas l'impression que tu donnais. Et puis, merde, qu'est-ce qui t'a pris de te baigner toute seule ? Le soir, en plus, quand il n'y a aucune surveillance !

– Je ne crois pas avoir de comptes à te rendre.

Elle prend son sac à main qu'elle avait également abandonné là, au risque de se le faire voler, et commence à s'éloigner.

Je comprends que c'est le moment de me jeter à l'eau. Au sens figuré cette fois-ci.

– Li, attends, l'interpellé-je.

Elle pose ses yeux sur moi et son regard me chamboule. J'y vois sa tristesse mêlée à sa rancœur à mon égard, ce qui me fait encore plus craindre d'être rejeté, mais je ne me dégonflerai pas. Je dois savoir si elle pourrait être intéressée par un mec pas sûr de ce qu'il souhaite à part l'envie d'être avec elle.

– Il ne s'est rien passé avec cette fille.

Elle inspire brusquement avant de souffler. Elle tente de garder le contrôle et de ne pas me dévoiler ses sentiments.

– Je ne vois pas de quoi tu parles.

– Si, tu le sais. Sue m'a parlé.

– Super, murmure-t-elle en baissant les yeux. Et alors ? Tu fais bien ce que tu veux de tes soirées.

– Tu en es certaine ? lui demandé-je en m'approchant à petits pas.

– Tout à fait.

– Alors pourquoi avoir prétendu avoir un rencard ce soir ?

– Qu'est-ce qui te dit que ce n'est pas le cas ?

– Le fait que tu sois seule sur cette plage ?

Elle fronce les sourcils et détourne son regard avant de répliquer.

– Je ne vois pas le rapport avec toi, ose-t-elle me balancer en haussant les épaules.

– Arrête de mentir, rétorqué-je dans un sourire malicieux. C'est moi que tu veux.

– Je te trouve bien prétentieux.

Je pourrais lui répondre que c'est ce qui fait mon charme, mais il n'est plus l'heure de jouer. Je dois faire tomber le masque du mec arrogant si je veux espérer avoir une chance avec elle.

– Moi, c'est toi que je veux, en tout cas, déclaré-je en scrutant ses yeux pour déceler si je suis en train de creuser un trou dans lequel elle va m'ensevelir en calmant mes ardeurs.

CHAPITRE 29

LI FALL

Ses paroles résonnent à mes oreilles avant de se faufiler jusqu'à mon cœur. Ce traître accélère sa course et se gorge d'espoir.

– Alors pourquoi tu as invité cette fille chez toi, si c'est moi que tu veux ?

J'ai besoin d'être rassurée parce que je ne peux pas reproduire les mêmes erreurs qu'avec Sam. Je ne supporterais pas d'être à nouveau trompée.

– Parce que je ne suis qu'un con. J'ai voulu me prouver que tu ne m'obsédais pas autant que je ne le pensais. J'ai cru qu'en retrouvant mes anciens réflexes j'oublierais que tu m'attires. Je ne pouvais pas être plus à côté de la plaque que ça.

Je ne sais pas quoi lui répondre. Matthew est un dragueur et je dois me protéger. Il pourrait me faire tellement de mal. Il n'en a sûrement pas conscience, mais je suis terrifiée à l'idée de lui confier un bout de mon cœur. Il n'a pas l'habitude de se soucier de cet organe avec les filles qu'il fréquente.

– J'ai juste embrassé cette fille, m'avoue-t-il en prenant mes mains dans les siennes. Et c'est à tes lèvres que je pensais. Au fait que j'avais été sur le point de les goûter… Elle est repartie à peine quelques minutes après être entrée chez moi. Si tu étais restée encore un peu derrière ton palmier, tu l'aurais vue.

Il est au courant de ça aussi ? La honte ! Je me note dans un coin de la tête d'avoir une sérieuse discussion avec Sue à propos de la solidarité féminine.

– Je ne crois pas que ce soit le moment de faire le malin !

– Non, tu as raison, c'est le moment où on s'embrasse enfin, non ?

– Je ne suis pas sûre, calmé-je ses ardeurs avec un sourire pour le faire mariner un peu tout en lui laissant comprendre que ma colère est retombée. Je suis encore un peu essoufflée par ma presque noyade.

– Pas de problème. Je vais te donner mon souffle.

Je noue mes bras autour de son cou pour effacer les derniers centimètres qui nous séparaient. Mon corps se colle au sien et nos bouches fondent l'une sur l'autre.

J'ai la sensation d'avoir attendu ce moment depuis que je le connais.

Notre baiser est lent, comme pour adopter le même rythme que notre prise de conscience sur notre attirance. Matthew resserre son étreinte en même temps que sa langue titille mes lèvres pour s'y frayer un passage.

Une chaleur prend vie au creux de mon ventre, nous nous embrassons avec moins de retenue pour rattraper ces deux semaines gâchées à nous éviter.

J'aimerais que ce premier baiser ne s'arrête jamais, car il me confirme que cette alchimie entre nous est bien réelle. C'est doux et sensuel à la fois. Du Matthew Troxler tout craché.

Un petit vent se lève et me fait frissonner. Il faut dire que nous sommes trempés tous les deux. Notre rythme ralentit, mais ni lui ni moi ne mettons réellement fin à notre baiser.

Je sens ses lèvres s'étirer juste avant qu'il s'éloigne de quelques millimètres pour parler.

– On devrait rentrer à Palisades Park pour se changer.

J'acquiesce en riant lorsque mon regard tombe sur son tee-shirt mouillé collé à son torse.

Il est venu me sauver, même si je n'en avais pas véritablement besoin. J'espère qu'il ne sera pas responsable de ma prochaine noyade sentimentale, car rien qu'avec ce baiser, je sais qu'il me sera difficile de surmonter cette épreuve.

Main dans la main, nous parcourons le chemin jusqu'à la résidence. Il ne dit pas un mot et je ne saurais deviner où le mènent ses pensées.

Sur place, près de la piscine, les jeunes sont toujours présents. Certains en train de barboter dans l'eau. Travis risque de bientôt les chasser s'ils ne se calment pas sur le bruit. Ils nous repèrent, mais ils font comme si de rien n'était.

– Bon… je… enfin… Si tu veux venir chez moi, balbutie Matthew sans savoir comment se sortir de cette situation.

Je comprends soudain son silence et ris franchement avant de lui voler un baiser léger.

– Serais-tu en train de me proposer de finir la nuit dans ton appartement ?

– Vas-y, moque-toi de moi, Chicago !

– Mais c'est exactement ce que je suis en train de faire, lui lancé-je avant qu'il ne reparte à l'assaut de mes lèvres, malgré nos spectateurs.

Des acclamations résonnent autour de nous, nous faisant rire.

– Ce que je tente de te dire, c'est que si tu veux en rester là ce soir, il n'y a pas de malaise. Je sais que tu préfères prendre ton temps et je me découvre patient quand il s'agit de toi, me murmure-t-il pour n'être entendu que de moi.

– Ça va faire deux mois qu'on se connaît. Je crois que c'est amplement suffisant. Je me découvre impatiente quand il s'agit de toi.

Il semble soufflé par ma réplique. Si j'avais su, je l'aurais peut-être fait marcher un peu plus. Mais pour être tout à fait honnête, je brûle de désir d'être entre ses bras maintenant que toutes les barrières entre nous sont tombées.

– Chez toi ou chez moi ? me demande-t-il comme s'il parvenait difficilement à se retenir de me sauter dessus.

– Chez toi, c'est mieux, lui dis-je. Si on passe devant la porte de Sue, elle est capable d'ouvrir et de nous arrêter.

– Tu as conscience qu'ils vont tous te voir me suivre ? me met-il en garde en désignant les jeunes dans la piscine d'un coup de menton, pour s'assurer que je sais ce que je fais.

– Rendons leur soirée plus fun en leur servant un potin sur un plateau, lui réponds-je en resserrant ma main autour de la sienne pour lui signifier que je suis sûre de moi.

Il explose de rire et m'attire à sa suite pour enfin nous mettre à l'abri des regards.

Les filles poussent des exclamations choquées tandis que les garçons imitent des animaux en chaleur. *Étions-nous aussi irrécupérables à leur âge ?*

Nous grimpons les marches deux par deux pour aller plus vite. Matthew ouvre la porte de son appartement et me laisse entrer la première. Il referme derrière lui en me dévorant des yeux. Dans un geste nonchalant, je laisse mon sac à main s'échouer au sol. Je retire mes chaussures à semelles compensées et les abandonne juste à côté.

Sans le quitter du regard, je marche à reculons avec une lenteur mesurée en direction de sa chambre. Matthew se mord la lèvre inférieure et m'observe comme un prédateur prêt à sauter sur sa proie.

Je le dévisage toujours lorsque j'attrape le bas de ma robe et la passe par-dessus ma tête, avant de lui sourire. Il amorce un pas dans ma direction et retire son tee-shirt mouillé en même temps. Celui-ci rejoint mon sac et mes sandales par terre dans son salon.

J'ai déjà pu admirer son torse musclé à plusieurs occasions, mais savoir que je vais pouvoir le toucher m'émoustille au plus haut point.

Je laisse Matthew approcher avant de pénétrer dans sa chambre. Des haltères et quelques autres objets de musculation traînent dans un coin. Un grand lit est installé contre le mur.

Avant que j'aie le temps d'esquisser encore un pas en arrière, Matthew attrape mon poignet et m'attire vers lui. Ses mains chaudes se posent dans le bas de mon dos.

– Tu es une femme surprenante, Chicago, me lance-t-il avant de faire glisser ses lèvres dans mon cou et de me faire frissonner.

Il se marre en remontant près de mon oreille. Son souffle chaud fait dresser la pointe de mes seins contre le tissu de mon bikini. Je glisse ma main dans son short et l'entends retenir son souffle avant d'exhaler.

– Je ne m'attendais pas à ce que tu sois entreprenante.

Je laisse échapper un rire et m'approche de son oreille.

– Tu sais ce qu'on dit, il faut se méfier de l'eau qui dort. Ce n'est pas parce que je ne couche pas avec le premier venu que je n'aime pas prendre les choses en main.

Je termine ma phrase en empoignant son membre dans ma paume pour le torturer.

Ses doigts dénouent les ficelles du haut de mon maillot de bain et m'en débarrassent. Ses mains partent alors à la rencontre de ma poitrine et me font frémir. Je me tortille sous ses caresses et ses pincements. Sa langue vient apaiser mes tétons malmenés pour mon plus grand plaisir. Un petit cri m'échappe lorsqu'il en mordille un. Sa bouche vient aussitôt s'en repaître. Ce baiser n'est en rien comparable à celui que nous avons échangé à la plage. Il est chargé en électricité et en désir pur.

Je plaque mon corps contre le sien et me laisse basculer sur son lit.

Dérangée par son bermuda, je m'attelle à le lui retirer. Matthew me vient en aide. Il se redresse et se retrouve nu devant moi.

– Si je n'avais pas autant envie de toi, je te demanderais bien de rester comme ça juste pour te mater, constaté-je en me redressant sur les coudes.

Un sourire éblouissant illumine son visage.

À genoux sur le matelas, il rampe sans me quitter des yeux. Sa bouche se balade le long de mes mollets puis sur mes cuisses. Une délicieuse chair de poule me fait trembler de plaisir. Il tire avec délicatesse sur le dernier bout de tissu entre nous. Le bas de mon bikini finit au sol.

Sans que je m'y attende, sa tête plonge entre mes jambes. Sa langue joue avec mon point sensible et je ne peux pas contenir les gémissements qui m'échappent. Lorsqu'il ajoute ses doigts à la partie, je me maudis de penser que je comprends pourquoi Brianna et ses copines se refilaient son profil. Matthew sait ce qu'il fait avec le corps d'une femme.

Il doit sentir que je suis au bord du précipice car il calme le jeu pour se concentrer à nouveau sur ma poitrine. J'attire son visage à moi pour l'embrasser et lui transmettre à quel point j'ai envie de lui. Il me le rend au centuple en caressant son membre contre ma fente trempée.

– Putain, Chicago ! grogne-t-il entre deux respirations. Tu me rends fou.

– J'ai envie de te sentir en moi, Matthew, lui réponds-je en accentuant la friction entre nous.

– Laisse-moi juste deux secondes pour récupérer un préservatif.

Il se redresse et ouvre le tiroir de sa table de chevet. J'en profite pour me relever un peu à mon tour et dévorer ses abdominaux parfaits. Ma main s'enroule autour de son membre tendu et le caresse.

Ma bouche dévie plus bas, ma langue dessine le contour de son V saillant. Je m'apprête à lécher son sexe pour découvrir son goût, mais Matthew m'en empêche en empoignant quelques mèches de mes cheveux. Je lui souris en me mordant les lèvres.

– Une prochaine fois, avec plaisir, me promet-il en nous rallongeant l'un sur l'autre, mais là, j'ai besoin de te prendre.

J'écarte un peu plus les jambes pour lui signifier que j'aime beaucoup cette idée.

– Bordel, tu es… souffle-t-il sans finir sa phrase tout en s'immisçant en moi.

À chaque va-et-vient, il me pénètre un peu plus. Mon intimité s'habitue à sa présence imposante et se resserre autour de lui. Nos regards se croisent quand il s'enfonce en moi jusqu'à la garde. Un cri m'échappe et retentit dans la chambre tandis que ma tête bascule en arrière. Matthew ne rate pas cette occasion pour effleurer mon cou de ses lèvres et de sa langue.

– C'est tellement bon, lui susurré-je entre deux gémissements.

Il attrape une de mes jambes pour la passer derrière son dos. Je répète le geste avec la seconde pour qu'il puisse s'enfoncer en moi encore plus. Je noue mes bras autour de son cou et viens taquiner sa langue avec la mienne.

Nos respirations et le claquement de nos deux corps sont désormais les uniques sons qui résonnent dans la pièce. Chacun se laisse guider par le désir de l'autre.

Matthew glisse une main dans mon dos et me redresse en basculant lui-même sur les genoux, sans jamais quitter mon corps.

– Viens sur moi, m'ordonne-t-il d'une façon si sexy qu'un orgasme menace de me terrasser sur-le-champ.

Au milieu de son lit, il reste assis tandis que je me déhanche sur lui. Mon clitoris frotte contre son pubis, m'ôtant mes dernières retenues. Sa main se noue dans ma longue chevelure et tire légèrement dessus pour lui offrir ma poitrine à hauteur de sa bouche. Il lape la pointe de mes seins tandis que j'accélère encore le rythme.

Je me sens monter vers le paradis. C'est fulgurant et délicieux. Mais Matthew m'emmène encore plus haut en posant sa main libre sous mes fesses pour guider mon corps contre le sien et nous procurer encore plus de plaisir.

Mes cris se mélangent à ses râles de délectation. Je suis prise de tremblements face à l'intensité du courant qui traverse mon corps.

Ma tête, devenue bien trop lourde, bascule sur son épaule. Mes bras aussi ont du mal à rester accrochés à ses épaules après cet orgasme dévastateur. Il était si long que j'en ai peut-être même eu deux.

Matthew resserre son étreinte autour de moi et, avec précaution, il se retire et enlève le préservatif. Je m'écroule sur un oreiller et mes paupières se ferment. Je sens son corps se coller au mien. J'entremêle nos doigts et me cale un peu mieux contre lui.

Non seulement il vient d'effacer la dernière fois que j'ai fait l'amour avec Sam, mais également toutes mes fois précédentes, tous partenaires confondus. C'est un véritable tsunami qui m'a déferlé dessus, m'emportant dans une houle de plaisir d'une intensité qui m'était encore inconnue.

– Je te laisse une petite heure pour te reposer, me murmure-t-il à l'oreille. Je n'en ai pas fini avec toi, Chicago.

Je souris sans avoir la force de formuler une réponse. Je m'assoupis en espérant juste qu'il n'en aura jamais terminé avec moi.

CHAPITRE 30

MATTHEW TROXLER

Li est assise dans mon canapé, les jambes sous les fesses, une tasse de café à la main. Elle porte un de mes tee-shirts et écoute attentivement le journal télévisé. J'ai toujours imaginé que me réveiller aux côtés d'une nana et devoir continuer à entretenir la conversation sans savoir comment la déloger de chez moi me ferait flipper. Je me surprends à n'avoir qu'une idée en tête avec Li : nous enfermer ici à double tour et ne plus jamais sortir. Profiter de son corps jusqu'à ce que nous soyons à bout de force.

Notre entente dans la vie s'est confirmée au lit. J'étais loin d'imaginer qu'elle était aussi à l'aise de ce côté-là. Une fois dans l'intimité, elle est différente. Docile par moments, dominante à d'autres, généreuse et explosive. Elle a tout pour me plaire. Dire qu'à cause de mes peurs elle aurait pu me filer entre les doigts.

Elle doit sentir mon regard sur elle, car elle tourne la tête dans ma direction. Ses sourcils se froncent et je comprends qu'elle craint ce qui va arriver maintenant. J'esquisse un sourire pour la détendre, mais je perçois toujours le trouble dans ses si jolis yeux en amande. En caleçon, je la rejoins et m'assieds à ses côtés. Je passe un bras autour de ses épaules et colle son corps contre mon flanc. J'attrape son menton pour incliner son visage vers le mien et l'embrasser. Je garde ma main contre sa joue pour la rassurer.

– Efface-moi cet air incertain de tes yeux, Chicago.

Elle me sourit puis se pince les lèvres, signe de nervosité chez elle. Je dois la rassurer sur la suite de cette nuit extraordinaire, sans promettre ce que j'ignore encore être capable de donner ou pas.

– Toi et moi, ce n'était pas juste comme ça, tu le sais ?

– Je l'espère, en tout cas, m'avoue-t-elle, un peu hésitante.

Elle a besoin de stabilité là où je crains l'engagement, mais on devrait être en mesure de trouver un juste milieu.

– On sait mieux que personne ce que chacun attend d'une relation. Tu m'as permis de percevoir l'image que j'avais d'un couple d'une autre façon. Et il n'y a qu'avec toi que j'ai envie de tenter l'aventure. Je veux te faire l'amour encore et encore. J'ai envie de te faire découvrir mes passions et les endroits que j'aime. Je ne peux pas te promettre tout un tas de trucs sur l'avenir, mais je veux explorer ce que l'on a à vivre ensemble, saisir la chance que j'ai d'avoir rencontré une femme comme toi. Ça ne s'arrête pas à aujourd'hui entre nous. Enfin, si tu es d'accord, évidemment.

– C'est tout ce que j'avais besoin d'entendre, me dit-elle en logeant son visage dans mon cou.

– Je vais devoir aller au cours de surf dont je t'ai parlé hier par texto. J'initie un groupe de six enfants, ça te dit de te joindre à nous ? Tu as prouvé hier soir que tu savais nager.

– Je vais me taper la honte si les gamins sont meilleurs que moi.

– Tes jambes divines ne seraient pas capables de tenir l'équilibre sur une planche ?

– Avant cette nuit peut-être, mais là, elles n'ont plus de force.

– Dans ce cas, j'expliquerai aux gosses que tu as trop fait de folies de ton corps pour réussir.

– T'es con ! s'exclame-t-elle en riant. Mais c'est d'accord, je veux bien tenter cette nouvelle folie avec toi. Interdiction de te plaindre du résultat, en revanche !

J'admire le galbe de son postérieur tandis qu'elle retourne dans la chambre.

Je bois mon café et je crois ne jamais m'être senti aussi serein. Elle réapparaît après avoir enfilé sa robe, les cheveux nattés.

– Je vais rentrer chez moi pour me doucher. On se retrouve à la plage ?

– Tu peux utiliser ma salle de bain, tu sais ?

– Oui… Mais j'ai besoin de vêtements de rechange. Et j'aimerais éviter de passer ma journée dans un short de sauveteur, plaisante-t-elle.

Je me lève pour la rejoindre dans l'entrée de mon appartement. Elle noue ses bras autour de mon cou et m'embrasse un peu trop rapidement à mon goût. Li est en passe de devenir comme une drogue.

– Rendez-vous chez toi dans trente minutes pour un départ à la plage Will Rogers ? lui demandé-je.

– Ça marche !

Elle dépose un dernier baiser chaste sur mes lèvres avant d'ouvrir la porte de mon appartement. Évidemment, Chelsea est en train d'arroser les plantes de notre palier. Elle nous salue en souriant mais ne se permet aucune remarque. Li rougit en lui répondant et ne s'attarde pas. Je reste là le temps qu'elle descende les marches. Je n'avais pas envie de la voir partir.

Je décide de filer sous la douche, moi aussi, même si j'aime sentir son odeur sur moi.

Après m'être séché, je passe un tee-shirt et saute dans un short. J'attache négligemment mes cheveux dans un bun et enfile mes baskets. Mon portefeuille et mes clefs dans une poche, je prends le chemin de l'appartement de Li.

Sean et son frère Scott semblent attendre le reste de la famille près du portail d'entrée de Palisades Park. Ils sont habillés de façon élégante pour aller à la messe, comme tous les dimanches.

– Alors Matthew, la nuit a été bonne ? ose me demander l'aîné.

Le respect est mort ou je rêve ?

– Fais attention à ce que tu dis et pense à te faire pardonner tes péchés d'hier soir ! lui rétorqué-je alors que sa mère sort justement de leur immeuble, suivie de ses frères et sœurs.

– Qu'a-t-il fait hier soir qui nécessite la bénédiction de Dieu ? s'exclame tout de suite Sharon, un brin paniquée.

Je lui offre mon plus beau sourire et la laisse se débrouiller avec son fils. *Ça lui apprendra à l'ouvrir, à ce petit con.*

La croiser me rappelle que je n'ai pas résolu mon enquête du colis mystère. Il faudra que je pense à la cuisiner à ce sujet, à l'occasion. Avec Sue, il ne nous reste plus qu'elle, Luisa et la mère de Summer comme suspectes.

Lorsque Li m'ouvre sa porte, un grand sac en tissu sous le bras, ses cheveux noirs sont encore humides et elle porte une tenue plus décontractée. Plus de traces de maquillage sous les yeux, elle est au naturel et je dois me refréner pour ne pas la porter jusqu'à son lit sur-le-champ et lui montrer l'effet qu'elle a sur moi.

CHAPITRE 31

LI FALL

Le surf et moi, ça fait deux. C'est une évidence après ce cours catastrophique. J'y ai mis toute ma bonne volonté, mais impossible de rester debout sur la planche. Je suis tombée un nombre incalculable de fois sous les rires des enfants, qui ont réussi dès leur troisième ou quatrième tentative. Je crois que je vais m'en tenir à nager, ça sera déjà très bien pour profiter de l'océan.

Je sors des vestiaires du club, où j'ai pu me sécher et me rhabiller. Matthew et les jeunes participants sont déjà installés autour d'une table garnie de boissons, de chips et de petits sandwichs.

Pendant ce cours, j'ai découvert Matthew sous un nouveau jour. Dans son rôle de professionnel, il est encore plus craquant que lorsqu'il joue le mec arrogant. Il s'est montré attentif, prévenant, et son envie de partager son savoir a fait fondre un peu plus mon petit cœur.

Les gamins l'adorent et l'ont écouté comme s'il prêchait la parole divine. Même Hayden, l'enfant terrible de Victoria et Liam, s'est montré attentif et calme tout au long du cours. Matthew m'a expliqué qu'il était contraint de s'entraîner au base-ball, comme son père, mais qu'il était parvenu à négocier pour que le petit puisse aussi apprendre le surf, après avoir découvert qu'il en avait très envie. Et le fait qu'il se soucie du bonheur d'un gosse un peu turbulent n'a fait qu'accroître mes sentiments à son égard.

– Tu reviendras dimanche prochain, Li ? me demande une des jeunes pratiquantes.

– Je reviendrai voir vos progrès, mais je crois que la combinaison en néoprène n'est pas faite pour moi.

– Ma grande sœur aussi est nulle, tu sais, mais elle s'en fiche, elle continue.

Merci pour l'encouragement…

– Elle a beaucoup de mérite, tu la féliciteras.

Je fusille Matthew du regard, il se marre à quelques pas de là tout en versant du soda dans des gobelets. Ma réaction ne fait que renforcer son hilarité.

J'attrape un en-cas et le mange. Après toutes ces chutes, je l'ai bien mérité. Matthew se rapproche et me tend un gobelet avec du jus de fruits.

– Tu sais, je pense qu'à raison d'une séance par semaine pendant environ un an, tu devrais parvenir à prendre une vague.

Je le frappe à l'abdomen en tâchant d'être discrète. Il n'est pas question que les gosses remarquent que nous nous taquinons. Ils ne sont pas là pour assister à ce genre de spectacle.

Les parents ne tardent pas à arriver pour récupérer leur progéniture. Les enfants me disent tous au revoir et je comprends pourquoi Matthew aime travailler ici. Je suis certaine qu'il passe toujours un agréable moment en leur compagnie. Loin de nos soucis d'adultes.

– J'ai encore des trucs à ranger et quelques papiers à compléter avant de rentrer, me prévient mon moniteur de surf personnel. Je te rejoins tout à l'heure chez toi ?

– Je peux aussi aller nous commander une pizza et on se retrouve à midi sur la plage pour la manger ? J'ai encore envie de profiter du soleil avant de repartir pour une semaine de travail, enfermée au salon, lui expliqué-je.

– Qui mieux que moi pour comprendre ça ? me répond-il, tout sourire. Rendez-vous dans une heure ?

– Parfait.

– On se retrouve près de la tour de surveillance 13.

– Je prends une pizza au pepperoni, ça te va ?

– Attention, Chicago, me prévient-il en prenant un air sérieux. Tu vas devoir retenir cette information cruciale si tu veux que ça dure entre nous, ma pizza, c'est et ça sera toujours une hawaïenne.

– Tu plaisantes, j'espère ! C'est un crime de mettre de l'ananas sur une pizza ! Quand je pense que tu oses critiquer mes chips au vinaigre !

– Je suis désolé, mais tu admettras que c'est ma seule imperfection…

– C'est bizarre, moi j'en ai déjà une liste longue comme le bras ! raillé-je en lui volant un baiser avant de filer.

Lorsque Matthew me rejoint comme convenu, il a pensé à emprunter un grand drap de bain pour nous installer sur le sable. Son sourire XXL alors qu'il s'approche de moi me rend fébrile. Ce garçon a le pouvoir de me briser le cœur. C'est la seule chose à laquelle je pense en le regardant arriver.

Les quelques femmes présentes ne se gênent pas pour le détailler et le fait qu'il en salue certaines n'arrange rien à mon état. Matthew est un enfant de Santa Monica et il connaît beaucoup de monde. C'est également un coureur de jupons. Je me demande quel pourcentage de la population féminine de cette ville n'a pas terminé dans son lit. Il va me falloir apprendre à canaliser ce sentiment si je ne veux pas saboter nos chances sur le long terme.

– Hé bien ! Tu as l'air ravie de me voir, me lance-t-il avec un soupçon d'inquiétude dans la voix.

– J'étais perdue dans mes pensées, pardon.

Une fois la grande serviette en place, nous nous asseyons et Matthew s'occupe de nous servir à boire des sodas pendant que j'ouvre les deux boîtes de pizza.

– Une hawaïenne pour monsieur, dis-je en esquissant une grimace.

Il mord dedans avec délectation, m'arrachant un sourire.

– Tu as beaucoup de boulot, la semaine prochaine ? me demande-t-il entre deux bouchées.

– Surtout en fin de semaine. Je termine tard jeudi et vendredi. Samedi, la journée est complète. Mais demain, j'ouvre alors que je n'ai aucun rendez-vous.

– Pourquoi tu n'en profites pas pour te reposer ou venir te baigner ?

– Pour montrer que je suis là, que l'activité a démarré. Et puis j'ai toujours un tas de trucs à faire : de la compta, alimenter mes réseaux, du rangement.

– Tu aimes que tout soit ordonné, hein, me charrie-t-il.

– Je me sens mieux quand tout est à sa place. De plus, je ne suis pas certaine de garder mes clients si le salon n'est pas *clean* quand ils viennent.

– Tu as raison. Notre petit tour des commerçants t'a été bénéfique ?

– Oui ! La patronne de la parfumerie m'a envoyé pas mal de clientes potentielles. Je compte passer faire quelques achats dans sa boutique pour la remercier.

– Tu n'es pas obligée, m'assure-t-il. Elle l'a fait de bon cœur.

– Je sais, mais j'ai envie de rapporter des cadeaux à mes parents quand je rentrerai à Chicago, donc autant les prendre chez elle.

– Tu pars quand, exactement ?

– Le 13. Vendredi.

– Oh ! C'est bientôt !

– Oui, et je rentrerai le 15 dans la journée. Je n'ai pas encore regardé les horaires des vols.

– Je ne travaille pas, le vendredi. Je pourrai t'emmener à l'aéroport, si tu veux.

– Je comptais prendre un taxi, mais si tu te proposes de jouer au chauffeur, j'accepte.

– Je peux te proposer plein de jeux de rôle, si tu aimes ça, me taquine-t-il avant de pousser nos cartons de nourriture pour me faire basculer sur le dos et m'embrasser.

CHAPITRE 32

MATTHEW TROXLER

– Depuis quand tu manges des gaufres sucrées ? m'interroge Jimmy, du *Jinky's Café*.

– C'est tout récent, réponds-je avec un sourire énigmatique. Tu me la fais à emporter, s'il te plaît.

– Il y a une femme là-dessous, j'en mettrais ma main à couper, s'esclaffe-t-il en préparant une de ses spécialités.

Depuis le temps que je viens acheter à manger ici entre mes gardes, il est plus habitué à ce que je lui commande des frites qu'une pâtisserie.

Ma journée de surveillance est terminée et j'ai pris rendez-vous pour un massage au salon de Li sous un faux nom, via son planning en ligne. Je compte bien la surprendre en lui apportant un goûter pour l'aider à reprendre de l'énergie.

Je l'ai retenue au lit ce matin pour profiter de son corps et elle n'a même pas eu le temps d'avaler une tasse de café avant de filer. Je sais qu'elle avait une journée chargée, alors ça lui permettra de souffler un peu.

Jimmy dépose la gaufre garnie de morceaux de banane, de coulis de chocolat et de chantilly dans une boîte. Je paie ce que je lui dois, en laissant comme toujours un pourboire.

– Viens manger avec l'heureuse élue un de ces soirs, me lance-t-il alors que je quitte l'établissement.

Je ris et le salue à travers la vitre. *Quel emmerdeur celui-là !*

Lorsque j'arrive au salon de Li, une femme en sort. Je lui laisse la priorité avant de pénétrer dans les lieux.

– Matthew ? s'étonne Li en me voyant.

– À ton humble service, déclaré-je en lui tendant la boîte du *Jinky's Café*.

Elle sourit en l'ouvrant et ses yeux se régalent par avance.

– Tu m'as bien dit adorer le mélange choco-banane ?

– Oui, mais je ne sais pas comment je vais parvenir à manger tout ça avant mon rendez-vous suivant.

– Je suis John Belushi.

– Comment tu connais le nom de mon prochain client ?

– C'est moi qui ai pris ce rendez-vous. J'étais certain que tu pourrais prendre une pause, comme ça. C'est pour me rattraper de ce petit déjeuner loupé ce matin.

Ses lèvres se tordent dans une mimique adorable.

– Ça ne m'a pas dérangée tant que ça… rit-elle avant de croquer dans sa gaufre et de se retrouver avec de la chantilly autour de la bouche. C'est quoi ce nom bizarre ?

– John Belushi, voyons ! C'est l'acteur principal de *1941*, le premier film de Steven Spielberg tourné à Santa Monica. Je me note que ta culture cinématographique est à revoir.

Elle lève les yeux au ciel, car elle est dans l'incapacité de me répondre tout en dégustant son goûter. Les petits bruits qu'elle émet en savourant sa gaufre sont carrément excitants.

– Tu as fini de travailler ? me demande-t-elle en prenant sa dernière bouchée.

– Oui ! Je vais sûrement aller courir avant de rentrer.

– Viens, me dit-elle en sortant de derrière son bureau. Il reste encore quarante-cinq minutes sur le créneau que tu as pris, je vais te masser.

– C'est gentil, mais j'ai vraiment fait ça pour que tu te poses un peu.

– Je vais perdre le rythme et me traîner avec les derniers clients. Ramène tes fesses derrière ce paravent et déshabille-toi !

– Si tu continues à me parler comme ça, tu ne vas pas faire que me masser, Chicago !

– La ferme et installe-toi ! m'ordonne-t-elle en riant.

Je retire mon tee-shirt et m'allonge sur la table recouverte d'une serviette.

Ce coin détente nous plonge dans une ambiance tamisée où flotte une agréable odeur de fleurs. Une musique envoûtante retentit.

J'entends Li ouvrir puis fermer la porte d'un petit meuble à ma droite. Elle frotte ses mains et les pose ensuite sur mes épaules. Une impression de chaleur, sûrement due à de l'huile chaude, décontracte instantanément mes muscles. Je ferme les yeux et me laisse aller.

Elle appuie à des endroits stratégiques sur mes trapèzes, le long de ma colonne vertébrale puis dans le creux de mes reins. Ses doigts remontent et descendent sur mon dos dans une chorégraphie millimétrée. C'est divin.

Je ne saurais dire au bout de combien de temps, elle murmure d'une voix faible :

– Tourne-toi, maintenant.

Docile, je m'exécute. Elle s'attelle alors à masser mes clavicules, mon thorax et mes côtes. Je ne pensais pas avoir besoin d'un massage de ce type, mais j'en ressens les bienfaits. Je pourrais rester là, entre ses mains expertes, des heures durant.

Une pointe de jalousie me traverse quand je songe à tous les hommes qui doivent eux aussi apprécier ses massages.

– Tu as beaucoup d'hommes qui viennent ?

Elle soupire avant même que j'aie fini de poser ma question.

– Ne joue pas le macho, par pitié !

– Moi ? m'insurgé-je faussement. Jamais. Je m'intéresse juste à ton activité. Ça ne me dérange pas du tout que tu touches plein de mecs au cours d'une journée.

– Et moi que tu aies sous les yeux des nanas en monokini qui te font les yeux doux.

Nos regards se croisent et nous rions ensemble.

– Un partout, Chicago.

– Et puis tu seras ravi de savoir que tu es le seul sur lequel mes mains s'égarent.

Elle joint le geste à la parole et faufile ses doigts sous l'élastique de mon boxer. Elle libère mon érection afin de se faciliter l'accès. Mes paupières se referment au moment où ses lèvres le font autour de mon gland. J'atterris dans une dimension parallèle où mon corps est aussi léger qu'une plume. Sa langue parcourt mon sexe sur toute sa longueur et joue avec son extrémité tandis que sa main s'active toujours dessus. Elle me reprend en bouche un peu plus loin chaque fois.

– Oh putain ! sifflé-je, incapable de bouger tellement je suis sur un fil.

Elle est bien trop douée pour que je tienne longtemps et, en même temps, je voudrais que ça dure encore.

Li pressent mon orgasme et se retire pour me faire jouir entre ses doigts. Son air satisfait me comble lorsque je parviens à ouvrir les yeux.

– Y'a plutôt intérêt à ce que je sois le seul à avoir droit à des finitions si exceptionnelles, m'exclamé-je en l'attirant à moi pour l'embrasser avec passion.

Elle finit par se redresser et va se laver les mains.

Après un gros effort mental, je me relève. Je n'ai aucune envie de la quitter, là tout de suite. J'aimerais la coucher à mon tour sur cette table.

Dans la poche de mon short, j'attrape le préservatif que j'avais apporté au cas où. *On n'est jamais trop prudent.*

– Il reste combien de temps avant l'arrivée de ton prochain rendez-vous ? lui posé-je la question, avec un ton destiné à lui laisser deviner mes intentions.

– Oh non, tu oublies ! J'ai à peine dix minutes pour aérer un peu avant qu'il n'arrive.

– Il ?

– Le rendez-vous, me gronde-t-elle, sans toutefois m'en dire plus, ce qui est légitime et bien fait pour mon côté macho.

Je m'approche d'elle et l'enlace par-derrière. Mes lèvres dévorent son cou avant que je lui murmure à l'oreille :

– Dix minutes, pari relevé !

Mes doigts s'activent dans la seconde pour remonter le tissu de sa robe longue jusqu'à sa taille. Je descends son tanga en dentelle jusqu'à ses chevilles et me positionne pour m'immiscer en elle alors qu'elle cambre le dos pour m'offrir un meilleur accès.

Un soupir nous échappe en même temps au premier va-et-vient. Le fait d'être pris par le temps et l'ambiance tamisée de son lieu de travail rend tout ça plus excitant.

J'accélère immédiatement la cadence et pose mes mains sur ses hanches pour l'aider à ne pas partir en avant, bien qu'elle se retienne au lavabo.

Je grogne tandis qu'elle halète, le souffle court. Bordel, je suis déjà prêt à venir, si vite après l'orgasme de sa fellation. Li m'envoûte et le sexe avec elle est bien plus torride que ce que j'ai pu connaître jusqu'ici.

Elle m'invite à y aller plus fort et plus vite entre deux gémissements. Je lâche la bride et me laisse guider par les envies qu'elle fait naître en moi. Je lui assène une tape sur la fesse droite.

– Putain, oui ! s'écrie-t-elle sans mesurer le volume sonore de sa voix qui résonne dans la pièce.

Je répète le geste sur celle de gauche. Cette fois, elle explose en scandant mon prénom et je me sens comme le roi du monde.

Je relâche et elle se tourne dans ma direction. Nos lèvres se dévorent et nous sommes prêts à nous laisser emporter à nouveau, mais le bruit de la porte de son salon qui s'ouvre se fait entendre.

Je me rhabille vite fait et remets de l'ordre dans mes cheveux. Elle en fait tout autant, mais clairement, ses yeux reflètent qu'elle vient de s'envoyer en l'air.

– Vingt heures chez moi, et garde cette petite blouse blanche, lui dis-je tout bas avant d'ouvrir le paravent et de saluer l'air de rien sa prochaine cliente.

CHAPITRE 33

MATTHEW TROXLER

– Putain, mec ! T'es devenu plus occupé que le gouverneur de Californie ! me charrie Derek.

– Ne le cite pas si t'es incapable de donner son nom, s'il te plaît, lui rétorqué-je, ce qui fait marrer Travis.

– Schwarzy, mon gars ! rétorque-t-il, fier de lui.

– Tu es désespérant, me lamenté-je. Rassure-moi, tu sais que ce n'est plus lui notre gouverneur ?

– Tout le monde n'a pas ta culture, monsieur le guide touristique ! me pique-t-il pour se défendre.

– Ne renchéris pas, sinon il va nous casser les couilles avec ça et je ne vais pas pouvoir profiter de ma bière tranquillement, me supplie presque notre officier de police.

Les mecs et moi avons eu du mal à nous trouver un moment pour décompresser autour d'un pack de six à cause de nos emplois du temps respectifs.

Je n'ai pas encore divulgué que j'ai rechigné à certaines propositions de soirées jeu vidéo pour les passer avec Li. Ils vont tellement me charrier à ce propos que je préfère repousser l'échéance. Voire ne rien dire du tout, si je parviens à y échapper.

Installé à la terrasse extérieure de la résidence, je me félicite encore d'avoir emménagé ici.

– Y'a plus eu de nouveaux incidents à la résidence depuis un moment, déclare Derek. Je suis soulagé, mais j'ai les boules qu'on ne sache peut-être jamais qui a foutu le bordel.

– Tant que ça s'arrête, c'est le plus important ! constaté-je.

– Mouais, répond-il, sceptique. Au fait, tu as trouvé à qui appartenait ce sex-toy, finalement, ou pas ?

– Non, toujours pas. J'ai un peu lâché l'affaire ces derniers temps, mais je laisse pas tomber. Je vais repartir en investigation. Quoi de neuf de votre côté ?

– Pourquoi tu as un sourire de con collé au visage ? me demande Derek au lieu de répondre.

OK. C'est raté pour ne pas évoquer le sujet Li ! Rien n'échappe à l'œil du pompier aguerri. J'opte pour une technique peu classe pour dévier son radar : lui offrir un scoop auquel il ne pourra pas résister.

– Qu'est-ce que tu foutais avec la miss aux fleurs, l'autre soir ? lancé-je à Travis.

– Tu veux dire la fois où elle t'a appris que c'était l'anniversaire de ma voisine du dessous et que tes yeux se sont illuminés comme ceux d'un amoureux transi ? rétorque-t-il.

Bien fait pour moi, je l'ai bien cherchée, celle-là...

– Putain, s'exclame Derek en recrachant un peu de sa bière. C'est quoi ces histoires ? Je n'arrive pas à croire que je suis le dernier au courant que vous avez conclu !

– Y'a rien avec Ava, contrecarre Travis.

– Mec, je ne connaissais même pas son prénom, donc tu as déjà parcouru plus de chemin que moi vers son lit, râle Derek, toujours très classe.

– Elle me paraissait plutôt proche de toi quand je vous ai croisés, argumenté-je pour le pousser à nous en dire davantage.

– Elle est atypique, cette fille, se contente-t-il de dire.

Nous le regardons de manière insistante pour qu'il développe.

– J'ai l'impression que plus je l'envoie promener, peu importe si j'emploie la méthode douce ou si je me transforme en connard du siècle, plus elle cherche à se rapprocher de moi. Rien ne parvient à ébranler son sourire et sa gaîté. Ça cache quelque chose.

– En d'autres mots, elle attise ta curiosité, le chambré-je.

– Y'a pas que ça qu'elle attise, si tu veux mon avis, me lance un Derek hilare.

– Qu'est-ce que tu peux être con, parfois ! grogne Travis en le fusillant du regard.

– C'est l'humour de caserne, ça, cherche pas, lancé-je à Travis pour asticoter Derek.

– Me faites pas croire que ça vole plus haut au centre de secours et au central !

Nous ne pouvons en effet pas le contredire sur ce point.

– En tout cas, c'était bien tenté, ta tactique d'orienter le sujet sur moi, mais il va falloir passer à table, toi aussi, me relance Travis. Alors, tu as rejoint la Chicago pour son anniversaire ?

– Vous connaissez même pas son prénom ou je rêve ?

– Accouche au lieu de gagner du temps ! s'impatiente Derek.

– Li, articulé-je exprès dans l'espoir qu'ils le retiennent, et moi avons commencé par nous entraider pour faire des rencontres sur Match&More.

– Depuis quand tu as besoin d'un coup de main ?

– Depuis que j'ai envie d'un peu plus qu'une partie de jambes en l'air.

– Oh putain ! T'as encore cette idée en tête ?

– La ferme, balance Travis à Derek.

– Bref, à force de se coacher l'un et l'autre, on a fini par se rapprocher.

– Et donc ? Tu vas nous annoncer que Matthew Troxler, le sauveteur le plus insaisissable de toute la jetée de Santa Monica, s'est rangé ?

– Pour l'instant en tout cas, confirmé-je sans m'avancer davantage. Je me laisse porter et je verrai bien où ça me mène.

– Merde, je n'arrive pas à y croire, s'étonne Derek.

– Remets-toi, hein ! Des millions de gens partagent leur nuit avec la même personne plus d'une fois.

– Mais pas toi ! Je vais être le seul enfoiré de notre bande, aux yeux de tous, maintenant.

– Tu l'étais déjà, se marre Travis.

Nous trinquons ensemble : Derek, fier de sa réputation sulfureuse ; Travis, sans nous en avoir révélé plus sur Ava ; et moi, en ayant pour la première fois de ma vie admis à demi-mot être en couple. Cette annonce me donne un peu la sensation d'abandonner une partie de cette liberté que j'affectionne tant, tout en étant tout de même satisfait que Li soit à l'origine de ce changement.

Nous finissons par nous quitter. Derek doit rendre visite à sa mère, et Travis, comme à son habitude, s'éclipse sans rien nous dire de ses plans.

Je remonte à mon appartement afin de passer une tenue plus appropriée qu'un short pour rendre visite à Granny. En garçon bien élevé, je mets un point d'honneur à toujours être habillé de façon correcte lorsque je me rends au *Serenity's Pacific Center*. Même si elle n'en a pas conscience, je sais que ma grand-mère serait contente de constater que son éducation n'a pas été vaine.

Je choisis un polo blanc d'une grande marque française de rugby dont j'adore le nœud papillon rose comme logo cousu sur chacune de leurs pièces.

Alors que je me donne un coup de peigne devant le miroir, le bip caractéristique de Match&More retentit sur mon téléphone. Je déverrouille l'écran et découvre plusieurs messages en attente. Je consulte uniquement celui que Li m'a envoyé.

Li : J'ai envie d'aller piquer une tête,
tu crois que mon sauveteur privé serait
disponible pour m'accompagner ?

Matthew : Ça aurait été avec plaisir,
mais je rends visite à Granny
cet après-midi.

Li : Ça marche. On se voit plus tard ?

Matthew : Bien sûr ! Je viens chez toi
dès que je rentre à Palisades Park.
Et ne va pas te baigner sans moi.

Li : Arrête-moi si je me trompe,
mais tu n'es pas le seul surveillant
de plage de la ville ?

Matthew : Non, mais je suis le seul
qui a le droit de te faire du bouche-
à-bouche, Chicago ! Donc pas de
petit tour dans l'eau sans moi. Je me
rattraperai avec un bain de minuit.

Li : Ça change tout ! J'accepte
de t'attendre, dans ce cas.

Matthew : Me voilà rassuré.
Je vais prévenir mes collègues
qu'ils peuvent souffler.

J'explose de rire quand elle me répond avec une flopée d'émoticônes au majeur en l'air. Je lis en diagonale les autres messages non lus. Il s'agit de premières prises de contact sans grand intérêt. Elles auraient suscité mon attention avant, mais pas aujourd'hui, quand je me sais attendu par ma discrète, mais non moins coquine, voisine.

Je quitte l'application sans plus m'y attarder en claquant la porte de mon appartement. En dévalant les escaliers, je décide de faire un crochet par chez Li pour l'embrasser avant de mettre les voiles.

Je traverse le jardin extérieur, en saluant Ethan et David d'un rapide signe de la main. Les amoureux font bronzette sur des matelas gonflables dans la piscine.

– Matthew, m'interpelle l'un d'eux, tu sais si ton pote Derek a un voisin de palier ?

– Je ne crois pas, non, l'appartement est vide. Pourquoi ?

– On vit juste au-dessus et en descendant tout à l'heure, j'ai cru voir la porte se refermer, m'explique Ethan.

– Je t'ai déjà dit d'arrêter les champignons hallucinogènes, ça ne te réussit pas ! le taquine David en l'éclaboussant.

– Peut-être que Roy a trouvé un acheteur, hasardé-je. Je demanderai à Derek s'il en sait plus.

– Ça marche ! Merci.

Je grimpe au premier étage du bâtiment Grant et frappe à la porte de Li. Elle m'ouvre, les cheveux attachés dans un chignon haut sur son crâne. Vêtue d'un microshort en coton avec un débardeur assorti, elle est la tentation incarnée.

– Il est déjà minuit ? me demande-t-elle, espiègle.

Je passe une main dans son dos pour la plaquer contre moi. Ma bouche vient cueillir la sienne dans un baiser possessif. Li me fait perdre tous mes repères. Elle me fait oublier à quel point j'ai toujours donné la priorité à mon indépendance.

Lorsque je la relâche, nos regards se croisent et je dois fournir un effort colossal pour ne pas claquer sa porte et nous enfermer ici pour tout l'après-midi.

– Ça te dirait de m'accompagner au centre médical ?

D'où ça sort, ça, putain ?

Li est une sorcière qui me donne envie de lui offrir un libre accès à toute mon existence. Et pour être tout à fait honnête, ça me fout les jetons de prendre conscience du pouvoir que ça lui donne sur ma personne.

Mais pour l'instant, je chasse ces pensées de mon esprit et je reste suspendu à ses lèvres en attendant sa réponse.

– Tu me laisses dix minutes pour me préparer ?

J'acquiesce d'un hochement de tête. Ça fait tout juste dix jours que Li et moi sommes passés à l'étape supérieure. Est-ce que je lui permets trop vite d'entrer dans ma vie privée ? Jusqu'à présent, je me suis laissé guider par mes émotions, sans me poser plus de questions. Mais peut-être que je devrais veiller à ne pas aller trop vite, car je ne sais pas si je suis capable de tenir le rythme et à quel moment ça deviendra trop pour moi.

CHAPITRE 34

LI FALL

L'institut dans lequel Matthew a placé sa grand-mère est accueillant. Lumineux, avec un grand patio central, il ne ressemble en rien à un hôpital.

Le personnel le salue lorsque nous arrivons. Certaines infirmières me détaillent avec un peu plus d'attention lorsqu'elles aperçoivent nos doigts entrelacés. C'est absurde, mais je suis plutôt satisfaite de marquer mon territoire auprès de ces dames. Surtout s'il s'habille de façon aussi canon à chacune de ses visites. Ce polo blanc fait ressortir son bronzage naturel et son short en jean met en valeur ses fesses musclées. J'ai bien cru qu'on finirait par ne pas sortir de chez moi lorsqu'il m'a embrassée contre la porte de mon appartement. Donc, avis à tout le personnel : Matthew est à moi et je ne compte pas le laisser filer.

Il nous guide jusqu'à la porte d'une chambre et frappe avant d'ouvrir.

– Granny ? lance-t-il pour s'assurer qu'il peut entrer.

– Oh ! Matthew ! J'ai cru que tu n'allais pas venir aujourd'hui.

– Jamais je ne te ferais faux bond.

– Tu es un peu en retard, c'est pour ça.

Je suis étonnée par cet échange. J'avais cru comprendre que sa grand-mère ne le reconnaissait plus, or elle semble très bien savoir qui il est.

– Je suis venu accompagné, aujourd'hui, j'espère que ça ne te dérange pas, lui précise-t-il d'un ton doux.

J'aurais l'air fin si elle râlait maintenant.

– Bonjour madame, la salué-je en pénétrant à mon tour dans la pièce. Je m'appelle Li.

– Tu es une des voisines de cet énergumène, je présume.

Je ne sais pas si je suis plus flattée qu'elle ait déjà entendu parler de moi ou vexée de n'avoir été visiblement qu'une voisine parmi d'autres lors de ces échanges.

– C'est ça.

– Tu vois, je ne fréquente pas que des grabataires, la taquine Matthew en sortant du placard un gilet appartenant à sa grand-mère.

– Tu m'en vois rassurée, lui répond-elle avec un grand sourire avant de se tourner vers moi. Si tu veux mon avis, il passe beaucoup trop de temps avec des vieilles dames, pour un jeune homme de son âge, reprend-elle à mon intention en s'asseyant au bord de son lit médicalisé. Il doit avoir bien mieux à faire que de venir rendre visite à des croûtons décrépis dans mon genre.

Matthew lui sourit en l'aidant à passer ses bras dans les manches du vêtement. Ses gestes sont prévenants et patients. Comment suis-je censée ralentir la course folle de mon cœur quand il se comporte ainsi ?

Nous sortons dans le jardin derrière le bâtiment. Sa grand-mère avance à pas lents et Matthew se cale sur son rythme, tout en lui tenant fermement le bras.

– Tu sais bien que je ne viens voir que toi, Granny, lui souffle-t-il comme pour tester ce dont elle se rappelle aujourd'hui.

– Et toutes les autres sont vertes de jalousie que j'aie ta préférence, glousse-t-elle comme une midinette. Certaines prétendent que tu es mon petit-fils et que c'est pour ça que tu passes autant de temps avec moi. Quelle bande de vipères !

Matthew affiche un sourire de circonstance, mais je vois qu'il lui coûte. Sa grand-mère se rappelle de lui, mais uniquement comme d'un jeune homme venant lui rendre régulièrement visite. Ça doit être tellement difficile de constater qu'elle a oublié l'amour qui les unissait.

– Dis-moi, elle n'est pas très bavarde ton amie, lance-t-elle à Matthew.

Je ris en l'entendant. Elle est plutôt cash, cette grand-mère ! J'aime ça.

– Li vient d'arriver à Santa Monica, lui apprend Matthew pour lancer un sujet de discussion. Elle habitait Chicago, avant.

– On n'a pas idée de vivre dans un État aussi froid !

– Il y fait beau durant l'été, les informé-je, amusée. Et la neige, c'est cool aussi.

– Alors pourquoi avoir quitté Chicago pour Santa Monica ? me questionne-t-elle avec une moue sceptique.

– Parce que j'avais besoin de changement. Et de me prouver que j'étais capable de mener ma barque toute seule, sans l'aide de mes parents, ou de qui que ce soit.

– Mais tu leur rends visite, à tes parents, de temps en temps ? cherche-t-elle à savoir comme si cela pouvait en dire long sur mes valeurs.

– Ce n'est pas évident car le voyage est long et coûte cher, mais je retourne à Chicago pour les voir dans deux jours, justement.

– Tu vois, Matthew, ça c'est une fille attentionnée, s'exclame-t-elle. Pas comme la mienne qui ne vient jamais me voir.

Ma peine s'intensifie quand j'entends Matthew défendre sa mère, décédée alors qu'il était si jeune. Les derniers souvenirs de sa grand-mère remontent à très loin, et il doit être douloureux pour Matthew de l'entendre se plaindre alors qu'il fait son maximum pour elle. Et ce y compris si elle ne se rend pas compte qu'il ne l'a pas laissée tomber.

Mon sauveteur garde la face et le sourire en faisant diversion. Nous arpentons les allées du parc extérieur pendant une bonne heure avant que sa grand-mère ne montre quelques signes de fatigue. Après que nous sommes rentrés, il l'aide à retirer son gilet avec les mêmes précautions que tout à l'heure et à s'installer à son aise dans son lit.

– Je vais vous laisser un peu tous les deux, dis-je doucement à Matthew. J'ai été très heureuse de vous rencontrer, ajouté-je à l'attention de sa grand-mère en serrant sa main dans la mienne.

Matthew m'adresse un hochement de tête discret, par lequel je comprends qu'il me remercie.

– Tu peux accompagner à nouveau ce jeune homme quand tu veux, me répond la vieille dame avec un clin d'œil.

Je lui souris une dernière fois avant de quitter la chambre. Mon regard se porte sur le patio et je ressens une sorte de mélancolie en songeant à la peine que doit avoir Matthew en voyant sa grand-mère oublier petit à petit tout ce qui les lie. Imaginer mon père ou ma mère atteint de cette maladie me fait monter les larmes aux yeux. J'espère que l'épreuve terrible de perdre un de mes proches m'arrivera le plus tard possible. Je n'ai pas encore les épaules assez larges pour affronter ce genre de drame.

Après un moment, Matthew réapparaît et me sourit. Lorsque nous nous installons dans sa voiture, j'attrape sa main pour l'empêcher de mettre le contact.

– Tu sais, tu n'as pas besoin de faire comme si tout allait bien avec moi.

Il baisse la tête et un soupir las lui échappe.

– Je ne sais même plus si je préfère quand elle se souvient de moi ou le contraire. Quand elle est lucide, elle est contrariée de ne plus être chez elle. Elle pense que son état n'est pas si grave.

Il marque une pause et inspire profondément avant de reprendre la parole.

– J'ai décidé de la placer après qu'elle s'est perdue une énième fois en ville. Avec Derek, on a mis plus de deux heures à la retrouver. Elle ne s'était jamais autant éloignée de la maison. Au fond de moi, je sais que j'ai fait le bon choix, mais peut-être que si elle était restée chez elle, là où elle a toujours vécu, elle parviendrait à mieux gérer ses pertes de mémoire.

– Je ne suis pas médecin pour juger de ça, mais je suis certaine que tu as pris la décision que tu pensais la meilleure pour elle. Elle est en sécurité, ici, entourée par une équipe de professionnels.

– J'aimerais qu'elle se souvienne une dernière fois de moi. Ne serait-ce que l'espace de quelques secondes. Juste pour avoir le temps de la remercier de tout ce qu'elle a fait pour moi et lui dire encore une fois à quel point je l'aime, me confie-t-il avec la voix tremblante.

– Elle le sait, le rassuré-je en plongeant mon regard dans le sien. Ou au moins, elle l'a su quand elle avait encore toute sa tête, et c'est ça le plus important. Et puis tu es parvenu à la faire s'attacher à toi même si elle ne sait plus que tu es son petit-fils.

Il esquisse un léger sourire et j'espère l'avoir rassuré.

J'essaie de lui changer les idées en me dévoilant à mon tour sur une partie de ma vie dont je parle peu en temps normal.

– Je me demande parfois si ma mère biologique pense à moi de temps en temps. Si elle regrette son geste, si elle se demande à quoi je ressemble, ce que je fais de ma vie. Ce qu'elle voudrait me dire si elle avait l'occasion de me parler.

– Et toi, qu'est-ce que tu lui dirais ?

– Qu'elle n'a pas à s'inquiéter. Que j'ai eu les parents dont tous les enfants rêveraient et que si je pouvais changer quelque chose à ma vie, ça ne serait pas de ne pas être abandonnée.

– Ça serait quoi ?

– Je ne vais pas te révéler tous mes secrets, Santa Monica ! botté-je en touche en riant.

Un léger sourire apparaît sur son visage.

– On a tous les deux des trous dans notre passé, constaté-je. Nous n'avons pas connu nos parents. Et ta grand-mère s'éloigne quand, moi, je me sens nostalgique à cause de la distance avec mes parents adoptifs. Même si ce n'est pas tout à fait comparable, je te l'accorde.

– Ne minimise pas ta peine avec moi, répète-t-il à peu près mes mots de tout à l'heure.

– Ce que j'essaie de te dire, c'est que c'est peut-être ce vécu qui nous rapproche.

Son regard me transperce et me donne l'impression de sonder mon âme. Je me sens mise à nu, comme s'il pouvait voir à quel point je suis déjà attachée à lui, malgré la retenue que je m'évertue à vouloir garder pour me protéger. De son côté, il cache bien son jeu, car j'ai du mal à discerner ce que reflète son visage.

Ses lèvres finissent par s'incurver dans un sourire carnassier. Comme à son habitude, quand les choses deviennent sérieuses, Matthew fait du Matthew. Il cherche à s'en sortir grâce à une pirouette pour ne pas se dévoiler.

– Un verre de vin chez moi pour oublier nos casseroles ? me propose-t-il en allumant le moteur de sa voiture.

Je lève les yeux et lui frappe le bras. Il attrape aussitôt ma main pour m'attirer à lui et m'embrasser. Il n'y a qu'avec son corps qu'il ne masque pas ses émotions. Je ressens tout ce qu'il se retient de dire à travers ce baiser. Il me laisse imaginer les mots, et il n'y a rien de plus effrayant que de me tromper dans leur signification.

– Je ne dis jamais non à un verre de vin, accepté-je cependant.

– Ce que tu voulais dire, c'est : je ne dis jamais non à Matthew Troxler, non ?

– Dans tes rêves ! Et tu as plutôt intérêt à avoir des chips au vinaigre.

CHAPITRE 35

MATTHEW TROXLER

Assis dans le canapé de Li, je dévore son cou tandis que mes mains pressent ses fesses divines. Son corps contre le mien, ses mouvements du bassin se font lascifs.

Nous sommes enfermés chez elle depuis hier. Elle a pu se permettre de rester car elle n'avait aucun rendez-vous prévu aujourd'hui au salon, ce qui la chagrinait. J'ai donc trouvé le meilleur moyen de la réconforter et de lui faire oublier ses soucis : nous alternons baise torride, micro-sieste et grignotage pour reprendre des forces. *La meilleure journée de ma vie.*

Dire que j'ai promis aux mecs de passer la soirée avec eux. Il va donc me falloir mettre fin à ces heures de pur bonheur.

Un coup frappé à la porte vient faire exploser de façon prématurée notre bulle d'intimité. Li se fige mais, d'un geste appuyé de la main, je lui intime de reprendre sa petite danse endiablée. Hors de question que nous n'allions pas jusqu'au bout.

Un second coup résonne.

– Ne t'arrête pas, murmuré-je au creux de l'oreille de ma partenaire en resserrant mon étreinte dans le creux de ses reins.

Au troisième coup, Li opte pour accélérer la cadence.

Nous tâchons d'être le moins bruyants possible, cependant j'ai bien du mal à retenir un râle puissant au moment de la délivrance. Je crois que la connexion entre nous devient encore meilleure au fur et à mesure que nous nous découvrons sur le plan sexuel. Si ça continue, je ne vais jamais pouvoir m'arrêter de lui sauter dessus.

Avec un sourire espiègle, Li se lève et enfile le peignoir en soie qu'elle portait il y a encore quelques minutes. En maugréant dans ma barbe, je me lève pour aller dans sa chambre afin de ne pas être vu lorsqu'elle ouvrira la porte aux emmerdeurs qui nous ont interrompus.

– On te dérange ? entends-je une voix féminine demander à Li alors que je referme le battant.

– Pas du tout, je m'apprêtais à prendre une douche. Qu'est-ce qui vous amène ?

– On a envie d'aller faire un tour de grande roue sur la jetée.

– Ça te dit de te joindre à nous ? lui propose une seconde femme.

Je parierais sur Ava et June. Une idée prend alors forme dans mon esprit. J'enfile mon boxer et mon short à la vitesse de l'éclair. Je perds quelques secondes à chercher où a échoué mon tee-shirt, puis je m'empresse de rejoindre Li sur le pas de sa porte.

J'avais vu juste, la fleuriste et la journaliste se tiennent bien face à moi.

– Hey ! salué-je nos voisines.

– Salut Matthew, s'exclame gaiement Ava.

Li porte sur moi un regard insistant que je mets du temps à décrypter. Ah merde ! Je suis encore torse nu. Je passe mon tee-shirt, non sans lui sourire de mon air le plus arrogant.

Ses deux copines se marrent en la voyant lever les yeux au ciel. Mimique qu'elle fait souvent lorsque nous sommes ensemble et qui la rend adorable.

– Je dois passer la soirée avec Derek et Travis. On pourrait se rendre à la fête foraine tous ensemble, non ?

– Super idée ! Évidemment qu'on est partantes, s'écrie Ava alors que June la fusille du regard.

– Parfait ! On se dit rendez-vous dans une heure près de la piscine ? demandé-je.

– Compte sur nous ! me répond-elle, tout sourire.

J'embrasse Li sur le coin des lèvres et lui envoie un clin d'œil avant de mettre les voiles.

Alors que je n'ai pas encore quitté l'immeuble, j'entends les filles crier et ordonner à Li de tout leur raconter.

Je souris en rentrant chez moi, même si je me rends compte que je viens en quelque sorte d'officialiser notre liaison. Et que je vais continuer à le faire en sortant avec Li et mes potes. Est-ce une bonne idée alors que je ne sais toujours pas véritablement jusqu'où je suis prêt à m'engager ? Pour l'instant, nous n'avons pas défini avec des mots précis ce que nous sommes. Nous savons juste que notre relation est exclusive. Pour le reste, on se laisse porter.

Quelques minutes avant que les filles rappliquent, je rejoins les mecs, attablés à la terrasse extérieure avec des bières, accompagnés de Nathan, le jeune papa, et de sa petite Isabella, qui gazouille dans sa poussette.

– Une petite virée, ça vous tente ? leur proposé-je comme s'ils avaient le choix.

– Je vote pour une tournée des bars, s'exclame Derek, déjà prêt à décoller.

– Je rêverais de vous accompagner, mais j'ai promis à Taylor qu'elle pourrait dormir six heures d'affilée cette nuit, soupire notre voisin en portant un regard bienveillant sur sa fille, malgré son manque de sommeil apparent.

– On remettra ça une prochaine fois, assure Travis en lui donnant une tape amicale sur l'épaule.

– En réalité, je pensais plus à aller faire un tour à la fête foraine, en bonne compagnie, précisé-je. Enfin, pas que tu sois de mauvaise compagnie,

Nathan. Mais j'avais une compagnie plus féminine en tête…

Il se marre.

– Je vois le plan. J'avais quoi ? Quatorze ans, peut-être quinze, la première fois que j'ai pris l'excuse de la grande roue pour être à l'abri des regards et pouvoir peloter tranquille la fille avec qui je sortais, nous raconte Derek.

– Ça te rappellera des souvenirs, comme ça !

Des rires nous parviennent avant que les filles n'apparaissent. Derek et Travis tournent leur regard vers l'origine du bruit.

– OK, je comprends mieux ton envie soudaine d'attractions, raille Derek en échangeant un regard complice avec Nathan et Travis.

– Je devrais peut-être profiter du silence qui s'annonce dans la résidence plutôt que de vous accompagner, lance June en détaillant mon pote.

– On enterre la hache de guerre pour ce soir, madame la paparazzi ? lui propose-t-il avec un sourire charmeur. Je te paie même une barbe à papa pour te prouver ma bonne foi, si tu veux.

– J'ai pas cinq ans, rétorque-t-elle. Mais une bière ne serait pas de refus.

– Tu sais, je crois qu'en réalité, toi et moi…

– Ne termine pas cette phrase, lui conseille-t-elle avec un regard de tueuse.

Nous rions tous, puis nous quittons Palisades Park après avoir salué Nathan.

Li a revêtu une petite jupe plissée avec un tee-shirt coloré qui fait ressortir son teint de porcelaine. Elle a natté ses cheveux noir de jais et je n'ai déjà qu'une hâte : les dénouer pour les sentir chatouiller mon torse alors que je serai enfoui en elle.

– On aurait pu proposer aux Roberts de se joindre à nous, nous lance June, à moitié sérieuse.

– Jamais de la vie ! s'écrie Li. Sue serait capable de nous claquer dans les doigts dans un manège à sensations.

– Rien que ne sache gérer notre charmant pompier ici présent, se moque la journaliste.

– J'étais certain que je te plaisais ! fanfaronne Derek face à son choix de mot.

Pour toute réponse, elle dresse son majeur dans sa direction. La pauvre, elle ne sait pas ce qu'elle vient de déclencher. Derek ne va pas la lâcher jusqu'à ce qu'elle avoue qu'il lui plaît.

Ava a passé un bras autour de celui de Li et elles déambulent quelques pas devant Travis et moi.

– Alors, ça en est où entre vous ? me questionne mon pote policier à propos de Li.

– Ça suit son cours.

– Tu ne vois qu'elle ?

– Ça paraît si incroyable ?

Son regard lourd de sens est éloquent.

– C'était la condition *sine qua non* si je voulais tenter quelque chose avec elle.

– Tu es donc prêt à changer vraiment pour elle ?

– C'est-à-dire ? le questionné-je, sans comprendre où il veut en venir.

– Tu ne pourras pas te débarrasser d'elle sans lui briser le cœur. Donc réfléchis bien à ce que tu souhaites si tu poursuis votre relation.

– Pourquoi tu me mets un coup de pression, là ?

– Parce que je vois bien qu'elle te plaît, et comme tu n'as pas l'habitude qu'une femme attende plus de toi que d'être un bon coup au pieu, j'attire juste ton attention sur le fait que tu ne peux pas te comporter avec elle comme tu le faisais avec les autres. Il y a pas mal de choses sur lesquelles tu vas devoir évoluer si tu veux que ça marche…

– Si j'ai cumulé les aventures jusqu'ici, c'est justement parce que je refuse de changer pour une fille. Ça ne va pas commencer avec Li. Et elle le sait.

– Si tu le dis…

Ce con me stresse avec ses remarques. Je poursuis ma progression vers la jetée en silence, perdu dans mes pensées.

Nous nous arrêtons devant un stand de bières et de hot-dogs, où Derek se charge de payer sa tournée. Nous trinquons tous ensemble avant de descendre une première gorgée.

– Qui est partant pour un tour de grande roue ? nous questionne June tandis que nous finissons nos gobelets.

Tout le monde est d'accord, nous nous insérons donc tous les six dans la file d'attente.

Je passe un bras autour des épaules de Li, et elle se hisse sur la pointe des pieds pour déposer un petit baiser sur mes lèvres. Nous montons dans une cabine tous les deux tandis que nos amis se serrent dans une autre, et nous commençons notre progression.

– J'imagine que tu es déjà souvent monté dessus ? cherche-t-elle à savoir alors que l'ascension débute.

– Surtout gamin et adolescent, ça fait un bon moment que je n'étais pas venu.

Les yeux de Li se posent partout autour d'elle. Elle s'extasie du spectacle.

– Matthew, faut vraiment qu'on sorte un peu du lit pour que tu me fasses visiter, me dit-elle en riant.

– Tu as raison, concédé-je, et puis, faire l'amour à l'extérieur, ça ajoute du piment, la taquiné-je.

– Tu n'es pas possible ! m'engueule-t-elle pour la forme. Tu crois que Travis nous ferait sortir de prison si ça arrivait ? me questionne-t-elle ensuite avec un sourire mutin.

– Il t'aiderait peut-être toi, en se disant que je t'ai pervertie, mais moi, il serait bien capable de m'enfoncer face au juge.

– Je n'aurais certainement pas les moyens de payer ta caution, mais, promis, je viendrais te rendre visite au parloir.

– Avec des tenues sexy ?

– On en revient à la partie où je disais que tu étais infernal, souffle-t-elle avant de m'embrasser.

Notre tour de grande roue prend fin. Nous sommes les premiers à descendre comme nous avons été les premiers à monter.

Un peu plus loin, je remarque Lindsay en train d'acheter une glace à un marchand. Difficile de la louper avec ses cheveux blonds et sa tenue plutôt légère. Nos regards se croisent et un sourire de prédatrice prend forme sur son visage. Elle est contente de me rencontrer ici vu que je suis parvenu à l'éviter depuis quelques jours lorsque je surveille la plage. De mon côté, je ne suis clairement pas ravi par la coïncidence.

– Matthew, s'écrie-t-elle avant même d'être à ma hauteur pour s'assurer que je ne m'échappe pas. Quelle agréable surprise de te voir !

– Salut Lindsay, lui réponds-je en me forçant à sourire.

– Je ne te vois pas en ce moment sur la plage, tu as changé tes horaires de surveillance ?

À côté de moi, Li croise les bras sur sa poitrine et son regard passe de l'esthéticienne à moi.

– J'étais occupé à gauche et à droite, ces derniers temps, botté-je en touche.

– Une habitude chez toi, tente-t-elle de plaisanter.

Li se tend imperceptiblement, je sens qu'elle hésite à se manifester. Elle n'en sait rien mais Lindsay ne mérite pas qu'elle s'attarde sur son cas.

– Je voulais te demander quelque chose, justement, me dit celle-ci en passant sa main manucurée sur mon avant-bras. Mon neveu de huit ans aimerait apprendre à surfer. Il me semble que tu donnes des cours, non ?

Lindsay a toujours été tactile. Je ne me formalise donc pas de son geste.

– En effet. Au centre de loisirs qui se trouve sur State Beach. Tu y trouveras les dossiers d'inscription.

– Mais je veux être certaine que tu sois son moniteur.

Même les personnes en haut de la grande roue ont dû entendre le souffle d'exaspération de Li.

– Tu le notes sur les papiers et on me remettra son dossier, précisé-je en reculant pour me mettre hors de sa portée.

– Parfait. Je sais qu'avec toi il sera entre de bonnes mains, termine-t-elle en agrippant la mienne avant d'abandonner la partie.

Li et elle s'affrontent du regard pendant quelques secondes. Le temps est comme suspendu. Si j'avais cru que voir deux nanas se battre pour moi serait sexy, je n'en suis plus si sûr. J'ai plutôt l'impression que ce serait le début de sacrées emmerdes.

Lindsay finit par claquer sa langue contre son palais avant de mettre les voiles. Les autres choisissent ce moment pour nous rejoindre, m'évitant de m'expliquer avec Li. Je n'ai aucune envie de lui révéler que j'ai fini par coucher avec Lindsay après avoir passé des mois à la repousser, juste parce que j'avais la flemme de chercher un autre plan.

Nous reprenons notre balade au milieu des attractions, mais je sens que Li est contrariée. Elle ne parle presque plus, sauf si elle y est obligée. Souvent poussée par Ava qui a un débit plutôt affolant. Je me doute que ce changement est dû à l'apparition de Lindsay, mais je suis incapable de changer mon passé. Je peux comprendre la jalousie de Li, mais je ne peux pas lui certifier que l'on ne tombera plus sur d'anciennes conquêtes à moi. Il y a de fortes chances pour que ça se reproduise.

CHAPITRE 36

LI FALL

– C'était qui cette fille ? me questionne June en nous mettant un peu à l'écart du groupe.

– Une esthéticienne qui est passée me rendre une petite visite au salon. Et on ne peut pas dire qu'elle ait été agréable. Elle me voit comme une concurrente pour son business.

Je retiens les injures dont j'ai envie de l'affubler. Je suis certaine qu'elle a couché avec Matthew. Ça crevait les yeux. Et vas-y que je te touche et que je sous-entends que tu as des mains qui savent y faire. Et moi, j'étais là, juste à côté, à faire de la figuration.

J'ai d'abord pensé à me manifester, mais il était hors de question de jouer à la fille qui marque son territoire. Selon moi, c'était à Matthew de lui faire remarquer qu'il n'était pas seul. Il ne l'a pas fait et j'en viens à me demander s'il se considère vraiment comme pris.

Ne pas la recadrer de façon claire me donne la sensation qu'il garde des prétendantes sous le coude en cas de besoin.

Je rumine depuis tout à l'heure et ça me rend folle.

– Et pour le titre de petite amie de Matthew aussi, maintenant, non ? ajoute-t-elle.

– Je ne crois pas que cette place existe, lui confié-je, le cœur serré.

– Ce n'est pas ce que tu es ? C'est l'impression que vous donnez, en tout cas.

– Je n'en sais rien, réponds-je en haussant les épaules. Les étiquettes ont tendance à le faire flipper.

– Quelle mauviette ! s'exclame-t-elle, m'arrachant un rire.

– On est juste convenus de se donner une chance et de voir où ça nous mène.

– Et tu aimes la direction que vous prenez ?

– Jusqu'ici, oui. Mais ce soir, j'aurais apprécié qu'il fasse quelque chose pour signaler à l'autre greluche qu'il n'était pas seul. Il ne m'a même pas présentée… conclus-je, dépitée.

– Je comprends. Mais tu sais, certains mecs ne sont pas très perspicaces.

– Oui…

Est-ce vraiment le cas de Matthew ?

– Ne laisse pas cette pimbêche te gâcher la soirée, me conseille-t-elle, sinon elle aura gagné. Je suis désolée, je dois te laisser, il faut que j'aille sauver Ava avant qu'elle ne décide de mettre fin à notre amitié.

– Elle discute avec Travis. Elle doit être contente puisque c'est censé être l'homme de sa vie…

– Tu commences à connaître Ava, soupire-t-elle. Rien n'est jamais aussi simple avec elle. Je te rassure, son horoscope du jour est bon, mais elle est indisposée. Donc, selon elle, si Travis l'embrassait, elle ne pourrait pas finir la nuit avec lui, ce qui serait un signe du destin prouvant qu'ils ne doivent pas être ensemble.

– Il faut donc éviter à tout prix ce premier baiser, conclus-je en cernant mieux Ava et ses idées farfelues à présent.

– C'est ça !

– File, alors, le devoir t'appelle !

June s'immisce entre Travis et Ava, puis se mêle à leur conversation. Le pauvre policier ne comprend rien à ce qui se passe.

Je retourne auprès de Matthew, bien décidée à ne pas ressasser plus longtemps. Cette Lindsay ne mérite pas que je lui accorde plus d'importance.

– Tu partages une barbe à papa avec moi ? proposé-je au sauveteur.

Je le sens soulagé de me voir esquisser un sourire. Même si cela va m'être difficile, je ne veux pas laisser ses ex ternir la relation que nous tissons petit à petit.

– Tu as intérêt à vite prendre ta part parce que j'adore ça, me taquine-t-il en entremêlant nos doigts.

– Est-ce qu'on vient de trouver un truc qu'on aime tous les deux ? Non parce qu'on partait assez mal avec ton histoire d'ananas sur la pizza.

Il me pousse pour la forme tout en passant à nouveau son bras autour de mes épaules.

– Je connais plein de trucs qu'on aime tous les deux, mais je ne pense pas que tu aies envie que je les énumère alors que nous sommes si proches des oreilles innocentes de nos amis, me provoque-t-il.

Je me mords la lèvre inférieure tandis que des images s'imposent dans mon esprit. Il comprend exactement à quoi je pense.

– Tu rougis, Chicago !

– Va m'acheter une barbe à papa au lieu de me donner envie de te sauter dessus ! lui ordonné-je en me dégageant de son étreinte pour calmer la chaleur qu'il a fait naître au creux de mon ventre.

Lorsque nous rentrons à Palisades Park, Derek et June semblent avoir réussi à trouver un terrain d'entente autour des nombreuses bières qu'ils ont bues. Le pompier doit même maintenir mon amie journaliste pour qu'elle ne trébuche pas tous les dix mètres. June n'aurait pas dû se mesurer à lui pour savoir lequel d'entre eux tenait le mieux l'alcool.

Arrivés dans le jardin commun, nous essayons de ne pas faire trop de bruit pour ne pas déranger les voisins à cette heure tardive. Nathan est là, il promène Isabella dans sa poussette et nous mime de garder le silence car la petite dort. Elle est toute mignonne, emmitouflée dans une couverture, tandis que son père est en pantoufles avec un tee-shirt sur lequel elle semble avoir régurgité.

– Je vous laisse, je dois être réveillée dans quelques heures à peine pour la livraison des fleurs au magasin, nous annonce Ava en prenant la poudre d'escampette après un dernier signe de la main.

June et moi pouffons face à la mine étonnée de Travis. Le pauvre : un coup, elle le poursuit avec assiduité, un autre, elle l'évite comme la peste. S'il tente de la suivre, il va vite avoir le tournis.

– Et moi, je vais aider cette jeune femme à monter jusqu'au premier étage sans se casser une jambe, nous indique Derek en passant un bras protecteur dans le dos de June.

– Si tu crois que je vais te laisser entrer chez moi, tu rêves ! lui répond-elle sans parvenir à articuler correctement tous les mots.

Travis se tourne vers Matthew et moi, puis fronce les sourcils.

– Je vous préviens, nous avertit-il, si vous allez chez Li, je ne veux rien entendre.

Je regarde Matthew et nous explosons de rire en même temps, avant de nous reprendre en voyant le regard menaçant de Nathan.

Les amis que je me suis faits ici sont déjantés, mais je les adore. J'avais peur de tout quitter à Chicago alors qu'une nouvelle vie si bien remplie m'attendait ici. J'ai sûrement pris la meilleure décision de mon existence en prenant le risque de m'installer à Santa Monica.

– Allons chez moi, me murmure Matthew. Je compte bien te faire crier un peu…

Je ne me fais pas prier et le suis. J'ai conscience que mon moment de jalousie un peu plus tôt est la preuve que je suis en train de tomber amoureuse de Matthew. Il est déjà trop tard pour faire machine arrière, mon cœur ne s'en remettrait pas.

CHAPITRE 37

LI FALL

Quand l'alarme de mon téléphone retentit, je l'éteins sans attendre. Je suis déjà réveillée depuis plusieurs heures, on ne peut donc pas dire qu'il soit très utile.

Après avoir passé une bonne partie de la nuit chez Matthew, comme je n'arrivais pas à m'endormir, je suis finalement rentrée chez moi. Allongée contre lui, j'écoutais sa respiration sans parvenir à ralentir le rythme de mon cœur.

J'ai peur. L'apparition de cette Lindsay m'a ouvert les yeux. Je ne me sens pas pleinement sereine avec Matthew. Peut-être aurait-il fini la soirée avec elle s'il n'y avait pas ce truc entre nous. Penser ça m'a permis de me rendre compte à quel point je me sens vulnérable dans notre relation. J'ai besoin qu'il s'engage de façon un peu plus officielle avec moi. La prochaine fois que nous croiserons une nana qui a réchauffé son lit, je veux me sentir légitime de signaler ma présence. J'ai besoin d'être rassurée et de savoir qu'il se fiche des autres.

Mon départ pour Chicago aujourd'hui n'arrange rien. Nous n'allons pas nous voir pendant trois jours. Loin des yeux, loin du cœur, dit l'adage. Encore faudrait-il que j'occupe une place dans le sien.

Sam m'a trompée sans vergogne alors même qu'il tenait à moi, j'en suis certaine. Qu'est-ce que cela présage avec un dragueur comme Matthew ? Toutes ces questions sont en train de me faire virer parano. J'aurais dû écouter mon instinct et rester loin de ce fichu sauveteur sexy.

La valise contenant les quelques affaires pour mon séjour est prête. Je n'avais que ça à faire à 3 heures du matin, tout en ruminant.

Je passe sous la douche en espérant m'éclaircir les idées. J'ignore si Matthew se rappelle m'avoir proposé de m'emmener à l'aéroport, ni même s'il a retenu l'horaire de mon vol. Au pire, s'il me fait faux bond, j'appellerai un taxi.

Je prends le temps de me maquiller pour ne pas avoir une mine fatiguée lorsque mes parents viendront me récupérer. Il n'y a que la perspective de les retrouver qui parvient à me faire sourire, ce matin.

J'enfile un chemisier et le rentre dans mon jean en choisissant l'une de mes ceintures préférées pour apporter un côté tendance à ma tenue.

Un coup retentit à la porte alors que je lasse mes baskets de ville.

– J’arrive, m’écrié-je en finissant de me préparer.

J’ouvre la porte et découvre Matthew sur le palier. *Il n’a pas oublié.*

– C’est aujourd’hui que tu m’abandonnes ? questionne-t-il en forçant ses traits boudeurs.

– Je ne savais pas si tu t’en souviendrais, avoué-je en le laissant entrer.

– Aussi fou que ça puisse paraître, je t’écoute quand tu parles, me taquine-t-il en attrapant ma valise. Tu as eu une insomnie, cette nuit ?

Il fait référence au petit mot que j’ai laissé sur sa table de chevet en partant en catimini. J’avais le choix entre cette excuse et lui avouer que j’étais en panique à cause notre relation. Pour un réveil moins brutal, j’ai penché pour la première option.

– Ça m’arrive de temps en temps.

– Tu aurais dû me réveiller, on se serait occupés ensemble.

– Ça fait quarante-huit heures qu’on ne fait que ça, le rabroué-je en refermant mon appartement derrière nous.

– Je ne vois pas où est le problème ! renchérit-il en m’empêchant d’avancer.

Ses lèvres se posent sur les miennes et les picorent de petits baisers légers avant que sa langue parte à la rencontre de la mienne. Cédant au délice de son assaut, je noue mes bras autour de son cou.

– Bonjour, murmure-t-il en caressant son nez contre le mien lorsque nos bouches se séparent.

Je suis tellement obnubilée par mes craintes que je n'ai même pas pensé à l'embrasser quand il est arrivé. Si ça continue, c'est moi qui vais tout faire foirer avec mes questionnements existentiels.

La porte de mes voisins s'ouvre et Luisa en sort, prête à se rendre au travail.

– Tu pars ? m'interroge-t-elle en voyant ma valise girly entre les mains de Matthew.

– Je vais passer trois jours chez mes parents, lui expliqué-je, descendant les marches à sa suite.

– Si tu as besoin que je passe chez toi pour arroser des plantes ou quoi que ce soit, tu n'hésites pas à me le dire.

– C'est adorable, merci, mais ça ira.

– Bon voyage, alors. Et profite bien de ta famille, ma belle.

– Merci et bonne journée, la salué-je alors que nous quittons Palisades Park.

Nous rejoignons le véhicule de Matthew et prenons la route de l'aéroport. Le trafic n'est pas encore saturé, nous y parvenons donc sans encombre.

Matthew se gare sur les places réservées au dépose-minute. Je pensais qu'il voudrait attendre avec moi jusqu'au moment de l'embarquement, mais il doit être pressé.

Nous sortons de la voiture et je tente de faire bonne figure malgré ma déception. Il saisit mon bagage dans le coffre et verrouille les portières.

Alors qu'il s'avance vers la porte d'entrée principale avec moi, je marque un temps d'arrêt.

– Tu sais que tu ne peux pas te garer là si tu comptes patienter avec moi ?

– Ouais, mais j'ai la flemme de tourner sur le parking à la recherche d'une place. Je prends donc le risque d'attraper une amende.

Je lève les yeux au ciel et lui emboîte le pas, secrètement ravie de m'être trompée sur ses intentions.

À l'intérieur de l'aéroport, il y a du monde partout. Le vacarme ambiant n'est pas des plus agréables. Par chance, l'attente à l'enregistrement n'est pas trop longue.

– Il reste une heure avant le début de l'embarquement, l'informé-je pour qu'il sache à quoi s'attendre.

– Je te proposerais bien une activité distrayante, mais tu as plus besoin d'un café, j'ai l'impression.

– Il t'arrive de penser à autre chose qu'au sexe ? lui demandé-je en le suivant jusqu'au Starbucks.

Il se marre sans me répondre, comprenant que ma question était rhétorique. J'opte pour un mocha et Matthew commande la même chose.

– Après la barbe à papa, la même boisson chaude ? lui fais-je remarquer avec un clin d'œil.

Il grimace alors que nous attendons nos gobelets.

– À vrai dire, je n'avais pas envie de passer dix minutes à lire les différentes suggestions pour finir par prendre un simple café.

Même quand je ne suis pas dans les meilleures dispositions, il parvient à me faire rire.

Le barista dépose nos préparations sur le comptoir. Mon prénom est orthographié avec un Y au lieu du I et Matthew n'a qu'un T et pas de H.

– Il n'y a que deux lettres dans ton prénom, et ils trouvent le moyen de se planter. Ils sont décidément très forts, plaisante-t-il en attrapant nos boissons. Je suis certain que les employés ont pour consigne de faire des fautes pour qu'on parle de la marque. C'est une idée marketing de génie.

Nous trouvons un endroit où nous installer, sur des sièges à peu près confortables, mais au beau milieu de l'agitation.

– Ce n'est pas dégueu, ton truc, s'exclame Matthew après quelques gorgées.

– Tu vois, tu devrais avoir confiance en mes goûts et réessayer les chips au vinaigre.

– Jamais, Chicago !

Nous rions, et je m'en veux de compliquer notre situation, mais je sais que je vais être incapable de monter dans cet avion sans avoir tenté de lui toucher un mot de mon mal-être.

J'étais certaine de mon plan quand il a pris forme dans mon esprit au lever du soleil, pourtant, là tout de suite, face à lui, je n'en mène pas large. Je sais que mon coup de bluff pourrait me retomber sur le coin de la figure.

– Tiens, lui dis-je en lui tendant le bout de papier que je gardais dans mon sac à main. C'est mon numéro de téléphone. Avec cette histoire d'application, je ne te l'avais toujours pas donné.

– C'est vrai que c'est un peu con de se contacter encore sur Match&More.

Exactement comme je l'espérais, il sort son portable et l'enregistre tout de suite. Je m'empresse de prendre le mien et le déverrouille.

– Tu ne pourras plus me joindre dessus, d'ailleurs, l'informé-je l'air de rien, sans le regarder. Je suis en train de supprimer l'application. Elle ne me sert plus à rien, après tout.

Je n'en mène pas large. Je tente de rester désinvolte en tournant mon visage vers le sien, mais ses yeux perçants m'empêchent de soutenir son regard. *OK, il a vu clair dans mon jeu.*

– J'ai bien enregistré ton numéro, finit-il par me répondre.

C'est plus fort que moi, je lorgne sur l'écran de son téléphone. Mon surnom « Chicago » figure désormais dans son répertoire.

Il range son portable dans la poche arrière de son short. Sans avoir effacé l'application de rencontre avec laquelle tout a commencé entre nous. Et avec laquelle tout finira peut-être aussi.

– On devrait se rapprocher de ta porte d'embarquement, déclare-t-il de manière détachée.

Je ne termine pas mon mocha, sous peine de le rendre aussitôt à cause de mon anxiété.

Nous n'avons pas beaucoup à marcher pour arriver là où nos routes se séparent.

– Tu rentres dans trois jours, c'est ça ? me questionne-t-il.

– Oui, dimanche dans l'après-midi.

– Je serai sûrement auprès de Granny, mais on se retrouve à la résidence.

Je ne l'ai encore jamais vu le visage si fermé. J'aimerais pouvoir remonter le temps et aborder la conversation autour de Match&More de façon différente.

– Bien sûr, me contenté-je de répondre, la gorge bien trop serrée pour m'exprimer sans dévoiler la tristesse qui m'assaille.

Matthew s'approche de moi et pose ses mains sur mes joues. Il m'embrasse sans passion et, après un dernier sourire, il s'en va. Il reste encore vingt minutes avant que je ne sois appelée, mais il faut croire que je lui ai fait passer l'envie d'attendre avec moi.

CHAPITRE 38

MATTHEW TROXLER

Avachi dans un fauteuil sur la terrasse de mon appartement, je fais tournoyer mon téléphone entre mes mains. Derek et Travis attendent que je parle. Je les ai appelés dès que je suis sorti de l'aéroport de Los Angeles.

Je ne suis pas certain que Derek me donne les meilleurs conseils possible, mais Travis a plus d'expérience que nous deux réunis en matière de relations prolongées. J'espère qu'il parviendra à comprendre la façon d'agir de ma voisine.

– Li m'a tendu un piège pour me faire supprimer l'application Match&More, énoncé-je alors que Derek s'apprête à râler de mon silence.

– Elle a utilisé un faux compte pour te contacter et tu es tombé dans le panneau ? me demande-t-il de préciser.

Je secoue la tête pour le détromper et leur explique ce qu'il s'est réellement passé.

– Je ne vois pas ce qui te pose un problème, lâche Derek. Tu nous as dit que tu ne voulais plus baiser une nana différente chaque soir. Tu as choisi ta charmante voisine pour remettre le couvert plusieurs fois, c'est donc que ça se passe plutôt bien sur ce plan-là entre vous. Alors ça te sert d'avoir encore l'application sur ton téléphone ?

Mon regard passe de Travis à lui. Son raisonnement se tient, je ne peux pas le nier.

– Merde alors, s'écrie Travis, j'aurais jamais cru dire ça, mais Derek n'a pas tort.

– Et puis, si ça finit mal avec Li, c'est vite réinstallé, ajoute le pompier.

– Pourquoi faut-il que tu gâches tout ? l'engueule le flic d'un ton désespéré.

Une espèce de rire de fond de gorge m'échappe, mais je ne suis pas d'humeur à plaisanter sur ce sujet.

– J'aurais voulu qu'elle m'en parle franchement. Li est plutôt directe habituellement, et c'est ce que j'apprécie chez elle. Je n'ai jamais eu besoin de décoder son comportement. Et là, j'ai la sensation qu'elle a voulu me manipuler pour parvenir à ses fins.

– Tout de suite les grands mots… soupire Travis. Il y a forcément une raison pour qu'elle ait mis ça sur le tapis.

– Elle vient de repartir à Chicago pour trois jours.

– Et vous êtes tombés sur miss Morte de faim hier quand on était à la grande roue.

– Mais je me contrefous de Lindsay, comme de toutes les autres.

– Mais est-ce que Li le sait ? m'interroge Travis.

– Elle sait que je ne me suis attaché à aucune des nanas de mon passé.

– Ce qui est très rassurant pour elle, c'est vrai… raille-t-il.

– Mais elle n'a rien à voir avec les autres, contré-je.

– Et tu lui as bien sûr dit ça ?

Travis me connaît bien, il me pousse dans mes retranchements.

– Tu sais quoi, mec, on n'est pas les meilleurs conseillers conjugaux qui puissent exister, intervient Derek. Si tu veux clarifier ce qui s'est passé dans la tête de ta meuf, tu ferais mieux de demander à June ou Ava.

– Le mieux, ce serait que tu en discutes avec elle, le coupe Travis. Elle n'a peut-être pas choisi la meilleure manière de te montrer qu'elle souhaite que vous supprimiez cette application, mais si tu veux donner une chance à votre relation, tu dois mettre ça à plat.

– Rappelez-moi pourquoi j'ai voulu arrêter les coups d'un soir ? demandé-je, contrarié. Toutes ces histoires, ça me prend la tête. Et c'est typiquement pour ça que je n'ai jamais voulu être en couple.

– C'est à toi de voir si, après votre rapprochement, tu es mieux avec ou sans elle.

– Tu parles en connaissance de cause ? questionné-je Travis, pour faire dévier la conversation sur lui et m'éviter d'analyser mes sentiments.

– Ce n'est pas de moi dont il est question, rétorque-t-il avec un clin d'œil sans tomber dans le panneau.

– Je pense que ces trois jours loin l'un de l'autre vont me permettre d'y voir plus clair. Depuis qu'on a commencé à se voir, on ne s'est pas lâchés. J'avais envie de la voir, mais c'était peut-être trop. J'aurais dû y aller plus doucement.

– Donc, si je suis ton cheminement, supprimer l'application, c'est aller trop vite entre vous…

Son ton est clairement moqueur.

– C'est symbolique ! Elle est installée, mais je ne l'utilise plus. Le fait de la supprimer signifierait que je quitte mon célibat pour me considérer officiellement en couple avec Li. C'est ça que je trouve prématuré. Je ne vois pas ce que ça change de mettre un mot précis sur ce qu'on est à partir du moment où on s'est mis d'accord tous les deux sur les conditions de notre relation.

– Vous avez établi des conditions ? s'étonne Derek.

– Rien de fou, lui assuré-je. Li a été trompée par son dernier mec et elle avait besoin d'être certaine que je n'irais pas voir ailleurs pendant qu'on débutait quelque chose tous les deux.

– Donc, Li a été trompée, et toi tu ne comprends pas ses angoisses par rapport à une application de rencontre que tu utilisais au quotidien pour trouver des coups d'un soir avant de te mettre avec elle ? m'engueule presque Travis. Putain, mais le soleil te tape trop fort sur la tête, pense à mettre une casquette quand tu bosses.

– Je n'ai pas à payer les pots cassés de son ex, contre-attaqué-je, vexé.

Travis s'apprête à me répondre, mais Derek le prend de court :

– On peut arrêter là l'analyse ? Y'a pas trente-six mille solutions de toute manière : Li revient dans trois jours, donc tu attends son retour et vous voyez ce que vous êtes prêts à accepter ou non pour l'autre.

Sur les paroles sensées – pour une fois – de Derek, je me lève pour aller nous chercher de nouvelles bières. Il va m'en falloir un certain nombre pour digérer mes soucis.

Si Li me met la pression, je ne suis pas certain d'être en mesure de la rassurer. Je ne suis pas un menteur, je ne lui promettrai rien dont je ne suis pas certain. Ça me fait chier parce que je suis bien avec elle : elle me fait rire, j'aime discuter avec elle et elle m'attire comme personne, mais si elle m'oblige à devoir mettre des mots sur ce que nous partageons, je pense qu'elle sera déçue.

Comme si elle avait senti que je parle d'elle, mon téléphone émet un bip et affiche un SMS de Li.

Li : Bien arrivée ;)

Ouais, je devrais profiter de ces trois jours pour déchiffrer ce que je ressens vraiment pour elle. Elle ne mérite pas que je la laisse dans l'incertitude. Il est peut-être préférable qu'on se laisse respirer pour cerner ce qui est le mieux pour nous. Je remets donc ma réponse à plus tard.

– Pour parler d'autre chose, dis-je à l'intention de Derek en revenant sur la terrasse, tu sais si l'appartement à côté du tien a trouvé preneur ?

– Aucune idée. Pourquoi ?

– Ethan m'a dit l'autre jour avoir vu la porte se refermer, mais on n'a croisé personne de nouveau à la résidence. Et Roy ne nous a pas prévenus d'une arrivée.

– Figure-toi qu'hier soir j'ai cru entendre le bruit de la télévision à travers le mur. Mais comme les volets sont toujours baissés, c'est bizarre.

– En rentrant de service, l'autre soir, il m'a semblé voir de la lumière entre les interstices des volets. J'ai mis ça sur le compte de la fatigue, mais maintenant que vous en parlez…

– Qui vivrait dans le noir H24 ? s'interroge notre pompier.

– Quelqu'un de louche, certifié-je.

– J'irai frapper à la porte tout à l'heure, nous informe Travis du ton avec lequel il s'adresse aux personnes qu'il arrête pour leur demander leurs papiers.

CHAPITRE 39

LI FALL

Je traîne ma valise à roulettes derrière moi d'un pas pressé. Lorsque j'aperçois mes parents dans l'espace d'arrivée des voyageurs, toute ma mélancolie s'envole le temps d'un instant. Je leur tombe dans les bras et nous restons ainsi tous les trois pendant de longues secondes.

– Vous m'avez tellement manqué ! leur confié-je une fois notre câlin terminé.

– Toi aussi, me répond mon père en prenant mon bagage.

Bras dessus, bras dessous, nous quittons le terminal de l'aéroport pour rejoindre le parking.

Au cours du trajet, je redécouvre cette ville qui m'a vue grandir. Il s'est passé un peu plus de deux mois depuis mon départ, mais tellement de choses ont changé depuis. Je suis partie le cœur brisé par Sam et j'ai la sensation de revenir dans le même état, mais à cause d'un autre garçon.

J'ai envoyé un message à Matthew alors que l'avion se posait sur le tarmac et il ne m'a pas encore répondu. Est-il en train de dresser des barrières entre nous parce qu'il a compris que nous n'avancions pas à la même vitesse ?

Arrivée devant la maison familiale, je me détends. Même si je suis heureuse à Santa Monica, ça me fait du bien d'être de retour ici. Une délicieuse odeur de pâtisserie m'accueille dès que je franchis le seuil de la porte. Ma mère a dû passer des heures à tout préparer pour mon anniversaire.

– Je monte tes affaires dans ta chambre, me prévient mon père.

Je le remercie et suis ma mère dans la cuisine.

– Tu as invité beaucoup de monde pour préparer autant de trucs à manger ? l'interrogé-je en voyant tous les plateaux de mignardises.

– Tes oncles et tes tantes, comme d'habitude… Et les parents de Sam m'ont prévenue qu'ils passeraient te saluer. Je ne savais pas trop si ça te dérangerait ou pas, se sent-elle obligée de se justifier.

– Il n'y a aucun problème, la rassuré-je. Je sais que vous êtes amis, c'est par votre intermédiaire qu'on s'est rencontrés avec Sam. Ce n'est pas leur faute si leur fils m'a trompée…

Ma mère attrape ma main et la serre pour me témoigner son soutien.

– On a beaucoup parlé de ton salon de massage à chaque appel, mais est-ce que tu t'es fait des amis à Santa Monica ? me demande-t-elle après quelques minutes, en me servant un café. J'espère que tu ne fais pas que travailler.

– Outre les deux voisines que tu as rencontrées lors de mon emménagement, il y a aussi deux autres jeunes femmes de mon âge. June est journaliste et Ava fleuriste. Il y a plusieurs familles aussi, avec des enfants d'à peu près tous les âges. Et niveau sécurité, on a une belle brochette qui vit dans la résidence avec un policier, un pompier et un sauveteur en mer.

Je passe sous silence les incidents qui sont survenus pour ne pas l'inquiéter.

– Je suis ravie d'apprendre que tu es aussi bien entourée. Tu ne risques pas grand-chose à Palisades Park.

Sauf que mes sentiments soient malmenés par l'un des résidents, pensé-je en mon for intérieur.

– Tu n'as pas à t'inquiéter, maman. Je suis très bien installée. Grâce au sauveteur en mer, je suis même allée nager dans l'océan !

– Eh bien ! Il doit avoir un sacré effet sur toi pour te faire accomplir cette prouesse, me taquine-t-elle en s'affairant à vider le lave-vaisselle.

– Très drôle ! J'ai surtout pris conscience que c'était ta phobie et pas la mienne, finalement.

– Peut-être, en effet. Mais, concernant ce sauveteur… poursuit-elle en arquant un sourcil sans me quitter des yeux.

– Quoi ?

– Une mère sent quand sa fille est amoureuse.

– Je ne suis pas amoureuse, m'exclamé-je un peu trop fortement pour être crédible.

– OK. Mais je vois dans tes yeux qu'il y a un garçon.

– N'importe quoi !

– Tu n'as jamais su me mentir, rit-elle.

– Ça, c'est ce que tu crois, rétorqué-je.

– N'essaie pas de te défiler, jeune fille ! Tu devais faire suffisamment confiance à ce sauveteur pour te baigner avec lui.

– Il s'appelle Matthew, avoué-je sans la faire mariner plus longtemps.

– Oublié Sam, alors ?

– Ah ! Ça je te confirme, oui. Et c'était déjà le cas avant de rencontrer Matthew, lui signalé-je. Avec le temps, j'ai compris que son infidélité m'a plus blessée que le fait de comprendre qu'il n'était pas vraiment amoureux de moi. C'est sa trahison qui a été difficile à digérer, pas de le perdre.

– Et avec ce garçon, c'est sérieux ?

– Vaste sujet, soufflé-je en posant mes coudes sur la table. Sur le papier, il est tout ce que je dois fuir.

– Laisse-moi imaginer : tout le cliché du sauveteur dans son short rouge sur la plage.

– Maman ! la coupé-je en riant. Matthew plaît, mais ce n'est pas tant le problème. Il a un passé plutôt chargé.

– En nombre de conquêtes, tu veux dire ?

Je hoche la tête en affichant une grimace.

– Il affectionne par-dessus tout sa liberté.

– On peut être libres à deux, déclare-t-elle.

– Il est heureux tout seul. Il n'a pas besoin de moi dans sa vie pour ça.

– Ouh là, je t'arrête tout de suite, me gronde ma mère en me pointant avec le couteau qu'elle vient de prendre pour beurrer des toasts. Je te retrouve bien là, ma fille ! Tu penses ça à cause de ton abandon. Tu gardes au fond de toi cette habitude de te sous-estimer et tu restes persuadée que tu n'es pas digne d'être aimée, mais tu as tort, Li.

– Il est sauveteur et je sais à peine nager, soufflé-je comme si ce détail prouvait que nous allons droit dans le mur.

– Ton père est bricoleur et je ne suis pas fichue de reconnaître un tournevis plat d'un cruciforme, ça ne nous empêche pas d'être mariés depuis bientôt trente ans.

– Vous êtes une exception.

– Je ne crois pas. Mais même si c'était le cas, pourquoi ne seriez-vous pas une exception vous aussi ? N'élabore pas le pire scénario. Tu pourrais être surprise par ce que ton avenir a à t'offrir.

Je grimace, pas convaincue par ses paroles.

– Autorise-toi à vivre ce que tu as à partager avec ce Matthew et, si c'est le bon, ça se fera naturellement. Il restera à tes côtés, tout comme nous.

Ma mère est si clairvoyante dès qu'il est question de moi. Elle connaît mes peurs les plus profondes, sans même que je les lui expose. Et ça a toujours été ainsi, d'aussi loin que je me souvienne. En m'adoptant, elle n'est pas devenue uniquement ma mère, mais aussi ma confidente. Son écoute, sa patience et son indulgence ont été mon socle pour me construire, alors je ferais bien de continuer à appliquer ses conseils. Même s'il est difficile pour moi de cerner ce que j'ai à apporter à Matthew. Qu'est-ce que je pourrais bien avoir de plus que toutes les autres femmes qui ont croisé sa route et n'ont pas retenu son attention ?

– Ne sabote pas ton histoire parce que tu sens que tu t'attaches et que tu crains qu'il ne te lâche en cours de route, d'accord ?

– Je vais voir ce que je peux faire…

Je déverrouille mon téléphone pour vérifier si Matthew m'a répondu. Un message non lu de sa part m'attend.

Matthew : Couvre-toi un peu plus
qu'à Santa Monica, je ne veux pas
te retrouver malade comme un chien
à cause du froid de Chicago.

Je pouffe, amusée, à cause de sa fixette sur la météo de la ville où j'ai grandi.

Ma mère croise mon regard et elle percute tout de suite qui est à l'origine de mon sourire. Cette discussion avec elle m'a ouvert les yeux et je dois être transparente avec Matthew. Il doit savoir que partager ce truc entre nous sans se questionner sur ce que ça signifie ne me suffit plus. Parce que j'ai besoin d'être quelque chose pour lui, comme il l'est pour moi. J'ai envie de ressentir que j'ai une place à part entière dans sa vie. Comme je suis prête à lui en laisser une dans ma vie.

Je délaisse ma tasse de café et rejoins ma mère. Je la serre dans mes bras avant de l'embrasser sur la joue.

– J'ai eu beaucoup de chance que l'odeur de ma couche débordante de caca ait attiré votre attention le jour où papa et toi êtes venus à la pouponnière.

– Je t'aime, ma fille, me chuchote-t-elle à l'oreille en me rendant mon étreinte.

– Moi aussi.

CHAPITRE 40

MATTHEW TROXLER

Première nuit sans Li depuis des semaines. Si je pensais qu'être seul m'aiderait, j'ai vite compris que j'avais tort. Mon esprit est resté accaparé par ma voisine. Les paroles de mes potes aussi m'ont fait ruminer. Après tout, c'est vrai, pourquoi ne pas supprimer Match&More ? Je n'y suis plus actif, donc à quoi me sert l'application ?

J'ai fini par comprendre que c'est plus la façon dont Li a agi qui m'a mis sur la défensive. Je ne suis pas le genre de mec qu'on manipule pour arriver à ses fins. Je ne prétends pas que j'aurais accepté de but en blanc si elle m'en avait parlé de manière franche, mais je pense que je l'aurais pris différemment.

Un coup frappé à ma porte me sort de mes réflexions. J'ouvre et découvre avec étonnement qu'il s'agit de Sharon Stephen, dans sa petite robe passée de mode et son gilet en laine qu'elle a sûrement tricoté elle-même. Je n'avais encore jamais fait attention au fait qu'elle était toute petite. Comme tous les jours, elle arbore un chignon strict. Aucune mèche n'en dépasse.

– Bonjour, la salué-je en me forçant à sourire.

– Bonjour Matthew, je suis désolée de vous déranger, mais je me demandais à tout hasard si vous n'auriez pas un peu de piment à me dépanner ?

Je cligne des yeux en ayant du mal à comprendre pourquoi elle a choisi de venir frapper à ma porte alors qu'elle avait sur son passage d'autres voisins plus près pour l'aider. Puis une idée de ce qui expliquerait sa présence s'impose à moi. Au pire, ça me donnera une occasion de la questionner et ça occupera mon cerveau à autre chose que penser à Li.

– Je dois avoir ça, entrez, lui proposé-je en ouvrant ma porte en plus grand pour la laisser pénétrer dans mon appartement.

En refermant derrière elle, je remarque qu'elle joue nerveusement avec ses doigts, ce qui accrédite ma théorie.

Je file dans ma cuisine en faisant mine de farfouiller dans l'un de mes meubles.

– Vous cuisinez quoi pour avoir besoin de piment ?

– Oh ! Euh… Une recette que j'ai trouvée sur Internet, mais qui porte un nom bizarre.

Ouais, c'est ça... Je l'observe en train d'étirer son cou pour jeter un coup d'œil un peu partout dans le salon. *Croit-elle que je le garde en décoration sur ma table basse ?*

– Vous cherchez quelque chose ? l'interpellé-je après être revenu en silence.

Elle sursaute et porte une main à son cœur.

– Non ! s'exclame-t-elle en jouant avec son collier de perles. Je regardais la disposition de vos meubles, c'est sympa chez vous.

– Et si vous crachiez le morceau ? lâché-je, avec un petit sourire en coin.

– Quoi ?

– Sharon… Vous auriez pu demander du piment à quelqu'un de votre immeuble. Pourquoi venir chez moi précisément ?

Elle devient aussi rouge que si elle avait croqué dans ce qu'elle est venue me demander sous un faux prétexte, puis finit par dire en tapant du pied.

– Très bien ! Je suis venue récupérer ce qui m'appartient.

– Comment ça ? la malmené-je pour le plaisir de la voir embarrassée.

– Ne m'obligez pas à le dire, me supplie-t-elle dans une grimace.

Je me mets à rire et pars en direction de la salle de bain, où j'ai rangé le Womanizer dans le meuble sous le lavabo.

Lorsque je la rejoins, je lui rends intact, dans sa boîte.

– Pourquoi ne pas avoir dit tout de suite que ça vous appartenait, ce soir-là ? Avant qu'on l'ouvre, j'entends.

– Mes enfants auraient pensé que c'était à eux et ils auraient tous insisté pour qu'on le déballe… se plaint-elle. Je me suis dit que je viendrais vous le réclamer le lendemain. Et puis vous avez décidé de regarder ce qu'il y avait à l'intérieur. J'étais mortifiée, impossible de me manifester après ça.

– Et qu'est-ce qui vous a fait changer d'avis ?

– Comme vous vous êtes mis en tête de retrouver sa propriétaire, les autres mamans de la résidence ne parlent que de ça. J'ai peur qu'elles ne finissent par comprendre qu'il est à moi en recoupant leurs informations. Et puis, j'ai bien pensé m'en acheter un autre, mais vous avez une idée de combien ça coûte ? Et je refuse d'en acheter un d'un autre modèle moins cher, celui-ci est parfait.

Euh... Je n'ai pas besoin de tous les détails non plus !

– Très bien, vous l'avez récupéré, vous allez pouvoir vous tranquilliser, lui dis-je en retournant vers ma porte, je vous laisse rentrer chez vous, maintenant.

En prononçant ces mots, je me dis que je ne veux même pas penser à la manière dont elle va se « tranquilliser ».

– Attendez, Matthew, ça reste entre nous, hein ? m'interroge-t-elle, le regard apeuré. Vous étiez sérieux quand vous avez assuré savoir garder les secrets ?

– Vous avez ma parole, personne n'en saura rien.

– Si je peux vous rendre un service quelconque en retour, n'hésitez pas.

– Je saurai m'en souvenir.

Sharon me sourit et glisse le carton dans le petit sac en tissu qu'elle avait apporté avec elle, bien plié dans la poche de son gilet.

Je referme la porte en méditant sur le fait que je pensais être satisfait de découvrir l'identité de la propriétaire du sex-toy, mais honnêtement, aujourd'hui, je m'en tape. J'ai la tête polluée par des choses bien plus importantes.

Pour ne pas passer ma journée à méditer sur la façon dont je dois régler le problème avec Li, je décide d'aller faire un tour à la nouvelle salle de sport qui a ouvert sur Ocean Avenue. Derek et Travis n'arrêtent pas d'en vanter les mérites.

Arrivé sur le parking, je trouve une place près de l'entrée. L'enseigne « Cooper Training », d'un jaune éclatant, attire l'œil.

Mon sac de sport sur l'épaule, je pénètre à l'intérieur du bâtiment. Un homme baraqué, tatoué de la tête aux pieds, aux cheveux plus longs que les miens et barbu, se tient à l'accueil. Au son de mes pas, il redresse la tête et me sourit.

– Bonjour.

– Bonjour, c'est la première fois que je viens, indiqué-je.

– Super ! Bienvenue. Je suis Julian, le patron de l'établissement. La première séance est offerte par la maison, donc fais-toi plaisir pour tout découvrir. Je vais te donner un jeton pour le casier et je te ferai faire un petit tour une fois que tu auras posé tes affaires, si tu le souhaites.

– Je veux bien, c'est sympa.

– Tiens, me dit-il en me tendant le fameux jeton. C'est la deuxième porte sur ta gauche. Je t'attends là le temps que tu te changes.

Je file vers la porte qu'il m'a indiquée.

Déjà en tenue, je change simplement de baskets et enferme mes affaires dans un casier.

Lorsque je rejoins Julian, il est accompagné d'une femme tout en courbes voluptueuses qui tient une poussette dans laquelle est assis un petit garçon. Deux hommes qui se changeaient tout à l'heure lorgnent la maman sans vergogne et échangent un coup d'œil évocateur.

– C'est ma femme que vous reluquez comme ça ? aboie Julian en les foudroyant du regard.

Sa compagne lève les yeux au ciel en souriant.

– Non, non… balbutient ces deux péquenauds en hâtant le pas vers les machines.

– Si tu hurles sur tes clients, cette salle va vite fermer ses portes, taquine-t-elle son mari.

– Je m'en fous, personne ne te mate d'un œil pervers. Encore moins si je suis là, putain !

– Où est passé l'homme qui ne me proposait qu'une nuit au départ ? plaisante-t-elle en prenant leur fils dans les bras, car il commence à râler.

– Il est tombé amoureux de toi, sorcière, lui répond Julian en attrapant un jouet dans la poussette.

Je m'approche, un peu mal à l'aise de les déranger. Je ne peux pas m'empêcher de faire le parallèle avec ma situation. Moi aussi, je me suis fait berner par une femme, tout comme le grand gaillard tatoué qui gazouille avec son enfant.

Je note que le hochet du gosse est en fait un haltère miniature.

– Te dérange pas pour moi, dis-je à Julian lorsqu'il m'aperçoit et fait mine de m'accompagner. J'ai l'habitude des salles de sport. Je devrais m'en sortir.

– Comme tu veux. Appelle-moi si tu as un problème de réglage sur un appareil.

– Ça marche !

J'avance dans la grande salle et porte mon choix sur un rameur pour démarrer. Je lance un programme intensif et me mets au travail sans attendre. Objectif : être suffisamment fatigué ce soir après le boulot pour m'effondrer immédiatement dans mon lit et ne pas trop cogiter.

Hier soir, j'ai hésité pendant dix minutes à souhaiter une bonne nuit à Li par message. D'un côté, je pense que nous laisser respirer est nécessaire pour permettre de faire le tri dans nos pensées, et d'un autre, j'ai envie de l'appeler pour savoir ce qu'elle est en train de faire. Ça me rend complètement barge.

Je ne veux pas que notre relation se ternisse à distance à cause d'une maladresse de sa part, ni qu'elle gâche son séjour chez ses parents ou qu'elle soit mélancolique pendant son anniversaire avec eux à cause de ma réaction. Enfin, de mon manque de réaction à l'aéroport.

Qu'est-ce que ça signifie ? Que je suis amoureux d'elle ? Je ne me suis encore jamais pris la tête pour une nana à réfléchir à la meilleure manière d'aborder un problème pour ne pas tout faire foirer.

Les bras et les cuisses en feu, je m'arrête de ramer une fois le programme terminé. J'attrape mon téléphone posé à côté de ma gourde pour envoyer un message à Li, mais je ne sais pas trop quoi lui écrire. Je décide de publier une mini-vidéo de la salle sur Facebook, montrant que je suis en pleine session de musculation. Je mentionnerai le lieu pour faire un peu de pub à Julian et j'enverrai un mot via Messenger à Li avec une connerie du genre « pour que tu puisses tout de même profiter de mon corps même si je ne suis pas avec toi ».

Le *feed* général se met à jour et je tombe sur une série de photos sur laquelle elle a été identifiée. Elle date d'il y a une heure à peine. Je fais défiler plusieurs photos avec un magnifique gâteau d'anniversaire. Li est évidemment sur chacune d'elles, et voir son sourire me fait du bien. Je reconnais ses parents, mais elle pose également avec d'autres adultes que je n'avais pas vus dans son portable lorsque j'ai fouillé ses fichiers pour modifier son profil sur Match&More. Il s'agit certainement de ses amis à Chicago. Je me rends compte qu'elle ne m'a jamais parlé d'eux. J'imagine que c'est l'une de ses copines figurant sur les photos qui a posté leurs retrouvailles sur les réseaux.

Mon sang ne fait qu'un tour quand je reconnais soudain quelqu'un. Sam. *Qu'est-ce que son putain d'ex fout chez ses parents à sa fête d'anniversaire ?* J'agrandis l'image pour vérifier, mais je suis sûr de moi, il s'agit bien de lui.

Elle en avait toute une flopée de photos d'eux ensemble. En a-t-on jamais pris une tous les deux ? Je crève de jalousie et ça me flingue. Voilà exactement ce que je m'évite de vivre en restant célibataire.

Ce mec sait aussi bien que moi que Li est une fille en or, c'est le moment pour lui de retenter sa chance.

CHAPITRE 41

LI FALL

Le sourire aux lèvres, j'avale une dernière bouchée du gâteau que ma mère a confectionné pour célébrer mon adoption. Sans surprise, il est délicieux.

L'ambiance est au beau fixe, ce qui me remonte le moral. D'un œil attendri, j'observe les membres de ma famille discuter et rire entre eux. Les frères et sœurs de mes parents les ont soutenus depuis le départ dans leur projet d'adoption, et même si je les apprécie beaucoup, nous ne sommes pas spécialement proches pour autant. Avec mes parents, nous nous sommes toujours suffi à nous-mêmes. Nous avons toujours préféré rester tous les trois pour nos sorties et nos vacances. Mes oncles et mes tantes n'ont néanmoins jamais loupé une de mes fêtes d'anniversaire.

Mon regard se porte ensuite sur Emily, ma cousine. Elle a le même âge que moi, mais nous ne partageons aucun centre d'intérêt. C'est à croire qu'elle est née avec un téléphone greffé dans la main. Elle passe son temps sur les réseaux sociaux et expose chaque seconde de sa vie. Elle s'entendrait à merveille avec Harper, ma voisine du rez-de-chaussée, influenceuse beauté.

Assis à ses côtés, il y a l'homme à abattre. J'ai encore du mal à croire qu'il est là. Sam a osé accompagner ses parents pour me saluer.

Les cheveux coupés court, il est rasé de près et a fourni un effort vestimentaire. Je sais qu'il l'a fait pour moi, car il porte l'un des pulls en laine que j'aimais tant voir sur lui. Il est grand, mais plus petit que Matthew. En fait, les deux hommes n'ont rien en commun, tant sur le plan physique que sur le caractère. Sam est introverti là où mon voisin est sociable. Mon ex n'a jamais été très bavard tandis que je peux discuter des heures avec Matthew.

Je n'ai aucune idée de la raison de sa présence. Et je pense tellement à Matthew que je m'en moque pas mal. J'ai assez de soucis sans qu'il m'en ajoute encore.

Mon regard de tueuse l'oblige à se lever. Il se dirige droit vers moi, l'air embarrassé.

– On peut se parler ? me demande-t-il, penaud.

– Je t'écoute, répliqué-je froidement.

– Dans un endroit un peu plus calme, tente-t-il en grimaçant.

Je soupire pour qu'il comprenne bien que ça ne m'enchante pas, mais je me lève tout de même.

Je sors du salon et me dirige sur la terrasse pour m'asseoir sur un des bancs extérieurs.

– J'ai un peu de mal à comprendre ce que tu fais ici, lui avoué-je sans prendre de pincettes.

– Je suis désolé de m'être invité, répond-il, mais il fallait que je te parle. J'ai vu une photo de toi avec tes nouveaux amis dans la résidence où tu vis maintenant. Tu as l'air plutôt proche de l'un des mecs qui est dessus.

Il se passe une main dans la nuque, visiblement mal à l'aise. Peut-être le fait d'être épié par tous les membres de ma famille et de voir les regards assassins de mes parents – qui ont du mal à lui pardonner la souffrance qu'il m'a causée – n'y est-il pas étranger.

Je hausse un sourcil l'air de dire que je n'ai aucun compte à lui rendre sur le sujet.

– T'as tout plaqué si vite ici que je n'ai même pas eu le temps de tenter de te retenir.

C'est une blague, j'espère ?

– Six mois, Sam. Je suis partie six mois après notre rupture. Ça me semble tout de même être assez long pour prendre conscience de ses erreurs.

– Je n'ai pas cru à ton départ, pour tout te dire, m'avoue-t-il en prenant place à mes côtés. Tu es si proche de tes parents que j'ai pensé que tu abandonnerais ce projet. Que tu ne serais pas capable de vivre loin d'eux.

– Je n'ai plus cinq ans. Bien entendu qu'ils me manquent, mais j'avais besoin de m'éloigner d'ici.

– De moi.

– De toi, de nos soi-disant amis et de tout ce qui me rappelait notre histoire.

– Tu as fui sans nous laisser une chance de surmonter ça.

Non mais j'hallucine ! Ayant du mal à en croire mes oreilles, je ricane.

– Ça, comme tu dis, c'est ta queue dans le vagin d'une autre ! Ce n'est pas le genre d'image que tu effaces facilement de ta mémoire. Et je ne me suis pas enfuie, j'ai mis six mois à monter mon projet professionnel à Santa Monica et à me trouver un logement. Tu savais que je m'en allais et tu n'as pas bougé le petit doigt. Je te trouve un peu gonflé de venir aujourd'hui me reprocher d'avoir pris ma vie en main. Tu aurais voulu quoi ? Que je me morfonde pendant des semaines ? C'est ton ego qui est blessé que je me sois relevée plus forte qu'avant.

– Cette discussion ne va pas du tout dans le sens que j'imaginais, s'exaspère-t-il.

– Et tu espérais quoi ? Que je t'accueille à bras ouverts et que j'accepte de rester ton amie ?

– Non ! s'écrie-t-il. Je voudrais qu'on se retrouve, Li. Tu me manques et je n'arrive pas à t'oublier. Je sais que j'ai été con et que j'ai agi comme un gros naze, mais on était bien, ensemble.

Il n'a pas tort. Avec lui, j'étais bien. Là où avec Matthew, c'est sensationnel et passionné.

– Je suis tellement choquée par ton culot que je ne sais même pas quoi te répondre.

– Avec Tracy, on couchait déjà ensemble bien avant que je me mette avec toi. Je sais que je n'aurais pas dû continuer, mais il n'a jamais été question de sentiments entre elle et moi.

– Tu n'as toujours pas compris, reprends-je d'un ton exaspéré. Je me contrefous de savoir quand ça a commencé, à quelle fréquence ou je ne sais quel autre détail scabreux. Ça aurait pu être la première fois quand je vous ai chopés que je t'aurais quitté quand même.

– C'est toujours tout noir ou tout blanc avec toi. On n'a pas le droit à l'erreur.

– Tu sais quoi ? On va en rester là. Je suis venue passer un bon moment avec ma famille, que j'ai quittée en partie à cause de toi, et tu es en train de me faire perdre mon temps en ayant l'audace de me balancer des reproches.

Je me lève et traverse la terrasse pour retourner à l'intérieur. Si je reste une minute de plus avec lui, je vais l'étrangler.

– Je suis désolé, me retient-il. À la base, c'est ce que j'étais venu te dire. Dans l'espoir de recoller les morceaux. Mais j'ai bien compris que c'était mort, alors je te souhaite d'être heureuse. Parce que tu le mérites.

– Et moi, je te souhaite de te trouver une nana prête à te partager avec ton plan cul régulier. Ça t'évitera bien des ennuis, persiflé-je, le regard dur.

Ce n'est peut-être pas très classe, mais à cet instant, je m'en moque. A-t-il vraiment cru que j'allais le pardonner ? Déjà avant Matthew, il n'avait pas la moindre chance de parvenir à me convaincre, mais maintenant que mon cœur appartient à mon voisin, c'est comme si Sam n'avait jamais existé.

Discrètement, pour ne pas risquer de me faire alpaguer, je monte dans ma chambre et récupère mon téléphone. Pas de nouveau message de Matthew. Il a vraiment mal pris mon comportement à l'aéroport et je redoute mon retour à Santa Monica.

J'ouvre ma galerie de photos avec dans l'idée de lui en envoyer une de mon anniversaire. C'est une façon de lui tendre une perche pour me parler, sans moi-même trop en dire, comme je ne sais pas comment aborder les choses. Mais d'abord, je prends enfin le temps de supprimer tous les clichés qui datent de ma relation avec Sam.

Je me sens libérée une fois que c'est fait. C'est comme si mon ex n'avait jamais existé. Cette même sensation que je ressens lorsque je suis dans les bras de Matthew. Il n'y a que lui aujourd'hui et je n'ai plus qu'une envie : celle de nous immortaliser ensemble pour alimenter à nouveau les images de mon téléphone.

Comme décidé il y a quelques minutes, j'ouvre Facebook et, par automatisme, je vérifie mes notifications. Emily m'a mentionnée dans une publication. Je clique dessus et m'aperçois qu'elle a été plus rapide que moi pour poster des photos de la journée.

Je crois halluciner quand je remarque que Sam apparaît à mes côtés sur l'une d'elles. Ce type a vraiment décidé de gâcher ma fête… Oh mon Dieu ! Comme je suis identifiée dessus, il ne manquerait plus que Matthew la voie. Il reconnaîtrait Sam, j'en suis certaine.

Je vérifie les mentions « j'aime » laissées sous le post. June et Ava ont commenté en disant que je leur manquais et que Palisades Park n'était pas pareil sans moi. Rien à signaler du côté de mon sauveteur sexy. Bien que le post remonte à quelques heures et que rien ne me garantit qu'il ne l'ait pas vu. J'imagine bien qu'il ne l'aurait pas likée, dans ce cas.

– Tu es en train de louper ta propre fête, me surprend mon père sur le pas de la porte de chambre.

Fatiguée par mes soucis depuis mon départ, j'abandonne mon téléphone pour le rejoindre. Je veux profiter de mes parents avant de rentrer à Santa Monica. Je risque de le regretter si je laisse mes problèmes de cœur prendre le dessus sur la joie d'être avec eux. J'ignore quand je pourrai revenir, alors le reste peut bien attendre.

CHAPITRE 42

MATTHEW TROXLER

Li rentre demain et nous n'avons plus échangé un mot depuis son arrivée à Chicago il y a deux jours, après les deux messages banals. Je n'ai toujours pas digéré d'avoir vu son ex sur la photo. Ce connard était présent à son anniversaire. À mes yeux, ça efface d'une certaine façon la soirée que nous avons passée ensemble pour le célébrer sur la plage. Le soir où j'ai réalisé que Li me plaisait plus que n'importe quelle autre nana que j'avais pu rencontrer. Et si ce moment n'existe plus, alors notre histoire n'a pas pu commencer.

Les shots de vodka que je descends depuis deux bonnes heures ne m'aident pas à garder l'esprit clair. Encore moins la musique, qui me paraît plus forte que d'habitude et me matraque le crâne. Comme si j'avais besoin de ça en plus de tout ce qui y tournoie.

J'ai l'impression d'être une putain de mauviette, malheureux à cause d'une fille. Et j'en veux à Li de me faire ressentir ça. Je lui ai fait confiance en me lançant dans cette relation avec elle. Alors qu'elle craignait d'être blessée, je ne me suis pas douté que ce serait elle qui pourrait me faire du mal.

Il est hors de question que je reste les bras croisés à attendre qu'elle rentre pour me dire qu'elle est désolée, que c'était sympa nous deux, mais qu'elle ne peut pas balayer sa relation avec son ex du jour au lendemain et qu'elle va lui laisser une nouvelle chance.

– Barman ! crié-je en tapant mon petit verre sur le comptoir.

– Je pense que tu as eu ton compte pour ce soir, Matthew.

– Je ne te paie pas pour penser, mais pour me servir, aboyé-je au patron qui me connaît depuis toujours.

– C'est le dernier que je te sers, me prévient-il, tout à fait sérieux. Et quand tu reviendras ici sobre, je te botterai le cul pour m'avoir parlé de cette façon.

Je ne lui accorde même pas un regard. *Qu'il aille se faire foutre !* Lui et Li peuvent se mettre où je pense leur petit air condescendant.

– Matthew ! entends-je une voix féminine s'écrier avant qu'une main se pose sur mon avant-bras.

– Lindsay ! Toujours là quand on ne s'y attend pas, hein ! raillé-je.

Elle prend place sur le siège à mon côté et me lance un regard équivoque.

– C'est rare que tu sois seul.

– Il faut croire que c'est ton jour de chance.

– Tu fêtes quelque chose ? me demande-t-elle en comprenant sûrement à ma tronche que j'ai enchaîné les verres.

– Je trinque en l'honneur de mon célibat, craché-je en me moquant de moi-même.

Elle s'approche de mon oreille et pose sa main sur ma cuisse.

– On pourrait le fêter ensemble d'une autre manière, me propose-t-elle d'une voix aguicheuse. C'était plutôt sympa, la dernière fois.

Personnellement, je ne m'en souviens pas avec précision. Chose que j'aimerais pouvoir affirmer des instants que j'ai passés avec Li mais, eux, sont bien ancrés dans ma mémoire.

Au milieu de mon brouillard, j'essaie de réfléchir à l'invitation scabreuse de Lindsay. Pourquoi pas, après tout ? Si ça se trouve Li est entre les bras de Sam en ce moment même. Cette image me file la gerbe.

Je lance un billet sur le zinc et me casse avant de faire une connerie, sans un regard pour Lindsay. Je l'entends pourtant se relever de son siège et me suivre.

Je marche d'un pas rapide, mais l'esthéticienne ne se laisse pas distancer malgré ses talons hauts.

J'entends qu'elle me parle, mais je n'écoute rien. Je me fiche de ce qu'elle a à me raconter.

– Pourquoi tu me suis ? lui balancé-je tout de même au bout d'un moment.

– Parce que je vois bien que tu as besoin de compagnie.

– Fous-moi la paix, je ne veux voir personne.

– Tu broies du noir et j'ai un remède contre ça. Tu verras, tu te sentiras mieux après.

Nous arrivons devant Palisades Park et je manque de m'étaler de tout mon long. *Merde ! J'ai vraiment trop bu si je ne parviens même plus à tenir debout.* Lindsay me rattrape *in extremis* et me remet d'aplomb.

Sur la terrasse extérieure, deux silhouettes se détachent dans le noir de la nuit et viennent voir qui cause du grabuge. Je reconnais Derek et June. La jeune femme me regarde d'un air suspicieux.

– Salut Matthew, m'interpelle-t-elle. Ça va ?

Elle fusille Lindsay du regard.

– Je vais super bien, dis-je en réalisant que le volume sonore de ma voix est beaucoup plus fort que je ne l'aurais voulu.

Mon pote percute immédiatement que je suis bourré.

– Toi, tu as forcé sur la bouteille.

– Il me semble qu'il est assez grand pour boire et qu'il n'a pas besoin de votre permission, intervient Lindsay sans se démonter face à notre voisine à la crinière de feu.

– Désolé, mais je ne laisse pas mon pote tout seul dans cet état, la rabroue Derek.

– Il n'est pas seul puisque je suis là, lui signale-t-elle.

June me jauge du regard et semble avoir envie de m'étriper. Comment pourrait-elle croire que le mec qui clamait ne pas vouloir s'attacher est en plein *bad trip* à cause de son amie ? Cette pensée me fait marrer. Si ce n'était pas de moi qu'il s'agissait, je serais mort de rire.

– Pourquoi il rigole comme ça ? s'étonne June.

– Cherche pas, il est cuit, lui répond Derek. Allez, mon pote, on va monter chez toi, tu vas prendre une douche et au lit.

J'obéis au pompier qui me saisit par l'épaule pour me guider. Derrière moi, j'entends June mettre Lindsay en garde :

– Si je te vois encore rôder près de lui, j'écrirai un article sur le manque d'hygiène de ton institut, c'est bien clair ?

– Tu n'oserais pas ! s'exclame Lindsay.

– Je te laisse prendre le risque de vérifier, cingle-t-elle.

Derek m'aide à grimper jusqu'au deuxième étage. Il attrape mes clefs dans la poche arrière de mon jean et entre avec moi.

– Cette June, elle a des griffes, clamé-je en m'écroulant dans mon canapé.

– Ouais ! Et j'espère qu'elle s'en servira bientôt pour me lacérer le dos, me répond-il, tout sourire, en retirant mes baskets.

– Je suis là et je vous entends, nous indique notre voisine en inclinant la tête sur le côté. Matthew, je tenais à te dire que tu es un enfoiré de te comporter ainsi. Li ne mérite pas ça. Et si tu ne te souviens plus de cette discussion demain, je me ferai un plaisir de te la remémorer.

Je me contente d'esquisser un geste offensant de la main. *Rien à foutre de ce qu'elle pense !*

– Attends, tu t'en vas ? se lamente Derek alors qu'elle tourne les talons pour partir.

J'ai beau être dans les vapes, je ne loupe pas le fait que Derek semble déçu. J'ai foutu sa soirée en l'air. Il ne me loupera pas quand l'alcool aura quitté mon corps.

– Ton pote m'a rappelé à quel point les hommes sont des connards, désolée !

J'entends la porte claquer derrière elle. Je ne peux retenir un rire en voyant la tronche déconfite de Derek.

– Profite bien, marre-toi, tu vas me le payer dès demain.

– Laisse tomber, nos voisines sont toutes des garces, marmonné-je dans ma barbe avant de sombrer.

CHAPITRE 43

LI FALL

Après des adieux un peu larmoyants avec mes parents, j'ai fini par monter dans l'avion. Je ne sais pas quand je reviendrai à Chicago, ou quand ils pourront venir me rendre visite à Los Angeles.

Mon retour serait moins difficile si je n'étais pas persuadée que les choses allaient mal entre Matthew et moi. Et j'ignore encore jusqu'à quel point. Cela dépendra s'il a vu la photo postée par ma cousine sur les réseaux sociaux, et comment il aura réagi si c'est le cas. Je ne lui ai pas demandé de l'effacer, car après tout, je n'ai rien à me reprocher. Et puis, si je dois apprendre à gérer le passé de Matthew, lui aussi doit le faire avec le mien.

Une fois arrivée à LAX[7], je monte dans un taxi et lui donne l'adresse de Palisades Park. Le soleil

7. Aéroport de Los Angeles.

et les palmiers me réchauffent le cœur. Je me sens chez moi dans cette ville, maintenant. Je m'y suis créé un nid douillet et une entreprise, sans l'aide de personne, et j'en suis fière.

Peut-être que lorsque mes parents seront à la retraite, d'ici quelques années, je pourrai les convaincre de me rejoindre et de s'installer à Santa Monica. Tout serait alors parfait.

Mes pensées tourbillonnent tellement que je ne vois pas le trajet défiler. Je paie la course au chauffeur et passe la grille d'entrée.

Être de retour me réconforte et m'aide à me convaincre que tout va bien se passer avec Matthew. Nous allons discuter franchement, comme nous l'avons fait quand nous nous sommes lancés dans cette histoire. Il n'y a pas de raison que nous ne trouvions pas de solution.

Comme souvent, la piscine est squattée par les adolescents de la résidence. Qu'est-ce que ça m'aurait plu de grandir ici ! J'espère qu'ils se rendent compte de la chance qu'ils ont. Et aussi que nous ne connaîtrons plus de dégradations. Il ne s'est plus rien passé de fâcheux depuis quelque temps, heureusement. Les charges vont déjà être salées à cause du mobilier endommagé.

Un sourire immense prend forme sur mon visage lorsque je repère June et Ava sur la terrasse extérieure. Elles sirotent des bouteilles de

Desperados, lunettes de soleil sur le nez. De vraies starlettes.

– Me revoilà ! m'exclamé-je pour signaler ma présence.

– Li ! s'écrie Ava en sautant du tabouret sur lequel elle était assise. Ça me fait plaisir de te revoir.

– Arrête, je ne suis pas partie assez longtemps pour qu'on s'aperçoive de mon absence.

Je les embrasse toutes les deux, puis je les vois échanger des regards embarrassés.

– Tu as bien profité de tes parents ? s'intéresse la fleuriste.

– Oui, ça m'a vraiment fait du bien de passer du temps avec eux.

– C'est normal, la famille c'est important, constate-t-elle, soudain un peu triste.

June me paraît nerveuse. Ses yeux se font fuyants et elle se mordille la lèvre inférieure, ce qui est inhabituel chez elle. Ava, de son côté, semble attendre qu'elle parle. Mais notre amie s'obstine à garder le silence.

– Vous allez bien ? leur demandé-je en fronçant les sourcils. Il y a un problème ?

– C'est-à-dire que… commence Ava tandis que June inspire un grand coup.

– Si mon horoscope a prédit ma mort, je ne veux pas le savoir, la taquiné-je pour essayer de détendre l'atmosphère.

– Ça n'a rien à voir, m'apprend June d'un ton sérieux. Écoute, je suis désolée d'être celle qui t'apprend la nouvelle, mais on est amies, non ?

Je lâche ma valise et croise les bras sous ma poitrine. Elles commencent à me faire paniquer.

– Évidemment.

– Hier soir, j'ai croisé Matthew en train de rentrer à la résidence avec l'esthéticienne insupportable qu'on avait croisée à la fête.

Mon cœur se brise à la seconde où elle prononce ces paroles. Je porte une main à mes lèvres pour essayer de masquer ma détresse, en vain. Des larmes m'échappent déjà. Je m'empresse de les effacer. Je n'ai aucune envie de me donner en spectacle devant les jeunes.

– Il était bourré, si ça peut te réconforter, précise-t-elle sans paraître sensible elle-même à cet argument. Il revenait sûrement du *Speak Easy*, mais je ne peux pas t'affirmer qu'ils y étaient ensemble. Lindsay est une vraie sangsue. Je ne sais pas exactement ce qu'elle faisait là. Elle semblait le suivre, en tout cas. J'étais avec Derek et on ne les a pas laissés monter ensemble.

– Il ne s'est donc rien passé entre eux, me précise Ava avec un petit sourire tendu.

C'est censé me réconforter ? Je suis partie seulement trois jours. À peine soixante-douze heures et le mec n'est pas capable de garder sa queue dans son boxer ! Il sait à quel point ce comportement peut me faire souffrir, mais il faut croire que ça lui importe peu. Ma maladresse à l'aéroport ne justifie pas de me faire un coup pareil.

Mes mains se mettent à trembler. Il faut que je rentre chez moi pour ne pas m'exposer aux regards. Je ne veux pas que mes amies me voient dans un état pitoyable. Des images de Matthew avec cette fille se forment dans mon esprit et me filent la nausée.

Je redresse la tête et les épaules pour cacher à quel point le comportement de mon voisin m'a ébranlée.

– Merci de m'avoir prévenue, dis-je entre deux reniflements.

J'agrippe la poignée de ma valise et amorce un pas vers mon immeuble, mes jambes me soutenant à peine.

Je sais que Matthew est avec sa grand-mère, et il a bien de la chance car, là tout de suite, je serais bien capable de le castrer.

– Attends, Li, me lance June en attrapant ma main. Tu veux qu'on reste avec toi ?

– Non, c'est gentil, mais j'ai besoin d'être un peu seule pour l'instant.

Elle hoche la tête et je la sens en colère pour moi.

– On sera chez moi ou chez Ava. Si tu as besoin de parler ou juste de compagnie, tu n'hésites pas. D'accord ?

– OK, murmuré-je en prenant la poudre d'escampette pour ne pas m'écrouler devant elles.

Gloria et Carmen m'observent passer et me lancent un salut auquel je réponds à peine. Impossible pour moi de donner le change ou de prononcer un mot sans m'effondrer.

Lorsque je pénètre dans le hall de mon immeuble, Sue ouvre la porte de son appartement dans la seconde.

– Oh ! Li ! Tu es rentrée ! s'exclame-t-elle, guillerette, affublée d'une mini-jupe noire à sequins dans laquelle je serais mal à l'aise.

– Désolée, mais ce n'est pas le moment, l'avisé-je sans prendre la peine de ralentir.

Je gravis les marches quatre à quatre pour m'assurer qu'elle ne me rattrape pas, sors les clefs de mon appartement et pénètre à l'intérieur pour me mettre à l'abri. Je claque la porte et m'adosse dessus avant de m'effondrer au sol, en larmes.

CHAPITRE 44

MATTHEW TROXLER

Je sors du *Serenity's Pacific Center* d'aussi mauvaise humeur que quand j'y suis entré. Si je pensais que de discuter de tout et de rien avec Granny me changerait les idées, c'est raté. Ce dont j'aurais eu besoin aujourd'hui, c'est qu'elle se souvienne de moi. Que je puisse me confier à elle et lui demander conseil. Mais la vie n'est pas parfaite. Mes parents sont morts, ma grand-mère ne sait plus qui elle est. Je ne peux compter que sur moi-même pour me sortir des emmerdes ou démêler mes sentiments.

Pendant le trajet de retour jusqu'à Palisades Park, je prends mon temps en roulant un peu en dessous de la limitation de vitesse. Li est rentrée et je redoute le moment où nous allons nous retrouver.

Je suis tellement écœuré de la tournure de notre histoire que je n'ai pas donné d'explications à Derek concernant mon attitude d'hier. Il m'a posé la question ce matin, avant de mettre les voiles de chez moi. N'obtenant en guise de réponse que mon majeur levé, il n'a pas insisté. Il ne serait de toute manière pas un bon conseiller en la matière, et j'ai bien trop honte pour appeler Travis. Si je lui disais que j'ai laissé cette sangsue de Lindsay me suivre jusqu'à la résidence, lui laissant croire par la même occasion qu'on pourrait remettre le couvert, il serait bien capable de me tirer une balle dans le genou avec son arme de service.

Je rentre donc à la résidence où je suis certain de tomber sur Li, sans aucune idée de comment je vais gérer le truc. Est-ce qu'il vaut mieux opter pour la manière cash et lui demander ce que son putain d'ex foutait à son anniversaire ou attendre de voir si elle le mentionne d'elle-même ?

Lorsque je me gare sur ma place de parking, je réfléchis sérieusement à retarder encore le moment. *Merde, quoi !* Je suis sauveteur, les situations délicates, ça me connaît ! Je suis censé savoir gérer l'imprévu et n'avoir peur de rien. Alors ce n'est pas une nana d'à peine un mètre soixante-dix qui va m'effrayer.

Je me dirige donc directement chez elle. Une part de moi espère que Li va se mettre à rire, me taquiner sur ma jalousie et ce qu'elle révèle avant de me rassurer.

Sur les transats, les jeunes bronzent et profitent de leur après-midi, loin des soucis des adultes. Qu'est-ce que je les envie !

Tout en frappant à sa porte, je m'exhorte au calme le temps qu'elle m'ouvre. Je l'entends râler en se plaignant de s'être fait mal.

Si j'avais envisagé plusieurs scénarios, celui de découvrir Li les yeux bouffis et les cheveux en pétard ne m'était pas venu à l'esprit. Il ne me faut qu'une seconde pour comprendre à quel point j'ai pu être con. Dans ma brume post-alcoolémie, je n'ai pas songé à l'éventualité que June prévienne Li qu'elle avait vu Lindsay avec moi.

Pendant de longues secondes, mon regard et celui de ma voisine mènent une bataille sans merci. Je ressens toute sa colère et sa rancœur. Ce qui ne fait qu'attiser la mienne.

Je souffle et décide de lancer les hostilités.

– Tu as bien retrouvé *toute* ta famille à Chicago ?

J'insiste sur le mot toute avec dédain. Je vois immédiatement qu'elle n'attendait que ça. Que j'allume la mèche pour exploser.

– Et toi, tes petites habitudes du samedi soir ? me répond-elle sur le même ton acerbe.

– Tu n'as pas réussi à me manipuler pour me faire supprimer cette application de rencontre alors tu t'es dit que ça serait plus simple de retourner avec ton ex ?

Je sais que j'exagère, mais ma colère est à la hauteur de ma déception.

– Tu as vu sur une photo que Sam était présent à mon anniversaire et tu en déduis tout de suite qu'on a remis ça ? Contrairement à toi, je ne saute pas sur tout ce qui bouge, à la moindre occasion.

Elle me rend coup pour coup et sait où frapper.

– Ce n'est pas le cas ? Alors qu'est-ce qu'il foutait là, putain ? Chez tes parents !

– Il aurait été légitime que je réponde à cette question si tu n'avais pas passé ta soirée avec Lindsay. Tu as perdu le droit de comprendre les choses qui me concernent en la ramenant chez toi.

– Je n'étais pas avec Lindsay ! J'ai bu comme un trou à cause de cette photo ! m'écrié-je dans le couloir où ma voix se répercute contre les murs.

– Tu ne peux pas réagir comme ça sans connaître les raisons de sa présence. C'était trop te demander que de me passer un coup de fil pour m'en parler ? Ou d'attendre une petite journée pour qu'on s'explique dès que je serais rentrée ? Non, toi, direct, tu vas traîner dans les bars et flirter avec tes ex.

– Je n'ai fait qu'échanger quelques mots avec Lindsay, grogné-je. Elle m'a suivi jusqu'à la résidence sans me demander mon accord, c'est tout. Il ne s'est rien passé du tout entre nous.

– Parce que Derek et June étaient là ! hurle-t-elle. Sinon, que serait-il arrivé ? Et ne crois pas que ton état d'ébriété aurait été une excuse valable.

– Écoute, je n'étais pas bien après ton petit manège à l'aéroport à propos de l'application. Je n'ai pas apprécié d'avoir l'impression d'être manipulé. Quand j'ai voulu reprendre contact avec toi, je suis tombé sur la photo de Sam et ça m'a fait vriller.

– Alors il fallait m'appeler ! Je sais que j'ai eu tort d'agir ainsi, toutes ces ombres féminines autour de toi sont effrayantes pour moi. Et au lieu d'essayer de me comprendre ou des me demander des explications, tu as fait exactement ce que je redoutais.

– Je ne sais pas gérer le fait d'être en couple, tu le savais.

– Ne te cache pas derrière cette excuse ! C'est trop facile. Inutile d'être diplômé en amour pour savoir qu'on ne drague pas une autre nana quand on a un souci.

– Tu vois, tout ça, là, ces emmerdes d'application, d'ex et de choses à faire ou à ne pas faire, c'est exactement pour ça que je ne me prenais pas la tête avec les filles avant toi. Et ça m'allait très bien.

– Parfait, je ne te retiens pas, dans ce cas. Retourne à tes plans cul.

Sur ces mots, qu'elle m'a crachés à la figure, elle me claque la porte au nez. J'ai une furieuse envie de cogner dessus et d'exiger une réponse à ma question à propos de Sam. *Et puis merde !*

Je dévale les marches d'un pas si précipité que Sue n'a pas le temps de refermer la porte de son appartement, ni les jeunes de retourner s'avachir au soleil. Je les vois à travers la vitre de la porte d'entrée détaler comme des lièvres.

– Le spectacle vous a plu ? aboyé-je sur tout le monde en sortant de l'immeuble.

Mes propos résonnent dans le jardin commun où personne n'ose ne serait-ce que bouger un orteil. Parfait !

CHAPITRE 45

LI FALL

Au moment où je referme la porte de mon appartement, Luisa sort de chez elle, les bras chargés d'un plat en verre refermé d'un couvert hermétique.

– Je suis contente de ne pas te louper, m'interpelle-t-elle en me rejoignant. J'ai fait ce gâteau pour toi. C'est un *Tres Leches*. Il est à base de trois sortes de lait. Ma grand-mère a donné la recette à ma mère, qui me l'a transmise ensuite.

– Et vous la transmettrez à Carmen, poursuivis-je en acceptant son cadeau.

– Et à Gloria, si elle en a envie, ajoute-t-elle avec un sourire triste.

– Je suis certaine qu'elle le voudra à un moment donné, lui assuré-je, compatissante. En quel honneur ai-je le droit à un gâteau ?

– Oh ! Tu sais, les nouvelles vont vite entre ces murs, m'avoue-t-elle, un peu gênée. J'ai traversé moi-même quelques chagrins d'amour. Je sais que dans ces moments-là, on n'a aucune envie. Alors quand il sera l'heure de manger et que tu n'auras goût à rien, tu auras mon *Tres Leches* pour te réconforter un peu.

La gorge serrée, je ne peux pas émettre le moindre mot. Alors, pour la remercier, je la serre fort dans mes bras. Nous n'ajoutons rien. Nos regards se suffisent. Luisa rentre chez elle et moi je rouvre ma porte pour déposer son gâteau dans la cuisine. Pour l'instant, j'ignore si j'aurai de l'appétit pour le manger aujourd'hui.

Le moral dans les chaussettes, je quitte Palisades Park en croisant uniquement Ethan et David, qui se dirigent vers le parking. Je les salue d'un geste de la main avec l'envie de leur faire ravaler leur petit air de pitié.

Le soleil au beau fixe de ce début de matinée ne m'apaise absolument pas. Si ça n'avait tenu qu'à moi, j'aurais annulé toute ma journée de travail et je serais restée sous ma couette. Je n'ai pas le cœur à sourire et à être aimable. Pourtant, il va bien falloir. Il faut que je parvienne à chasser ce sauveteur de malheur de mes pensées pour être capable d'apporter bien-être et sérénité à mes clients.

Je ne me remets toujours pas de la manière dont il m'a balancé ses reproches hier. Si je résume, il a le droit à une incartade à la moindre maladresse de ma part. Ce n'est pas avec ce genre de réaction puérile que l'on construit des bases saines dans un couple.

Cependant, heureusement que je n'ai pas argumenté dans ce sens puisqu'il m'a balancé au visage juste après qu'il était très bien sans moi dans sa vie.

Mon cœur s'est arrêté de battre l'espace de quelques secondes en l'entendant prononcer ces mots. Tous les moments que nous avons passés ensemble, les confidences que nous avons partagées, ne voulaient donc rien dire pour lui ? Il m'a même présenté sa grand-mère ! Comment peut-il tirer un trait si facilement sur tout ça ?

Depuis mon départ pour Chicago, j'ai peu dormi. Difficile de trouver le sommeil quand votre cerveau carbure à mille à l'heure. C'est donc en petite forme que j'ouvre la porte du salon et que je prépare ce dont j'ai besoin pour mon premier rendez-vous.

Je lance la musique en espérant que le son des flûtes péruviennes et des gazouillis d'oiseaux m'apaise. Je désactive le répondeur du téléphone et allume mon ordinateur pour vérifier mon planning en ligne de la semaine.

Surprise par le nombre de créneaux vacants alors qu'avant de partir vendredi mon programme était plutôt chargé, je tente de comprendre d'où provient le souci. Six rendez-vous ont été annulés. *Merde !* Ça me fait plus d'une demi-journée de boulot perdue au cumulé. Ça m'embête vraiment, même si je ne suis pas dans de bonnes dispositions pour travailler. M'occuper l'esprit m'éviterait de broyer du noir.

Même si c'est moi qui lui ai claqué la porte au nez, c'est bien Matthew qui m'a quittée. J'ai pris conscience de ça au milieu de la nuit. Ses mots et le ton de sa voix résonnent encore à mes oreilles. J'ai décelé de la peur dans ses iris. À propos de Sam. Je l'ai reconnue parce que je ressens la même chose envers son passé sulfureux. Cette crainte d'avoir été trahi, trompé, dupé par la personne à laquelle on tient.

La sonnerie du téléphone m'effraie lorsqu'elle retentit, tant je suis plongée dans mes pensées obscures.

– Oui ?

Merde ! Je ne me suis même pas présentée correctement. J'ai tellement la tête ailleurs que je ferais peut-être mieux de rentrer chez moi au lieu de faire fuir le peu de clients qu'il me reste pour la journée. Mais je viens à peine d'ouvrir, je ne peux pas me le permettre.

– Bonjour Li, c'est madame Carpenter.

Mon rendez-vous de 10 heures, que j'attends déjà.

– Je ne suis pas au mieux de ma forme, poursuit-elle. Est-ce qu'on pourrait reporter le massage ? Je suis désolée de vous prévenir à la dernière minute, mais ça a commencé dans la nuit.

– Aucun problème, la rassuré-je. Ça arrive. Vous souhaitez qu'on fixe tout de suite une date ?

– Je préfère vous rappeler, me dit-elle.

– Bien, comme vous préférez. Prenez soin de vous.

Je raccroche et m'assieds sur mon petit tabouret de bureau. Il est tout juste 9 h 30. Et avec toutes ces annulations, mon prochain rendez-vous est à 11 heures et durera quarante-cinq minutes. Je reprends ensuite à 16 heures pour deux créneaux de la même durée. J'ai horreur des journées à trous. Encore plus quand j'ai le moral en berne. Je sais que voir les minutes passer va me pousser à ruminer tout ce que j'ai fait de travers.

Après réflexion, je tente de joindre mon dernier client de la matinée pour voir s'il est possible de décaler son massage à l'après-midi. Et par chance, ça ne lui pose aucun problème. Je suis donc libre jusqu'à 16 heures.

Si rien de tout cela n'avait eu lieu avec Matthew, je lui aurais tout de suite envoyé un message pour lui proposer de faire quelque chose ensemble. J'aurais passé un bout de temps avec lui sur la plage. On serait allés se baigner. Ou on serait restés enfermés chez l'un ou l'autre pour entremêler nos corps.

Il est hors de question que je reste seule, sinon je vais passer mon temps libre à pleurer comme une madeleine dans mon lit. J'envoie donc un message groupé à June et Ava.

Li : Vous êtes au travail ?

Ava me répond avec une photo d'une grande table où sont disposées des dizaines de sortes de fleurs différentes. June commence à taper une réponse.

June : Je suis au journal,
mais je peux me rendre disponible.
Besoin de compagnie ?

Li : Je ne veux pas vous embêter.
On peut peut-être se voir ce soir ?

Ava : Viens à la boutique,
je suis seule. Mon patron est parti
pour la journée à une exposition florale
à Beverly Hills.

Li : Tu as l'air d'avoir beaucoup
de boulot...

Ava : Je peux écouter et parler
tout en confectionnant des bouquets.

June : Rendez-vous dans
quinze minutes à la fleuristerie.

Ça me fait du bien de savoir que je peux compter sur elles. Hier soir, elles m'ont laissée digérer la nouvelle. J'apprécie qu'elles ne soient pas venues frapper à ma porte ni ne m'aient harcelée de messages. J'avais besoin de ce temps seule. Mais aujourd'hui, il me faut mes amies pour surmonter cette première journée sans Matthew.

Ava a eu la présence d'esprit de m'envoyer l'adresse de son travail. Il se situe à quelques minutes à pied. Sur le passage, je m'arrête au Starbucks et nous prends des cafés serrés et quelques donuts.

La petite clochette retentit lorsque je passe la porte de la boutique qui l'emploie. Je suis envahie par les odeurs des fleurs et des bouquets présentés. Il y a pas mal d'objets de décoration en vente également. L'endroit est coloré et cosy, je m'y sens tout de suite bien. Ava doit adorer travailler ici.

Son visage apparaît justement depuis l'arrière-boutique. Elle est souriante et une jolie rose rouge est accrochée dans ses cheveux attachés.

– Viens te cacher ici avec moi, me lance-t-elle d'un ton complice en disparaissant.

Je la rejoins sans me faire prier et la retrouve devant l'établi qu'elle a envoyé en photo tout à l'heure. La clochette se fait à nouveau entendre et, cette fois-ci, c'est à June de faire son entrée. Elle s'avance jusqu'à nous et me dérobe aussitôt un café.

– Tu as assuré, me remercie-t-elle après une gorgée. Je n'ai pas eu le temps d'en prendre un ce matin et celui du journal est dégueulasse.

– Si j'avais suivi mon humeur, j'aurais apporté de la tequila, mais il est un peu tôt, même pour une nana qui vient de se faire plaquer.

– Pour ce matin, les donuts se chargeront de te réconforter. En revanche, ce soir, rendez-vous chez moi. On va oublier ces mecs pathétiques autour de margaritas, nous prévient Ava en plongeant la main dans la boîte posée devant elle, pour piquer une pâtisserie. On va se mettre un film romantique, j'ai toujours rêvé de faire ça !

– Tu ne vas pas avoir de problème si ton patron nous trouve là ? la questionné-je en changeant de sujet.

– Oh ! S'il arrive à l'improviste, vous ferez semblant d'acheter quelque chose.

– Et toi, June, on ne va pas s'étonner de ton absence à la rédaction ?

Je ne voudrais pas qu'elles aient des ennuis par ma faute.

– Tu sais, une partie de mon boulot se passe sur le terrain, donc je ne suis pas toujours au bureau. Et mon article pour la parution de la semaine est presque bouclé. De toute façon, même si ça n'avait pas été le cas, je me serais arrangée pour me rendre disponible, affirme-t-elle en me souriant.

– Et toi, tu n'avais pas de rendez-vous ? me questionne Ava en assemblant des fleurs de lys.

– J'ai eu une flopée d'annulations alors j'ai réorganisé mon planning. Dis, tu aurais des pivoines ? Mon père en offre souvent à ma mère ; et ça me ferait du bien d'en avoir chez moi.

En observant ces fleurs qui sont le reflet des sentiments que mes parents se portent encore, je me rappellerai ainsi que l'amour existe bel et bien, mais que je ne l'ai juste pas encore rencontré.

– Bien sûr, j'ai des Baroness Schroeder. Elles conviennent parfaitement au climat californien, m'explique-t-elle. Je te prépare ça dès que j'ai terminé ce bouquet.

– Est-ce qu'on va éviter le sujet pendant longtemps ? nous interroge June, manifestement excédée de nous entendre papoter fleurs. On a croisé Sue ce matin et elle nous a raconté toute la discussion entre Matthew et toi.

– Je pense qu'elle nous l'a même répétée mot pour mot, précise Ava.

– Comment tu vas ? me demande June par-dessus le gobelet de sa boisson chaude.

– Aussi bien qu'une nana qui a envie de se soûler de bon matin pour oublier… J'ai mal agi avant mon départ pour Chicago. J'ai l'impression que tout est parti de là et s'est enchaîné derrière. En même temps, s'il se soûle et flirte avec une autre au moindre problème, je pense que c'est mieux que ce soit arrivé maintenant, avant que ça ne me fasse encore plus de mal.

– Et ça ne peut pas s'arranger ? me demande June.

– Qu'est-ce qui se serait passé si Derek et toi n'aviez pas été là quand il est revenu avec Lindsay ? Je ne peux pas être avec un homme qui va voir ailleurs au moindre problème.

– Je ne suis pas certaine que Matthew comptait la faire entrer dans la résidence, me précise June. Je ne le connais pas bien, mais je crois avoir compris qu'il était un peu comme Derek, avant. À fréquenter les filles sans s'attacher. Avec toi, ça semblait différent, non ?

Je hoche la tête pour toute réponse, car c'est douloureux de me rappeler nos débuts. Ce moment sur la plage quand il a eu peur pour moi en me voyant galérer à revenir au bord de l'eau. Son premier baiser alors qu'on était trempés, lui encore habillé. Et cette première nuit.

– Il est possible qu'il n'ait tout simplement pas su gérer ses sentiments. Il est en quelque sorte encore puceau, dans ce domaine-là.

Ava et moi pouffons face à son choix de mot.

– S'il n'avait pas de sentiments pour toi, il n'en aurait rien eu à foutre que ton ex apparaisse sur une photo.

Je ne dis toujours rien, mais ça se tient.

– Et surtout, il ne serait pas venu te demander des explications. Ça lui serait passé au-dessus de la tête.

– Vous avez peut-être raison…

– Quel est le signe astrologique de Matthew ?

Ava me demande ça d'une voix si douce que je ne me vois pas l'envoyer promener.

– Il est né le 26 janvier.

J'avais vu sa date de naissance en modifiant son profil sur cette fichue application.

– Un Verseau, nous dit-elle. Signe d'air, on sait d'où lui vient son attachement à sa liberté.

– Et est-il compatible avec un Cancer ? m'intéressé-je, ce qui prouve bien que je suis au bout du rouleau.

Sa grimace répond pour elle. June lui fait les gros yeux, mais notre charmante fleuriste ne sait pas mentir.

– Laisse tomber. De toute façon, ça ne change rien. Matthew et moi, c'est terminé. C'est dommage, mais je m'en remettrai. Peut-être pas demain, ni le mois prochain, mais un jour.

J'espère juste ne pas croiser Matthew dans la résidence pendant quelque temps. Je ne suis pas encore prête pour ça.

CHAPITRE 46

MATTHEW TROXLER

Je ne travaille pas aujourd'hui, alors que j'aurais eu bien besoin d'une occupation. Deux jours sans ma voisine et je me sens comme un drogué en manque de sa dose. J'observe ses fenêtres depuis la mienne de temps à autre. Dans quel but, je n'en sais trop rien, mais j'ai l'impression que ça me relie à elle. Je sais donc qu'elle a passé la soirée d'hier chez Ava avec June. Elle était juste deux étages plus bas que le mien. J'aurais voulu frapper à la porte et lui parler. Pour lui dire quoi exactement ? Je ne sais pas. Tout pour faire évoluer cette situation.

J'ai même réessayé ses fichues chips au vinaigre dont j'avais encore un paquet dans un placard de ma cuisine. Sans surprise, c'est toujours dégueulasse. J'ai pensé au fou rire qu'on aurait eu si elle avait été là. Mais elle ne remettra probablement plus jamais les pieds dans mon appartement après mon comportement.

Comment j'ai pu être assez con pour discuter avec Lindsay ne serait-ce que deux minutes ? J'aurais dû être plus clair et lui dire de me foutre la paix. Il est plus que temps que je règle les choses avec elle et qu'elle arrête de me solliciter chaque fois que l'on se croise. Cette prise de conscience arrive un peu tard pour rassurer Li comme elle en aurait eu besoin, mais elle n'en reste pas moins nécessaire.

Derrière ma fenêtre, je vois la porte de l'immeuble de Li s'ouvrir, et elle en sort. Comme si penser si fort à elle la faisait apparaître. Ses longs cheveux noirs sont attachés dans un chignon haut. Elle porte un petit top jaune avec un short en jean et des sandalettes plates. Le sac en paille qu'elle tient sous son bras m'indique qu'elle va à la plage. J'espère qu'elle sera prudente et n'ira pas se baigner trop loin. Qui est de garde aujourd'hui à la tour de contrôle où elle a ses habitudes ? Je pourrais passer un coup de fil à mon collègue pour lui dire de veiller sur elle.

Il faut que j'arrête. Li n'est pas ma petite copine. Je m'en suis assez défendu avant, et maintenant, c'est réellement le cas. Elle n'est même plus mon amie.

Je dois bouger moi aussi sinon je vais devenir fou à ressasser ce que j'aurais dû ou pu faire. Ça me pèse que nous nous quittions de cette façon. Entendre son rire me manque, ne plus l'avoir entre mes bras pour m'endormir me pèse, ne plus la regarder perdre le contrôle lorsque nous faisons l'amour laisse un vide douloureux dans ma poitrine. Je prends conscience trop tard que j'ai Li dans la peau.

N'ayant pas envie d'entendre Derek se foutre de ma gueule ou Travis me dire qu'il m'avait prévenu de faire attention avec Li, je ne sais pas vers qui me tourner pour vider mon sac. J'opte pour rendre une petite visite à Granny. Sa présence me fera du bien, quand bien même elle ne me reconnaît pas.

Sur place, je salue d'un signe de la main l'infirmière à l'accueil et file dans la chambre de ma grand-mère. Elle est assise dans son fauteuil placé face à la grande fenêtre.

– Coucou Granny !

Son visage pivote vers le mien et le sourire qu'elle m'offre me réchauffe instantanément le cœur.

– Où est passée ta copine de l'autre jour ? me demande-t-elle alors qu'elle ne se rappelait pas Li dimanche quand je suis passé.

– Je ne pense pas qu'elle reviendra.

– Que s'est-il passé ? Elle te dévorait des yeux.

Moi qui étais venu ici pour me changer les idées, c'est raté. Mais je ne vais pas me plaindre de pouvoir discuter de mes problèmes avec la femme qui m'a élevé. Même si elle n'est plus tout à fait elle-même, son cœur n'a pas changé. Il est bienveillant, doux et rempli d'amour pour moi.

J'approche la chaise de bureau pour être plus près d'elle et m'y installe. Les coudes posés sur les genoux, je prends mon visage entre les mains.

– Ce qu'il s'est passé, c'est que Li m'a fait flipper et que j'ai très mal géré.

– Un grand garçon comme toi qui a peur d'une si jolie jeune femme… ricane-t-elle. Il n'y a vraiment que l'amour pour vous faire perdre vos moyens à ce point, vous les hommes.

– Je ne sais pas si c'est ça le problème.

– Tu penses que tu n'es pas amoureux d'elle ?

– Comment on peut le savoir si on ne l'a jamais été ?

Granny attrape ma main dans les siennes et arrime ses iris aux miens pendant une bonne minute, sans rien dire. Je jurerais la retrouver l'espace d'un instant.

– Tu le sais, là, finit-elle par me dire en tapotant mon cœur de son index. Si tu as peur de ce que tu ressens, c'est que tu as sûrement des sentiments pour elle. Il n'y a rien de plus terrifiant que l'amour.

– Je ne suis pas sûr d'être tenté, vu comme ça.

Elle rit légèrement en secouant la tête.

– Il n'y a rien de plus intense, aussi. Se priver de ce que l'amour pourrait t'apporter, ce serait vivre une vie terne et sans intérêt.

– Me dévoiler, c'est comme sauter dans le vide sans être certain d'avoir un élastique. Si elle ne ressent pas la même chose ou ne me pardonne pas mes erreurs, je vais m'écraser au sol.

– Et ça te fera souffrir, mais pas autant que de ne plus être avec elle.

– Je ne comprends pas à quel moment tout a changé.

– Qu'est-ce que tu veux dire ?

– J'étais heureux dans ma vie, puis Li a débarqué et a tout chamboulé. J'ai cru que nos différends me prenaient la tête et qu'il valait mieux y mettre fin. Mais je ne pense qu'à elle…

– Elle te manque.

– Tu n'imagines pas à quel point.

– Qu'est-ce que tu attends pour le lui dire ?

– Ce n'est pas si simple. Elle refusera de m'écouter parce que j'ai fait une connerie.

– Fais-toi pardonner, montre-lui que tu l'aimes. Si tes sentiments sont partagés, elle ne pourra pas rester insensible.

– Je pourrai venir pleurer sur ton épaule si ça ne se passe pas bien ?

– Tu vas y arriver, j'en suis certaine. Qui pourrait résister à un si beau sourire ?

Je m'approche d'elle pour la serrer dans mes bras. Elle ne sait peut-être plus qui je suis, mais cela ne lui a pas posé de problème pour me guider, comme elle l'a toujours fait.

Dans ma voiture, je ralentis devant la grille de la résidence. William, le mari de Sue, est adossé contre et semble attendre. Il rentre de quelques courses, si j'en crois le sac qu'il tient dans les mains. Vêtu comme un adolescent avec un tee-shirt blanc floqué d'une tête de mort et d'un short qui lui tombe bien trop bas sur les hanches, il me salue d'un geste de la main.

– Est-ce que tu sais si le code du portail a changé ? Je n'ai pas pris le bip d'ouverture automatique avec moi et le code que nous avons depuis notre emménagement ne fonctionne plus.

– Je ne crois pas. En tout cas, je ne suis pas au courant. Mais j'ai le bip.

Doucement, le portail s'ouvre, et je me gare à ma place réservée. Lorsque je sors de mon véhicule, je remarque que William m'attend.

– Je suis sûr de ne pas me tromper, pourtant ! me dit-il, l'air contrarié. Ça fait dix minutes que je poireaute devant et Sue a débranché la sonnette pour dormir un peu.

– Vous n'avez pas de portable pour l'appeler ?

– J'étais juste parti faire deux ou trois courses, je ne l'ai pas pris avec moi.

– Attendez, je vais essayer aussi.

Je me dirige vers le boîtier où l'on doit taper le code pour pénétrer à Palisades Park. Je tente plusieurs fois, mais le résultat est le même. Le code a en effet de toute évidence changé.

– J'appellerai Roy dès que je serai chez moi pour en savoir plus, informé-je William, qui me paraît rassuré de ne pas avoir perdu la boule.

– Écoute, Matthew, je voulais te dire que je suis désolé que Sue ait écouté votre dispute avec notre petite voisine.

– Ce n'est rien, le rassuré-je aussitôt. C'est déjà oublié.

– C'est vrai ?

– Disons que j'ai d'autres soucis dont me préoccuper.

– Soucis qui répondent au doux prénom de Li ? cherche-t-il à savoir.

– Exact, soufflé-je en me frottant le front.

– Tu veux m'en parler ? me demande-t-il contre toute attente.

Je réfléchis sérieusement à sa proposition. Il est le dernier vers qui je me serais tourné, mais, après tout, il doit avoir à peu près l'âge que mon père aurait aujourd'hui. S'il était encore là, je suis certain qu'il aurait été de bon conseil.

– Il n'y a pas grand-chose à dire… J'aurais même pu prévoir ce désastre si j'avais été un peu plus honnête avec moi-même.

– Et pourquoi tu penses que votre relation était vouée à l'échec ? s'étonne-t-il en fronçant les sourcils.

– Parce que je ne sais pas comment on fait pour garder une fille, dis-je en glissant les mains dans mes poches.

– Les fleurs, le chocolat et les petites attentions, ça ne te dit rien ? me taquine-t-il.

– Ce n'est pas pour moi ces trucs-là.

– Ce n'est pas pour toi, nigaud ! C'est pour elle. Une façon de lui démontrer que tu tiens à elle, en attendant que tu te sentes capable de prononcer les mots fatidiques.

Aïe, il vise juste !

– Je crains d'avoir merdé dans les grandes largeurs sur ce plan.

– Et donc tu vas rester sur votre dispute de l'autre soir ?

– Elle ne me pardonnera pas.

– Si tu ne te bats pas, c'est sûr qu'elle ne te retombera pas dans les bras. Tu es un peu long à la détente pour un sauveteur, gamin ! Je commence à me demander si ma petite voisine ne mérite pas mieux, finalement.

– Pardon ? me récrié-je.

– Réagis ! Je suis peut-être un vieux con en mal de jeunesse à tes yeux, mais je sais ce que c'est de regarder en arrière et de ne plus rien pouvoir changer. Donc, si Li compte pour toi, sors-toi les doigts d'où je pense et va la reconquérir, compris ?

– Et si elle me rejette ? répété-je mes doutes, comme à Granny tout à l'heure.

– Tu apprendras de tes erreurs et tu ne les reproduiras plus. Et tu auras la certitude d'avoir tout tenté pour te consoler. Tu pourras avancer sans craindre les remords.

– J'ai peur d'être encore plus bousillé si elle me repousse.

– Imagine plutôt à quel point tu seras heureux si elle accepte tes excuses, me dit-il en posant une main sur mon épaule.

Je hoche la tête en me rendant compte qu'il a raison. Ça ne peut pas se terminer comme ça entre Li et moi. Ce serait du gâchis.

– Merci, William.

– De rien. Je suis passé par là avant toi, alors si je peux aider… plaisante-t-il avant de me laisser pour rentrer chez lui.

Il me faut réfléchir à la meilleure manière de tenter ma chance pour nous réconcilier. Je ne peux pas juste toquer à la porte de Li dans l'espoir qu'elle m'écoute et m'accueille à bras ouverts. Il me faut une stratégie, un plan d'action.

CHAPITRE 47

LI FALL

Troisième jour de la semaine et encore des annulations au salon. J'ai pourtant contacté l'interface qui gère la prise de rendez-vous en ligne, qui m'a certifié qu'il n'y avait aucun dysfonctionnement.

J'ôte le répondeur, comme tous les matins lorsque j'arrive, et il se met aussitôt à sonner. Si c'est encore un client pour annuler sa venue, je jure de ne pas pouvoir garder mon calme. Je décroche et me présente avec la plus douce des voix.

– Bonjour, vous êtes bien Li ? me demande mon interlocuteur.

– Oui, tout à fait, réponds-je en me forçant à garder un ton enjoué.

– J'aurais aimé réserver un créneau, si possible. Au plus vite, ajoute-t-il pour mon plus grand bonheur.

J'ai un trou entre 11 heures et 15 heures, c'est parfait, je vais pouvoir lui proposer de venir quand ça l'arrange et être occupée au lieu de penser en boucle à ma trésorerie au point mort. Et à Matthew… Je vais cependant la jouer débordée pour lui laisser croire que je lui fais une fleur.

– Ma journée est déjà bien chargée, mais je peux voir si j'arrive à vous intercaler quelque part.

– Oui, j'imagine que vous croulez sous les demandes, me dit-il avec un petit rire dans la voix.

– Êtes-vous déjà venu ?

– Je n'ai pas encore eu cette chance…

Pourquoi ce coup de fil me paraît-il si bizarre ?

– Pour quel type de massage souhaitez-vous un rendez-vous ?

– Le complet.

– Je ne comprends pas. Vous avez le suédois, le californien ou…

– Je veux la formule complète. Avec finitions, me coupe-t-il.

– La formule complète avec finitions, répété-je en ayant peur de comprendre de quoi il parle. Je ne pratique pas ce genre de massage.

Garde ton calme, Li ! Garde ton calme.

– Oh ! Arrêtez ! J'ai lu des avis sur le Net qui y font référence.

– Pardon ?

– Il y en avait plusieurs. Alors, vous avez une place pour moi ou pas ?

– Non ! m'écrié-je en lui raccrochant au nez.

J'inspire et expire fort pour retrouver mon calme. *C'est quoi ce bordel ?*

J'ouvre mon ordinateur et me rue sur Internet. Il faut que je cherche les avis sur mon salon pour être fixée.

En moins de deux minutes, je tombe sur mon pire cauchemar. « Salon propre, et Li est une masseuse aux mains magiques. Mention spéciale pour la fin, qui m'a fait voir des étoiles », « J'ai choisi la formule complète d'une durée d'une heure. Un vrai paradis. Li est à la hauteur de sa réputation : investie et très tactile. Avec un pourboire généreux, elle peut aller très loin ».

Je claque l'écran de mon PC contre le clavier, le cœur battant à toute allure. Qu'est-ce que c'est que ce ramassis de conneries ? Je n'ose même pas aller voir s'il y en a d'autres. Pas étonnant que mes clients annulent à tout-va. Et je pourrais risquer la fermeture du salon si les autorités tombaient là-dessus.

Il faut que je trouve une solution pour faire supprimer ces faux avis au plus vite. June saura m'aider. Je l'appelle aussitôt, mais je tombe sur son répondeur. *Fait chier !* Je lui laisse un message lui demandant de me rappeler dès qu'elle pourra.

Je prends mon courage à deux mains et me mets en action. Hors de question de laisser ces saloperies sur le Net sans rien faire. Je m'installe à mon bureau et entreprends de répondre à chacun de ces commentaires frauduleux. La première partie de la riposte est enclenchée. La seconde partie sera de découvrir qui a fomenté un plan contre moi. Qui m'en veut pour me rabaisser de la sorte ? Cette personne a intérêt d'avoir bien pris soin de masquer ses traces, parce que si je la retrouve, elle va passer un sale quart d'heure.

Peu avant midi, je me dois me rendre à l'évidence, mon rendez-vous de 10 heures ne viendra pas. Cette femme était pourtant déjà venue à deux reprises et elle n'a pas pris la peine de répondre à mon appel tout à l'heure. *Génial !* Ma vie, tant dans le domaine sentimental que professionnel, est merdique.

Un scooter de livraison se gare devant le salon. Le chauffeur sort un sachet de son petit coffre et vient à ma rencontre. Je n'ai pourtant rien commandé.

– Bonjour, vous êtes bien Li Fall ? me demande-t-il en souriant.

– Oui, balbutié-je, en ayant peur de ce qu'il pourrait me demander vu ma matinée.

– J'ai une commande pour vous.

– Ça doit être une erreur, je ne vous ai pas appelé.

– C'est déjà réglé, m'apprend-il en déposant le sac sur le comptoir. Bon appétit.

Il détale aussi vite, sûrement pressé par le nombre de livraisons qu'il a à faire.

Suspicieuse, j'ouvre le sac et en sors une boîte à pizza, un paquet de chips au vinaigre ainsi qu'une petite bouteille de vin blanc. Je découvre que la pizza est au pepperoni, comme je l'aime. Un petit mot est glissé dans le sachet.

« Tu es la première fille dont je retiens les goûts, même si je t'accorde qu'il est difficile de les oublier vu leur originalité. Bon appétit. Tu me manques. Je suis désolé d'avoir été aussi con. Pardonne-moi. »

J'hallucine ! Alors ça, je ne l'avais pas vu venir. Matthew me fait livrer un repas avec tout ce que j'aime et il me présente ses excuses. Je dois rester hermétique à cette tentative d'approche. Croit-il que ce sera aussi simple ? Une petite attention et ça repart ? Certainement pas. Il en faudrait beaucoup plus pour que je parvienne à passer l'éponge et à croire qu'il est réellement prêt à me faire une place dans sa vie.

Je calme les battements de mon cœur qui repartaient déjà au galop à l'idée de voir Matthew. Mais rien ne m'empêche de profiter de cette pizza et de ce vin. J'en ai bien besoin, en plus, pour me remonter le moral après cette matinée pourrie. Et puis, je ne vais pas gâcher toute cette nourriture.

En fin d'après-midi, je referme le salon en ayant eu un seul rendez-vous honoré. J'ai préféré appeler chaque nouveau client masculin pour m'assurer qu'il n'attendait rien de plus qu'un massage tout ce qu'il y a de plus innocent. Aucun n'a maintenu.

Ma seule et unique cliente de la journée m'a rassurée en affirmant que cette rumeur se tairait vite puisqu'elle n'avait pas lieu d'être et que je ne devais pas m'en faire plus que ça. C'était gentil de sa part, même si je n'en suis pas convaincue.

Lorsque j'arrive dans l'entrée à Palisades Park, je tape le code du portail, mais rien ne se passe. Je le saisis une nouvelle fois avec plus d'attention, pensant avoir fait une erreur, mais le résultat est le même. *Ils ont changé le code et je ne suis pas au courant ? C'est une blague !*

Je farfouille dans mon sac à main à la recherche du bip que je n'utilise jamais, n'ayant pas de voiture. *Ouf ! Il est bien là.*

La grille pivote et je me faufile entre les battants. J'essaie de veiller à ne pas croiser Matthew, je ne saurais pas quoi lui dire à propos du déjeuner. Je suis tellement de mauvaise humeur entre notre dispute et mes problèmes professionnels que je passerais probablement mes nerfs sur lui. Par chance, pas de sauveteur sexy dans les parages.

J'entre dans mon immeuble, et comme à son habitude, Sue ouvre la porte de son appartement.

– Bonjour Li ! s'exclame-t-elle, toute joyeuse.

– Qu'est-ce que je peux faire pour vous aujourd'hui ? maugréé-je d'un ton las.

– Oh ! Rien. C'est moi qui ai fait quelque chose pour toi, m'explique-t-elle. Un livreur a cherché à te remettre un colis, mais il ne rentrait pas dans nos petites boîtes aux lettres alors je l'ai réceptionné pour toi.

Elle me tend un carton où figurent mon nom, mon prénom et mon adresse. J'ignore de quoi il s'agit, car je n'ai rien commandé récemment.

– Merci, lui dis-je en saisissant la boîte.

– Tu vas bien ? Tu as une tête de déterrée.

– La journée a été longue. Merci du compliment. Vous savez si le code d'entrée a été modifié ?

– Toi aussi tu as été bloquée ? William a dû attendre vingt minutes avant qu'un voisin entre pour lui ouvrir.

– J'avais la télécommande avec moi, heureusement.

– Matthew doit s'occuper de contacter notre agent immobilier pour régler ça.

Aïe ! Entendre son prénom fait tressaillir mon cœur.

– Monsieur Bennett peut s'estimer heureux que ce ne soit pas moi qui l'appelle, parce qu'avec toutes les emmerdes qu'on a depuis qu'on vit ici, je lui montrerais de quel bois je me chauffe. À part remplacer ce qui est cassé, il n'apporte aucune solution, ajoute-t-elle.

– Je suis d'accord avec vous, mais que pouvons-nous faire de concret face à ces problèmes ?

– Monter la garde, ma petite, me dit-elle d'une voix de guerrière.

Elle parvient à me faire glousser et en semble ravie, si j'en crois son air satisfait.

– Tu veux manger chez nous, ce soir ? me propose-t-elle gentiment. Je n'aime pas te savoir toute seule à te morfondre sur notre voisin.

– Je vais très bien, soyez rassurée.

– Sue ! crie la voix de son mari depuis l'appartement. Laisse notre voisine tranquille !

Elle lève les yeux au ciel avant de me rendre mon sourire crispé et de refermer la porte.

Une fois chez moi, je retire mes sandalettes et me rends dans la cuisine pour récupérer une paire de ciseaux dans un tiroir. La boîte hermétique de Luisa, qui traîne sur la table, me rappelle que je dois aller la lui rendre. Son gâteau était délicieux. J'en ai savouré deux grosses parts avant de proposer de le partager avec June et Ava, mais la journaliste m'a semblée horrifiée en visualisant tout le sucre qu'il contenait. Ava s'est réjouie quant à elle de pouvoir le terminer toute seule.

Je donne un coup dans le scotch autour du carton et ouvre ce dernier, pressée de savoir ce qu'il contient. Mon cœur rate un battement quand je découvre un adorable maneki-neko. Je bouge sa patte en l'air, émue. Il va rejoindre le premier que je possède sur mon étagère.

Je n'ai pas besoin de lire le petit mot glissé dans la boîte pour connaître l'identité de la personne qui me l'a envoyé.

« Je me suis dit que le tien devait se sentir drôlement seul et qu'il aimerait avoir quelqu'un avec qui partager son quotidien. J'en ai pris un pour mon appartement aussi, parce que je vais avoir besoin de tous les porte-bonheur possibles pour que tu me pardonnes. Tu me manques. P.-S. : Même s'il est un peu tard, j'ai supprimé Match&More de mon téléphone. Il n'y a que toi, Li, je te le jure. »

CHAPITRE 48

MATTHEW TROXLER

Aucune nouvelle de Li. Rien. Nada. Pas un signe de vie. Comme si elle n'avait pas reçu le déjeuner et le chat porte-bonheur. En même temps, j'aurais pu me douter que ce ne serait pas aussi simple.

Je quitte mon appartement, car je dois aller prendre mon tour de garde à la plage. Dans le hall d'entrée, je croise Ava qui part elle aussi.

– Alors Casanova, y'a du nouveau ? me demande-t-elle avec un clin d'œil.

June et Ava sont au courant de mon projet de reconquérir le cœur de Li. Je les ai bloquées dans la résidence avant-hier soir alors qu'elles rentraient chez elles. Je me suis lâchement servi de Sue en la missionnant pour me prévenir dès que les deux jeunes femmes arriveraient à Palisades Park. Ce n'est pas comme si elle ne surveillait pas déjà les allées et venues de tous à longueur de journée, soi-disant pour éviter d'autres dégradations.

Autant la journaliste m'a envoyé chier, autant la fleuriste m'a encouragé. Elle m'a conseillé de ne pas être trop intrusif et de prouver à Li par des actes que je la connaissais plus qu'aucune autre, et de lui faire sentir qu'elle est unique à mes yeux. Ça n'a pas été difficile puisque c'est bien le cas.

– Pas un message, me lamenté-je.

– Tu t'attendais à ce qu'elle accourt chez toi pour se jeter dans tes bras ?

Je grimace pour signifier que oui. Pourquoi est-ce si compliqué l'amour ?

– Je dois faire quoi, maintenant ? Chanter une chanson romantique sous sa fenêtre ?

– Si tu as envie qu'elle te jette quelque chose dessus, c'est une bonne idée. Li est Cancer, tu dois la charmer en douceur, pas la brusquer. La fidélité et l'honnêteté sont des valeurs très importantes pour son signe astrologique.

La voilà repartie dans son délire astral !

– Je le savais déjà, ça. Ce que je veux comprendre, c'est comment on se fait pardonner par une femme Cancer ?

– Laisse-lui le temps de digérer ce qu'il s'est passé. Les natifs du Cancer n'accordent pas souvent de seconde chance, donc si elle revient, tu dois avoir conscience que tu n'auras plus le droit à l'erreur.

– Je suis sérieux, Ava. J'ai besoin de Li dans ma vie. Il faut que tu m'aides à la convaincre. Je n'y connais rien en matière de réconciliation. Qu'est-ce qui te ferait craquer, toi, à sa place ?

– Je ne suis pas Li. Nous sommes toutes différentes.

– Tu ne m'aides pas, là.

– Bon, il se peut que j'aie une idée. Appelle-moi d'ici une heure, je serai arrivée au travail à ce moment-là.

– OK, réponds-je en inclinant la tête sur le côté, intrigué. Merci Ava !

Je presse le pas pour ne pas arriver en retard, sans quoi mon collègue va me botter les fesses, mais William m'alpague à l'entrée.

– Tu as pu joindre Roy Bennett ?

– Oui, il passera en fin de journée pour réactiver l'ancien code.

– Il compte faire quelque chose pour pallier tous nos problèmes ? Ça devient récurrent ! se plaint-il.

– Je ne sais pas. Je suis désolé, William, mais il faut que je file au travail.

– Oh ! Pardon, réagit-il.

– Ce n'est rien, le rassuré-je en reculant avant d'ajouter : et merci pour la discussion de l'autre jour. J'ai mis un plan d'action en marche, alors priez pour que ça fonctionne.

Mon voisin me sourit et lève ses deux mains en l'air en croisant les doigts.

La peur au ventre que Li n'accepte pas mes excuses, mais le moral gonflé à bloc grâce au soutien dont je bénéficie, je me mets à courir pour rejoindre mon poste de surveillance.

Le soleil tape fort en ce début d'après-midi et de nombreuses personnes se prélassent sur la plage. Je fais mon petit tour au bord de l'eau, comme toujours, obnubilé par ces couples qui se tiennent la main et s'embrassent. C'est ce que je veux avec Li. Je dois parvenir d'une manière ou d'une autre à lui prouver que je tiens à elle. Je ne l'avais juste pas compris avant de la perdre. Je ne peux pas croire que ce soit foutu.

De retour dans la tour de garde, je compose le numéro qu'Ava a pris soin de me transmettre l'autre soir. Elle décroche aussitôt et je l'écoute me détailler son plan d'action.

J'espère qu'avec ça Li viendra frapper chez moi ou m'appellera. N'importe quoi tant qu'elle me fait un signe. Je sais que si je me présente moi-même sur le pas de sa porte, ça ne fonctionnera pas. Je dois d'abord montrer patte blanche.

Un peu plus loin, je repère Lindsay approcher dans ma direction. Elle ne perd rien pour attendre. Je descends la rampe d'accès et vais à sa rencontre. Le sourire étincelant qu'elle me lance disparaît vite quand elle voit à mon air que je ne viens pas en paix.

– On va mettre les choses au clair une bonne fois pour toutes, l'alpagué-je aussitôt. Il ne se passera plus jamais rien entre nous. La première fois était déjà une erreur monumentale. Alors arrête de venir me saluer chaque fois que tu te retrouves sur mon chemin. Ou de manigancer pour qu'on se croise.

Je ne suis pas libre. Et même si je l'étais, tu ne m'intéresses pas.

– C'est ta voisine asiatique qui te met dans cet état ? a-t-elle le culot de me demander. Tu sais, moi aussi je connais quelques massages qui pourraient te faire décoller.

– Je t'interdis d'insinuer des trucs dégueulasses à propos des massages de Li, rétorqué-je.

Elle ricane en rejetant la tête en arrière. Elle a peut-être un corps parfait, mais elle est tellement laide de l'intérieur qu'elle en perd tout son charme.

– Eh bien, bon courage avec elle ! Tu finiras par t'ennuyer et tu reviendras, mais je serai passée à autre chose, me lance-t-elle en s'éloignant à grandes enjambées.

Elle peut bien penser ce qu'elle veut, elle n'arrive pas à la cheville de Li.

Je me sens plus léger d'avoir mis les choses au clair entre nous. Bien que je ne lui rejette pas toute la faute, j'ai aussi ma part de responsabilité. Si Li m'accepte à nouveau dans sa vie, nous pourrons croiser cette vipère sans que je craigne son comportement. J'ai envie que tout le monde sache que je suis amoureux de ma voisine.

Lors de notre soirée au parc d'attractions, j'ai laissé Lindsay me toucher et me draguer sous les yeux de Li. Pire, je l'ai ignorée et lui en ai voulu d'être aigrie le reste de la soirée. Le lendemain, elle s'envolait pour Chicago, et quand elle a tenté de se rassurer par un moyen détourné, je l'ai mal pris. Il va falloir me mouiller plus qu'en achetant quelques babioles et un repas à emporter si j'espère regagner son cœur.

Une idée germe dans mon esprit. C'est ma dernière carte. Si elle n'accepte pas de m'écouter après ça, je n'aurai plus de solution. Il faudra que je me rende à l'évidence : j'aurai foiré ma première histoire d'amour.

Un œil rivé sur l'eau et l'autre sur Google, je cherche sur quel site je peux commander ce que j'ai en tête et être livré assez rapidement. Il va encore falloir que je sollicite June et Ava et ça ne va pas être une mince affaire.

CHAPITRE 49

LI FALL

J'observe mon nouveau maneki-neko tout en buvant mon premier café du matin. Je ne peux m'empêcher de sourire en le regardant. J'ai beau lutter contre mes sentiments, je suis touchée par le geste de Matthew. Bien plus que par la pizza, ce qui était déjà adorable en soi.

Je regarde dans la direction de son appartement à travers ma fenêtre, mais je n'ai aucune idée de s'il est là. Et puis, de toute façon, je ne me vois pas aller sonner à sa porte pour le remercier. Ce qu'il attend, c'est un pardon, et je ne suis pas prête à y consentir s'il n'a pas compris que j'avais besoin d'un engagement clair de sa part à propos de nous deux.

Un coup frappé à la porte m'interrompt dans mes pensées. Et si c'était lui ? Au fond de moi, je l'espère. Cette situation commence à me rendre fébrile.

J'observe par l'œil du judas et y discerne un homme que je ne connais pas avec ce qui semble être des fleurs. Prudente, j'entrouvre la porte de quelques centimètres.

– Oui ?

– Bonjour, je suis bien chez Li Fall ? me demande-t-il, ce qui me rappelle le livreur de l'autre jour, au salon.

– Oui.

– Tenez, c'est pour vous !

Il me tend un immense bouquet de pivoines blanches. Le temps que je m'extasie dessus et que je sente leur doux parfum, Sharon descend les escaliers accompagnée de sa plus jeune fille. Que font-elles là ? Mme Stephen est-elle devenue amie avec Victoria Reyes, qui habite au-dessus de chez moi. Ou peut-être Sally avec Hayden. Cette dernière dévore mon bouquet des yeux. Je tire une fleur et la lui donne. Je crois que je n'aurais pas pu lui faire plus plaisir.

– Je vois que tout s'arrange, me lance Sharon, enchantée.

– Il y a des tentatives en ce sens, en tout cas, lui réponds-je sans pouvoir m'empêcher de sourire.

– Faites-le ramer encore un peu, me conseille-t-elle avant d'interpeller le livreur qui s'en va. Excusez-moi ! Est-ce que je peux vous demander comment vous êtes entré dans la résidence ?

– Le petit portail d'entrée était ouvert, indique-t-il à la mère de famille avant de mettre les voiles, sûrement débordé de livraisons.

– Si personne ne referme correctement, il ne faut pas s'étonner qu'il y ait des dégradations ! rouspète-t-elle. On rentre ici comme dans un moulin.

– Il faudra que nous en parlions tous ensemble, abondé-je dans son sens en hochant la tête. Bonne journée, Sharon.

– Bonne journée !

Je referme derrière moi, le sourire aux lèvres et avec une douce chaleur au creux du ventre. J'attrape la carte glissée à l'intérieur du bouquet et décachette l'enveloppe.

« Sur ce coup-là, Ava a dû m'aider. Laisse-moi t'offrir des fleurs pour les années à venir. Il n'y aura que toi dans ma vie. (Il n'y a toujours eu que toi.) Pardonne-moi. »

J'en ai les larmes aux yeux tellement je suis émue de recevoir des pivoines de la part de Matthew. C'est la marque d'amour entre mes parents. Et même si Ava lui a filé ce tuyau, ça n'enlève rien au geste. Je me mords les lèvres, en proie au doute. Mon cœur semble partant pour refaire une place à Matthew, malgré la réticence de mon esprit. Serais-je plus heureuse en me protégeant du mal qu'il pourrait me faire ou en tentant le coup à nouveau parce qu'il me manque bien plus que je n'accepte de me l'avouer ?

En attendant de trouver des réponses à ces questions, je plonge mon magnifique bouquet dans un vase rempli d'eau et je le prends en photo avant de partir pour le salon. Si ma journée est aussi terrible que celles qui ont défilé depuis le début de la semaine, j'aurai tout le loisir de l'admirer. Peut-être qu'à force de le regarder, je prendrai une décision.

En sortant à mon tour de l'immeuble, je vois une drôle de silhouette dissimulée dans l'ombre, près du palmier le plus reculé du jardin. Je m'avance pour vérifier ce dont il s'agit. Avec tout ce qui est arrivé ici, je préfère prévenir que guérir.

Je me recule dès que je reconnais Sean et Summer. Ils se sont cachés des fenêtres des immeubles pour s'embrasser en douce. J'ai un petit pincement au cœur en me rappelant que, l'autre soir, ce même garçon faisait les yeux doux à la gentille Carmen. Une furieuse envie de lui remonter les bretelles enfle en moi. Je la maîtrise et m'éloigne, après tout, ce ne sont pas mes affaires.

Arrivée au salon, je suis ravie de constater que mon agenda recommence à se remplir. Démentir publiquement toute pratique illégale, via mes réseaux sociaux, a été bénéfique. Il faut que je pense à encourager toutes mes clientes à laisser un avis sur le Net pour faire disparaître les commentaires calomnieux.

Hier soir, June m'a rappelée et elle s'est mise sur le coup pour investiguer et découvrir qui se cache derrière cette arnaque.

À l'heure de la pause déjeuner, je suis presque déçue en ne recevant pas de petit plat de la part de

Matthew. Je fais bonne figure et ouvre la salade composée toute prête que j'ai apportée. Alors que je la termine, une camionnette se gare devant le salon et un homme sort un bouquet de pivoines de son coffre. J'en sautillerais presque sur place quand il passe la porte.

– Merci beaucoup, dis-je au livreur sans même lui laisser le temps de se présenter.

Il repart aussi vite, tandis que je m'empare de l'enveloppe, trop pressée de lire le mot laissé par Matthew.

« Comme ça tu penseras à moi aussi depuis ton salon. Moi, je ne fais que ça : penser à toi. À nous. C'était naturel, spontané, intense. Je ne me suis jamais senti aussi bien avec quelqu'un. Si tu as besoin d'une preuve que tu comptais déjà pour moi avant que j'ouvre les yeux, il te suffit de te souvenir de notre visite à Granny. Ma grand-mère est la personne la plus importante de ma vie. Si j'ai ressenti le besoin de te la présenter, c'est bien que tu étais déjà dans mon cœur. Laisse-moi t'y emmener à nouveau. Pardonne-moi. »

Une chose est sûre, Matthew aura déployé les grands moyens pour parvenir à ses fins. À y réfléchir, le fait qu'il me propose de l'accompagner voir sa grand-mère était bien un premier acte d'engagement de sa part. De même que vouloir partager sa passion du surf et me mêler à son cours avec ces gosses qu'il adore.

Il faut que je pense à tout ça au calme.

Une petite voix dans ma tête m'ordonne de faire attention à moi tandis qu'une autre me hurle que je serais complètement folle de ne pas lui accorder le bénéfice du doute. Et puis Matthew ne m'a jamais menti, donc je n'ai aucune raison de remettre en question sa version des faits.

Ma cliente suivante arrive, me permettant de faire un break dans mes pensées le temps d'un massage.

Je dois retrouver Ava et June pour aller boire un verre entre filles. Avoir leur point de vue me sera sûrement bénéfique. J'aperçois justement mes deux copines en train de m'attendre. Je hâte le pas et les embrasse sur les joues.

– Toi, tu as plein de trucs à nous raconter, trépigne une Ava surexcitée.

– Et toi, tu es une grosse balance, la sermonné-je avec le sourire. Après le coup de mon anniversaire, tu oses donner des conseils floraux à Matthew ? la taquiné-je en passant mon bras sous le sien.

– Son air de chien battu a eu raison de moi, reconnaît-elle, manifestement pas désolée le moins du monde.

– Qu'est-ce que tu comptes faire ? m'interroge June alors que nous prenons la route à pied.

– J'aurais pu facilement oublier son hésitation à supprimer l'application, mais le fait qu'il se retrouve dans un bar à boire à outrance avec Lindsay, ça me bouffe.

– Il n'y a rien de dramatique qui se soit passé, me rappelle Ava à juste titre. C'est le destin qui en a voulu ainsi pour que vous puissiez vous réconcilier.

– Euh, vous allez où, là ? les questionné-je en m'arrêtant car nous ne prenons pas le bon chemin pour nous rendre au *Speak Easy*.

– J'ai envie de me baigner un peu avant de me soûler, répond June en tirant sur mon bras pour me faire avancer.

– Ça sera sans moi, je risque de croiser Matthew.

– Oh allez ! Tu ne vas pas pouvoir l'éviter toute ta vie, vous vivez au même endroit, rétorque-t-elle.

Ava se range du côté de June et elles m'obligent à les suivre. Après tout, même si je redoute de le voir et d'avoir une discussion avec lui, je ne suis pas une poule mouillée. Et peut-être qu'une fois face à lui la décision s'imposera à moi. Peut-être aussi qu'il ne sera pas là… Mais si j'en crois les regards que se lancent mes deux amies, il y a peu de chances. Ça sent le coup monté.

CHAPITRE 50

MATTHEW TROXLER

Plus l'heure avance, plus j'ai les mains moites. Je suis fébrile. Si, après le déjeuner, le maneki-neko, les fleurs, et le face à face qui va arriver d'un instant à l'autre, Li ne me pardonne pas, alors elle ne le fera jamais.

Je suis aux abords de la tour de garde, bien que je ne sois pas de service. Derek et Travis m'ont accompagné. Ils n'auraient loupé le spectacle pour rien au monde. En réalité, je sais qu'ils sont là au cas où je me prendrais le vent du siècle, prêts à enchaîner les verres avec moi. Ces petits enfoirés ne se gênent tout de même pas pour me prendre en photo.

– Foutez-vous de ma gueule, c'est ça ! leur lancé-je alors qu'ils se marrent. Je vous rendrai la pareille quand une nana vous mettra à terre.

– Elles arrivent, m'avertit Travis.

Dans la seconde, je regarde dans la même direction que lui. Comme convenu, June et Ava dirigent Li vers nous. Même d'ici, je distingue que ma miss Chicago râle auprès de ses copines.

Nos regards se croisent et elle s'arrête. J'expire un bon coup, ce n'est pas le moment de se dégonfler. J'avance vers elle et vois le moment où elle découvre ma dernière idée pour la faire flancher : sur mon tee-shirt, j'ai fait floquer « Désolé, ce mec est déjà pris par Li Fall ! ».

Ava et June ne s'éternisent pas, elles s'éloignent avec mes potes un peu plus loin sur la plage.

– Ce qu'il y a d'écrit sur ton haut est faux, amorce-t-elle en lançant les hostilités.

– Absolument pas.

– Nous ne sommes pas ensemble.

– Ça n'a pas d'importance. Mon cœur t'appartient tout de même.

Elle secoue la tête en pinçant les lèvres. J'en profite pour me rapprocher d'elle. J'ai besoin de la toucher. Il serait peut-être préférable que je garde mes distances, mais c'est au-dessus de mes forces après ces quelques jours sans elle. Je prends ses mains dans les miennes et ça me fait un bien fou. Ça me rappelle qu'elle vaut la peine que je me dévoile une bonne fois pour toutes.

– Matthew, souffle-t-elle en regardant nos doigts entremêlés, tu ne peux pas me faire du mal et ensuite faire toutes ces choses romantiques.

– Tu as tort, ce que je ne peux pas, c'est te perdre. Tu comptes pour moi et je ne suis pas prêt à rester sur ce malentendu. Je suis prêt à tout pour que tu me pardonnes.

– Tu te répètes, me taquine-t-elle en esquissant un léger sourire.

– Pardonne-moi et je ne le dirai plus. Tu n'auras plus jamais à me pardonner quoi que ce soit. Je serai l'homme qui file le plus droit de la planète.

– Tu serais prêt à porter ce tee-shirt tous les jours ? demande-t-elle en souriant.

– J'ajouterai même une casquette personnalisée, si ça peut te faire revenir.

– J'ai peur, Matthew, m'avoue-t-elle d'une petite voix en baissant les yeux.

– Je comprends. Je n'ai pas su te rassurer et j'espère qu'il n'est pas trop tard pour le faire. Tu te rappelles ce que tu m'as dit le soir de ton anniversaire ? lui demandé-je en attrapant son menton pour qu'elle me regarde. Que je me complaisais dans ma vie parce que je n'avais pas rencontré la personne sans laquelle elle n'aurait plus d'intérêt.

Elle hoche la tête et malmène ses lèvres que je meurs d'envie d'embrasser.

– Hé bien, cette fille-là, pour moi, c'est toi. Il n'y a qu'avec toi que j'ai envie de partager ma planche de surf, de rendre visite à Granny, de me disputer sur les ingrédients d'une pizza. Que toi que j'ai envie de tenir dans mes bras toutes les nuits. Ça fait tout juste une semaine qu'on ne se voit plus et je me demande déjà comment j'ai pu me sentir heureux sans toi. Je suis à toi et je n'ai qu'une envie, c'est que tout le monde le sache. Toi et moi, maintenant, c'est du sérieux et je ferai tout pour que ça dure. Pour être l'homme solide que tu mérites.

Je m'approche d'elle encore un peu plus près. Son regard est troublé et je pourrais presque sentir son cœur faire écho au mien tellement ils battent fort. Voilà, j'ai sauté. Est-ce qu'elle va me rattraper ?

– Tu veux bien nous laisser une seconde chance ? murmuré-je en me sentant en danger comme jamais auparavant.

Elle ancre ses yeux aux miens et je crois ne plus déceler une once de réticence en eux. Elle noue ses bras autour de mon cou, me donnant de l'espoir. Je respire un peu mieux, tout à coup.

– Merci pour le déjeuner, le maneki-neko et les fleurs. Tu ne pouvais pas tomber plus juste avec ces marques d'affection. J'avais juste encore besoin d'être sûre que tu étais prêt à t'engager sérieusement, cette fois-ci. Je suis rassurée, maintenant.

– Ça veut dire oui ?

– À ton avis, imbécile ? se moque-t-elle en riant. Oui !

Je ne perds pas une seconde pour fondre sur sa bouche et l'embrasser à en perdre haleine. Je l'enlace et la colle contre mon corps. Sa peau, son odeur et la douceur de ses cheveux m'ont tellement manqué. Nos langues renouent ensemble avec calme, savourant leurs retrouvailles.

Plus loin, j'entends nos amis crier. Lorsque notre baiser prend fin, nous rions tous les deux en les observant.

– On leur accorde trente minutes et on file à la résidence, l'avertis-je, car j'ai trop besoin de me retrouver seul avec elle.

– Je te trouve un peu ingrat avec mes copines, déclare-t-elle en prenant ma main dans la sienne pour les rejoindre. Elles t'ont sacrément aidé.

– Je leur ai extorqué ces informations contre des bouteilles de tequila.

– Il faudra que je les félicite pour ça, ose-t-elle me dire avant de se mettre à courir dans leur direction.

Je la rattrape en deux foulées et la fais basculer dans le sable en prenant soin de ne pas la blesser. D'une main, je dégage les cheveux de son visage et parsème son cou de baisers légers.

– Au point où j'en suis, Chicago, je me fiche de faire ça aux yeux de tous. Et tu seras certaine que tout le monde sait qu'on est ensemble, ainsi.

Pour la provoquer, je pousse mon bassin contre le sien en me faufilant entre ses jambes.

– Matthew, gronde-t-elle, la voix rauque. Tiens-toi correctement. Ton tee-shirt avec mon prénom dessus est suffisant.

Elle rit aux éclats quand je commence à la chatouiller au niveau de la taille. J'adore ce son et encore plus en être à l'origine. Sans crier gare, je laisse mes sentiments prendre le pouvoir.

– Je t'aime, Li.

Elle s'arrête aussitôt, tout à coup sérieuse. Puis ses mains viennent prendre mon visage en coupe et elle redresse un peu la tête pour venir murmurer sur mes lèvres :

– Moi aussi, je t'aime.

CHAPITRE 51

LI FALL

Nous voilà tous réunis sur la terrasse extérieure de la résidence. Il ne manque personne. Roy Bennett ainsi que tous les enfants sont là. Même Aaron, le geek qui ne quitte jamais ses ordinateurs, nous fait l'honneur de sa présence. Harper est trop occupée à alimenter ses réseaux sociaux pour remarquer qu'il la dévore du regard. Carmen est un peu en retrait de la troupe des jeunes. J'ai de la peine pour elle chaque fois que je croise Sean et Summer main dans la main pour aller en cours. Elle doit supporter de les voir ensemble au lycée et où elle vit. Peut-on faire pire à son âge ?

Notre assemblée générale de copropriété se tient de manière un peu officielle, mais je sais que nous avons tous hâte de passer à la seconde étape : celle de boire des bières en se goinfrant de gâteaux apéritifs.

Il fallait que l'on se retrouve tous pour évoquer les soucis au sein de la résidence. Sue s'est autoproclamée maître de cérémonie, ce qui n'a pas manqué de me faire sourire.

– Je tenais tout d'abord à tous vous remercier d'avoir répondu présents pour débattre des sujets qui nous pourrissent la vie au quotidien à Palisades Park, commence-t-elle d'une voix forte. J'aimerais commencer par le point qui cause le plus de souci actuellement : ce fichu code du portail, que quelqu'un de malintentionné s'amuse à modifier à tout-va.

– Je suis d'accord, ce n'est plus tolérable, renchérit Sharon. Sally est restée bloquée en rentrant de l'école pas plus tard qu'hier. Les sonnettes avaient été coupées, si bien qu'elle a dû attendre jusqu'à ce qu'Ethan passe dans le jardin et l'aperçoive.

– Ils n'ont pas de portable, vos gosses ? s'étonne Sue, en regardant notre voisine comme si elle venait d'une autre époque.

– Sally n'a que huit ans, rétorque-t-elle sèchement.

– Si vous acceptiez de mettre une caméra au moins à l'entrée au niveau de la grille, ça n'arriverait plus, déclare Victoria qui ne démord pas de son idée de nous filmer.

– Ne pourrait-on pas simplement changer ce système et opter pour une ouverture avec une télécommande, comme la grille principale ? propose Nathan en faisant sautiller sa fille dans ses bras.

– C'est envisageable, annonce Roy, vers qui tous les visages convergent. Mais ça aura un coût, bien entendu.

Je soupire, lassée par toutes ces histoires. Matthew joue avec une mèche de mes cheveux pour m'apaiser et m'adresse un sourire qui me fait oublier tous mes soucis dans la seconde. Il a ce pouvoir sur moi.

– Faites-nous établir un devis et nous prendrons une décision, lui répond Sue, sans jamais envisager la solution de Victoria. Derek ?

Ma voisine laisse la parole au pompier. Ce dernier se lève et s'adresse directement à Roy. Je sais ce dont il s'agit. Plusieurs voisins disent avoir entendu du bruit dans l'appartement à côté du sien, mais Travis a beau frapper à la porte, personne ne répond et les volets restent baissés.

– J'aimerais savoir si quelqu'un vit dans l'appartement à côté du mien, lui demande-t-il.

Notre agent immobilier fronce les sourcils, ne comprenant visiblement pas d'où sort cette question.

– Non, nous assure-t-il, avec tous les problèmes qui ont lieu actuellement dans la résidence, je préfère ne pas proposer de visite de peur qu'il ne se passe quelque chose. Je ne voudrais pas effrayer de futurs acheteurs et risquer de voir la cote de Palisades Park chuter. Ça serait très mauvais pour mes affaires.

– Comment vous expliquez les bruits que j'entends, alors ?

– Ne viennent-ils pas d'un autre appartement ? Il se peut que vous confondiez.

– On pourrait mettre une caméra dans l'entrée de l'immeuble pour vérifier, persifle Victoria comme pour nous garantir qu'elle n'en a pas terminé avec cette histoire.

Cette fois-ci, c'est à Matthew de perdre patience. Il ne croit pas une seconde que quelqu'un vit reclus dans cet appartement en restant dans le noir depuis des jours. Pourtant, même Ethan et David sont persuadés que c'est bien le cas. J'avoue que je préfère ne pas trop y penser parce que cette idée me fait flipper.

Quand l'assemblée se termine, Taylor nous salue avant de rentrer chez elle avec sa petite Isabella, juste après avoir déposé un baiser léger sur les lèvres de son mari. Ils semblent s'être organisés pour se relayer durant les nuits compliquées de leur fille. Sharon rentre à son tour avec trois de ses enfants, les plus petits, suivie par son mari. Quant à Sean, Scott, Gloria et Summer, ils quittent la résidence sous les yeux de Carmen.

Matthew, Derek et Travis trinquent entre eux pendant que je rejoins June et Ava.

– Je voulais vous demander, nous interpelle Harper tout en pianotant sur son téléphone. Vous accepteriez de tourner quelques vidéos avec moi ?

– Quel genre ? lui demande June, l'air peu convaincue par l'idée.

– On pourrait allier nos forces et créer un compte spécial Palisades Park où l'on testerait des produits.

Chacune donnerait son avis dessus, on se lancerait des challenges entre voisins. Je suis certaine qu'on pourrait en tirer quelque chose et décoller. On aurait des partenariats de malade !

On ne l'arrête plus, comme chaque fois qu'elle démarre une discussion à propos de son activité.

– On a déjà toutes un travail, au cas où tu l'aurais oublié, rétorque Ava.

– Ça peut ne vous prendre que deux heures dans une journée.

– On en reparlera une prochaine fois, proposé-je pour clore cette discussion.

Harper secoue la tête, agacée que nous ne soyons pas intéressées. Avec les filles, nous échangeons un sourire complice dès qu'elle a le dos tourné.

– Ne soyez pas si garces, nous balance Ava en riant.

– On fera une apparition dans l'une de ses vidéos pour se racheter, plaisante June. En attendant, allons nous chercher une bière.

Nous rejoignons les garçons qui discutent avec Nathan. Matthew se rapproche immédiatement de moi et passe un bras autour de mon cou. Depuis que nous nous sommes réconciliés, il y a un mois, il ne peut s'empêcher de garder un contact physique dès que nous sommes ensemble. Il a ce besoin irrépressible de me toucher, comme pour être sûr que je suis bien là. Je ne m'en plains pas, bien au contraire.

– On s'en va ?

– On peut rester pour profiter un peu de nos voisins…

– Il n'y a qu'une voisine dont j'ai envie de profiter, murmure-t-il à mon oreille.

Je ris en le tapant à l'abdomen. J'observe Ava un peu plus loin, qui discute avec Noah et Chelsea, les voisins de palier de Matthew, tout en gardant un œil sur Travis, en pleine conversation avec Harper. Qu'a bien pu lui prédire son horoscope pour qu'elle ne tente pas sa chance ce soir ?

De son côté, June est en pleine réflexion écologique avec Ethan, Nathan et Cesar. Je les entends évoquer la possibilité de mettre en place un compost commun à la résidence, ce qui serait une très bonne idée, de mon point de vue. Derek est planté à leurs côtés, mais il n'intervient pas. Je sens que quelque chose l'arrête à propos de June. Et il en va de même de son côté. J'ai bien tenté de lui poser des questions, mais mon amie n'a rien lâché. Derek est juste trop imbu de lui-même et coureur pour qu'elle s'intéresse à lui. Je ne la crois cependant pas aussi insensible à son charme qu'elle le prétend, surtout quand je la vois lutter pour ne pas le regarder tout en continuant de parler.

– Matthew, appelle Sue en se joignant à nous deux. Alors ? Tu as fini par découvrir à qui appartenait le sex-toy ?

Je rêve ! Elle n'a pas oublié cette histoire. L'homme qui possède mon cœur se met à rire puis il hoche simplement la tête.

– Et ? Crache le morceau !

– Je l'ai dit lors de la première soirée, je garderai le secret.

– Mais je t'ai aidé dans tes recherches ! s'insurge-t-elle en posant ses mains sur ses hanches.

– Et je n'ai rien promis en retour, lui rétorque-t-il en se retenant d'exploser de rire.

– Maudit sois-tu ! grogne-t-elle, contrariée de ne pas avoir le droit à son potin.

– Tu es terrible, dis-je à Matthew. Elle va être fâchée contre toi, maintenant.

– Elle s'en remettra, rigole-t-il avant de m'embrasser furtivement.

– C'était à qui, alors ? lui demandé-je, curieuse.

Matthew me regarde et pose un doigt sur sa bouche.

– J'ai promis de ne pas le révéler.

– Mais à moi, tu peux le dire !

– Tu sais comment ça se passe dans ces cas-là. Une personne confie un secret à quelqu'un et lui fait jurer de ne pas le répéter. Cette dernière ne le divulgue qu'à une autre personne qui elle-même va le balancer à une autre.

– Oui, ça va j'ai compris, ronchonné-je, agacée qu'il me parle comme à une gosse de cinq ans.

– Allez, ne fais pas la tête pour ça. Tu devrais être heureuse que je tienne parole, ose-t-il me balancer.

– Je finirai par te tirer les vers du nez.

– Aucune chance !

– Je te trouve bien sûr de toi. Je sais de quoi te priver pour te forcer la main.

Il m'attire tout contre lui et m'enlace.

– Tu es diabolique.

– Et c'est pour ça que tu m'aimes.

– Pour ça et pour des milliers de choses encore.

– Embrasse-moi.

– D'abord, tu dois dire aussi que tu m'aimes. C'est comme ça que ça se passe. Je le dis et tu le redis ensuite.

– Je t'aime, gloussé-je comme la fille éperdument amoureuse que je suis.

– Voilà, comme ça c'est mieux. Là, je peux t'embrasser.

Ses lèvres viennent caresser les miennes, mais il se recule en grimaçant.

– On monte se mettre à l'abri des regards pour pouvoir faire dégénérer ce baiser ?

– Chez toi ou chez moi ?

– Où tu veux, mais vite.

Je glisse ma main dans la sienne pour nous guider jusqu'à son appartement, qui est le plus près.

– Quelle bonne idée d'habiter au dernier étage, le taquiné-je alors qu'il ne peut s'empêcher de nous arrêter à chaque palier pour dévorer mon cou et faufiler ses mains sous mon tee-shirt.

– Je commence à le regretter, me répond-il en nous faisant presque voler par-dessus les dernières marches.

Il cesse ses caresses sur ma peau le temps d'ouvrir sa porte. Nous pénétrons à l'intérieur et laissons enfin libre cours à ce désir intense qui nous consume un peu plus chaque jour qui passe.

ÉPILOGUE

LI FALL

– Matthew ! Tu vas arrêter ton cinéma à la fin ? l'engueulé-je pour la millième fois depuis que notre avion a atterri à Chicago.

– Attends, je dois remettre mes gants !

– Il fait six degrés, tu n'as pas besoin de te couvrir autant.

– Mon corps n'est pas habitué à ce climat, je ne veux pas tomber malade.

– Une vraie chochotte, ma parole !

Je hèle un taxi et le chauffeur nous aide à déposer nos bagages dans son coffre. Je lui donne l'adresse de mes parents le sourire aux lèvres. Matthew vient fêter Thanksgiving dans ma famille, je suis aux anges.

– On aurait mieux fait de les inviter à Santa Monica.

– Tu ne vas pas remettre ça sur le tapis ? Tu ne vas pas attraper une pneumonie en passant trois jours à Chicago.

– Tu n'en sais rien.

– Promis, si tu es souffrant en rentrant chez nous, alors, l'année prochaine, on les invitera. Sinon, c'est à nouveau nous qui viendrons. J'aime trop retourner dans la maison où j'ai tous mes souvenirs d'enfance.

– Qu'est-ce que je ne ferais pas pour te rendre heureuse ? me demande-t-il en m'attirant contre lui sur la banquette arrière.

– Retirer cette immense écharpe de ton cou ?

– Tout ce que tu veux qui ne mettrait pas ma santé en danger, me lance-t-il en rigolant.

Je le frappe sur la cuisse avant de lui voler un baiser. Ce type est infernal.

– Après, si tu proposes de me réchauffer grâce à la chaleur de ton corps, je peux fournir un effort.

Le raclement de gorge du chauffeur calme ses ardeurs. Je lève les yeux au ciel, puis je pose ma tête contre son épaule le temps du trajet. Matthew n'est pas stressé de rencontrer mes parents, car nous avons déjà fait de nombreux appels en visio tous les quatre.

Il y a trois mois, en pardonnant à Matthew, j'ai pris la meilleure décision de ma vie après celle de déménager à Santa Monica. Nous filons le parfait amour, en alternant notre quotidien entre son appartement et le mien. Nous profitons de la plage où il ne désespère pas de me faire garder l'équilibre sur une planche de surf. Rien que ça démontre la force de ses sentiments.

Grâce à June, j'ai appris que c'était Lindsay qui était à l'origine de cette rumeur selon laquelle mon activité serait plus érotique qu'il n'y paraît. Elle avait elle-même rédigé les faux avis avec plusieurs comptes et elle s'en était donné à cœur joie en propageant le bobard auprès de toutes ses clientes. Après avoir eu envie de passer à son institut pour tout saccager, j'ai opté pour la meilleure des réponses : l'indifférence. Et puis, j'avoue jubiler de la croiser de temps à autre alors que je suis au bras de mon sauveteur sexy.

Le taxi se gare dans l'allée de mes parents. Ils nous attendent déjà sur le pas de la porte. Je me précipite dans leurs bras, plus heureuse que jamais de les retrouver et de leur présenter officiellement mon petit ami.

– Madame Fall.

Matthew salue ma mère et lui offre un bouquet de pivoines qu'il a pris soin d'acheter à l'aéroport lorsque nous sommes arrivés. Je pensais qu'elles étaient pour moi, comme il a pris l'habitude de m'en offrir régulièrement, mais je suis encore plus comblée qu'elles lui soient destinées à elle. Ma mère rougit et le prend dans ses bras pour le remercier.

– Monsieur Fall, continue-t-il ses salutations en tendant une boîte à mon père.

Celui-ci est surpris, mais il déballe le carton. Il s'agit d'un bracelet aimanté pour bricoleur afin d'y maintenir des vis et des clous grâce au magnétisme. Il les aura ainsi à portée de main lorsqu'il bricolera.

– Oh ! Quelle bonne idée ! Nous pourrons bricoler ensemble pendant votre séjour. J'ai quelques chantiers en cours dans la maison, s'enthousiasme mon père.

Je ricane parce que Matthew est capable de sauver des vies en se jetant dans l'eau, mais enfoncer un clou dans un mur semble au-dessus de ses capacités.

– À condition que vous préveniez les secours avant, il n'y a aucun problème, lui répond-il.

Nous rions tous ensemble et entrons dans la maison.

Comme toujours et encore plus aujourd'hui, une délicieuse odeur de nourriture embaume l'entrée. Mes parents invitent Matthew à retirer ses couches de vêtements et à se mettre à l'aise dans le canapé.

Je les observe quelques instants et, en ce jour de Thanksgiving, je remercie la vie d'avoir placé ces trois personnes sur mon chemin. J'aime mes parents d'un amour inconditionnel pour tout ce qu'ils m'ont apporté. Et j'aime Matthew comme je n'ai jamais aimé aucun homme avant.

– Tu comptes rester dans l'entrée toute la soirée, ma chérie ? me demande mon père en ouvrant un album photo.

J'avais prévenu Matthew qu'il n'y échapperait pas. Mon sauveteur profite que mes parents parlent entre eux pour se lever et me rejoindre.

– Je veux passer le reste de ma vie avec toi, me chuchote-t-il au creux de l'oreille en nouant nos mains ensemble.

– Je t'aime, lui réponds-je discrètement afin que mes parents n'entendent pas, même si je me doute qu'ils nous observent l'air de rien.

– Y'a plutôt intérêt, vu que tu m'as fait venir jusqu'à Chicago !

Mes parents ne peuvent se retenir de pouffer. Je les fusille du regard en souriant à mon tour. Matthew me vole un léger baiser sur les lèvres.

– Moi aussi, me glisse-t-il avant de reprendre plus fort : maintenant, arrête de gagner du temps et laisse-moi voir tes photos les plus compromettantes.

Composition et mise en pages
Nord Compo à Villeneuve-d'Ascq